世家

李秋君 著

中国出版集团

现代出版社

图书在版编目（CIP）数据

世家/李秋君著. --北京：现代出版社，2017.4
ISBN 978-7-5143-5940-4

Ⅰ. ①世… Ⅱ. ①李… Ⅲ. ①长篇小说－中国－当代
Ⅳ. ①I247.5

中国版本图书馆CIP数据核字（2017）第072039号

世家

作　　者	李秋君	
责任编辑	李　鹏	
出版发行	现代出版社	
地　　址	北京市安定门外安华里504号	
邮政编码	100011	
电　　话	010-64267325　010-64245264（兼传真）	
网　　址	www.1980xd.com	
电子邮箱	xiandai@vip.sina.com	
印　　刷	北京一鑫印务有限责任公司	
开　　本	710×1000　1/16	
印　　张	16	
版　　次	2017年7月第1版　2022年7月第2次印刷	
书　　号	ISBN 978-7-5143-5940-4	
定　　价	42.00元	

目　录
CONTENTS

第一章
逃荒生涯

蝗虫肆虐禾无生，
灾民避难四处奔。
河屯发善收留住，
林氏家族得生存。

清末年间，山东一带闹虫灾。那一年，成群连片的蝗虫，犹如乌云压顶，铺天盖地而来，刹那间，满山遍野的麦苗被蝗虫吃得只剩下残枝败叶，一片狼藉。老少爷儿们娘儿们，眼睁睁地看着被蝗虫吞噬的麦田，一筹莫展地蹲在田边，叫天天不应，呼地地不灵，这一年的庄稼颗粒没收，村民们只好背着行李卷，走街串巷，开始讨饭生涯。

听说北边荒地多、人力少，一些人就携男带女，肩扛手拎，一路孩子哭，老婆叫地沿路乞讨，来到了黑龙江界的河山屯。说是河山屯，其实也没有几户人家，屯子的南边有几座不高的小山，山上种了些松树、柏树、山楂树、桃树、苹果树等，山下有股清泉从村中流过，人们称青山河，夏季水旺时，河水清波荡漾，还有些鱼虾在水中游动。河山屯方圆几十里，稀稀拉拉的有二十几户土坯房，散落在村中。时值正午，只见从土坯房上飘散出缕缕炊烟，空气中夹杂着点燃杂草、柴枝的气味。逃荒中有个叫林志厚的中年男子，长得人高马大，虎背熊腰，眼睛不大，嘴可不小，他冲着大家喊："乡亲们！我们就在这休息一下，找点水喝，找口饭吃，好吗？！"大家有气无力地说声"好！"就一屁股坐在地上了。已经是春暖花开的季节，地上小草，小苗都已发芽，看着这一片片、一望无边的大荒地，人们不禁议论起来，这土多黑啊！这地多肥啊！我们留在这开荒种地多好啊！

这时从茅草屋里走出一个女人，她就是这个村中王有善的老婆王杨氏。这个女人个子不高，人很机灵，快言快语，对人热情。看到这些坐在地上的女人、孩子，她快步走了过去，拉着一位大嫂的手就问："从哪来的呀？""俺从山东来！""啊！俺也是山东的。"真是老乡见老乡，两眼泪汪汪，一听是山东老乡，人们一下子围了过来，东一句，西一句，问个不停。听到外边的嘈杂声，屋里的王有善也出来了，一听说是老乡，热情地把大家让到屋里，又是倒水又是端饭，玉米饼子、高粱米饭、小葱、咸菜、大酱等，摆了一桌子。孩子大人们吃着、笑着，刹那间，屋里屋外挤满了人，整个屯子都热闹起来了。

河山屯总共住着二十三户人家，最早在这屯里开荒种地的是屯中首富、屯长冯清岚，他也是逃荒过来的，个子中等，敦厚结实，又多少会点武功，家里四个儿子，个个身手不凡，屯里人很少有人敢惹他家，慢慢成了屯老大，后来村民就选他做村长，屯里凡有对外的事都找他家，村民也乐得清闲。

在村民的指点下，林志厚等五户村民首先拜见了冯村长，冯村长看大家瞧得起他，又都是山东逃荒过来的，也就欣然同意了，叫四个儿子帮大家选地砍柴，打坯盖房。闲暇时间，林志厚和冯屯长及儿子们，在一起练功习武，相处得很好。林志厚这些人就这样在河山屯落了脚。

屯子里一下子增加了四五户人家，真是热闹非凡，大家帮助找地方、找木材，上山伐木、挖土打坯。林志厚和逃难的乡亲们在老乡的帮助下都盖起了土坯房，种了些高粱、玉米、大豆等，新的日子总算开始了。

林志厚和老婆林刘氏，是在河山屯的村东边，盖的一间土坯房，在房前用高粱杆子圈起一堵围墙，养了些猪、鸡、鸭等。屋里边，灶台连着炕，炕上摆了两床逃荒带来的旧被褥，虽然是旧些，但都洗得干干净净。

林志厚夫妻俩，白天双双出门开荒种地，晚上在家纺纱织布。林志厚能拉一手好二胡，有时心情好些，大家聚在一起，有拉有唱的，其乐无穷。这天正值八月十五，林志厚和乡亲们在村中空地，摆了一些水果、月饼，邀请村长及村中长老，和村民们在一起联欢。林志厚代表难民们讲话，他说："我代表我们这五户人家，在这里谢谢大家了！这段时间，是你们伸出了援助之手，帮我们在这疙瘩安家落户，你们的恩情，我们永远不会忘，今后乡亲们有用得着我们的地方，我们将赴汤蹈火，在所不辞。"村中村长及长老代表都先后发了言，村长说："我们村又增加了五户村民，这是值得庆贺的事，今后我们大家要精诚团结，互相帮助。"侯老先生也发了言，他说："有朋自远方来，不亦乐乎。君子食无求饱，居无求安，敏于事而慎于言，就有道而正焉。"大家也不知道他说了些什么，稀里哗啦鼓了掌，也就算完事。随后大家欢迎林志厚自拉自唱一段《空城计》，接着有的唱东北大鼓，有些人扭起了东北大秧歌，这是小屯子里从没有过的热闹景象。

时间过得真快，转眼就到了冬天。这年的冬天，凛冽的寒风吹拂着东北大地。

北风夹着鹅毛大雪，呼啸而来，外边的大雪足足有一米深，屋里也是寒气逼人。天有不测风云，人有旦夕祸福，林志厚发烧咳嗽，躺床上已有半个多月了，而林刘氏已怀孕六个多月，正在家中急得团团转，喝姜水、拔火罐等所有的土办法全用上了，也不见好。把林刘氏和村里的人急得像热锅上的蚂蚁，乱转没办法。林志厚的咳嗽声，一声紧，一声慢，声声牵动着大家的心。屋里王有善和他老婆等人，正在团团围着喂他米汤，王有善说："喝一口，吐一口，怎么办呀？真是急坏人了！"林志厚浑身烧得像个火炭一样，已有几天滴水未进，嘴边已烧起一片大泡，上气不接下气的直喘，林刘氏手端饭碗一边哭着，一边喂他水喝，喝一口，呛一口，真是急死人。林志厚看着身怀六甲的妻子，眼泪潸然而下，他吃力地拉着妻子的手，断断续续地说："我恐怕不行了，你可要保住孩子，这可是咱林家唯一的根，不管男孩、女孩都要养大成人。你要受累了，将来有合适的人家找一个吧！"说完，两人抱头痛哭。看着林志厚的样子，村民们找了一个巫婆来，又是跳，又是唱，闹了大半天，人还是没救过来。傍晚时分，人们眼睁睁地看着林志厚，一口气没上来，丢下他年轻的妻子和还没有出世的孩子合眼而去。林刘氏简直要疯了，她一个柔弱女子又怀着身孕，怎能承受这样的打击，一下子就昏死过去。众乡亲们呼叫着，又是喷冷水，又是掐人中，好不容易总算把她抢救过来。在众乡亲的帮助下，埋葬了林志厚，年仅二十一岁的林刘氏，从此守寡了。

第二章

小 寡 妇

妙龄少妇丧夫命，
孤儿寡母难生存，
投奔吴宅讨口饭，
母逝留儿独一人。

林刘氏小名叫英子，和林志厚刚结婚不到一年，就与众乡亲逃荒出来了。她真是个苦命之人，幼年丧父，几年前，母亲改嫁到外地。母亲改嫁前，将她嫁给本村的林志厚，自己带着小儿子远嫁他乡。

林刘氏个子中等，身材苗条匀称，大眼睛，樱桃小嘴，皮肤白里透红，一笑一个酒窝。在当地方圆十几里也算是个美人。人很温顺，又很能干，干净利落。自古红颜多薄命，刚和丈夫逃荒到东北，丈夫又突得急病，英年早逝，可怜剩下林刘氏一个人，拖着个大肚子，屋里屋外地忙碌着。

这天，刘长根的老婆沈翠花，又来到了林刘氏的屋里。沈翠花夫妻都是山东人，性格开朗，来黑龙江几年了，她会做一手好面饭，赶面条、蒸馒头样样都行，在村里，也算是百里挑一的好手。人没进屋，声音先到，喊道："英子妹，快来吃我做的高粱面盒子！看看我的手艺怎样？"她的儿子刘建也蹦蹦跳跳地进了门。林刘氏急忙迎出来，接过面碗，边闻边说："好香呵！老吃你的东西，真不好意思！"沈翠花忙说："这算什么，邻里邻居地住着……"边说边给扒蒜，靠坐在炕沿边。看到林刘氏吃得那么香，沈翠花也一脸得意之气，接着说："英子妹，我家长根说了，你家地里的活儿，他全包了，还有村西边王哥（王有善）也要帮忙，地里的活儿你就不用操心了，要是你在屋里，有什么不方便的，你就叫我们一声。天无绝人之路，没有过不去的坎，你现在有身孕，不要整天哭哭啼啼的，对孩子也不好，叫志厚在天之灵，也不放心啊！等快到产期时，我们几个姐妹，轮流陪着你，放心吧！"林刘氏听了，千恩万谢。

话说转眼到了阴历四月份，这天，天还没亮，林刘氏就觉得肚子痛得厉害，心想大概要生了吧，屋子里的婆子，忙喊了几个人来，大家七手八脚，烧水，铺床，忙了两个多小时，孩子顺利地生下来了，是个男孩，一脸福相，这天正是阴历四月初八。其中有个名叫刘嫂的说："英子，得给孩子取个名字呀！"王长有的老婆王杨氏嘴尖舌快地说："这孩子没见到过他爸爸，是个梦生，他爸爸希望他有福有财，得好好取个名字，我看，等过满月时，把村中的教书先生范秀才叫来，给孩子取个名字多好啊！"大家你一言，我一语，林刘氏搂着儿子，开心地笑了。

孩子过满月那天，林刘氏把村里的左邻右舍、帮过忙的乡亲们、村里有头有脸的长辈、教书先生范秀才等，都请了过来。办了五桌，大家纷纷带来贺礼。尽管是农家饭菜，只要是有点酒，有点肉，杀个鸡，也就称是席了。席间大家谈起村中趣事，又请村中的长老代表林刘氏讲话："老少爷儿们，今天林家的把大家请来，叫我代表她讲几句话，主要是林家媳妇，这一年受到大家的帮衬，现顺利地生下一个大胖小子，一是要感谢大家的帮助，二是想请范秀才给起个名字。先让我们祝这孩子长命百岁，大家先干一杯，下面请范老先生起名字吧！"范秀才一边斟酒一边想，过了一会儿，他慢条斯理地说："小名我看就叫来福吧！大名嘛！叫林福康，将来会幸幸福福，发财致富，身体健健康康，子孙满堂。"大家听了都说，好名字啊！这边林刘氏又敬了范秀才一盅酒，算是谢了。

就这样，林刘氏领着小来福，在众乡亲们的帮助下，日子也算过得去。林刘氏一个寡妇，领着孩子过日子，终有不便，她只有二十几岁，人长得漂亮，浑身充满青春气息，笑也妩媚，哭也妩媚。双眉紧皱时，如同西施还魂，抹泪在面时，恰似雨打荷花。难免村中后生，个别长辈，言语调戏，说三道四，动手动脚。每当遇见这种情况，她总是退避三舍，红着脸劝着人家："他叔，不要这样，孩子还小，叫我在村里怎么做人。"要是碰到脸皮厚的，她便大声骂起："不要脸的，哪个要占老娘的便宜，打掉你那个坏家伙，叫你永远做不了男人。"所以凡是有脸皮的、有良心的男人，都红脸低头知趣地走开。这天，林刘氏下地回来，一手拖着孩子，一手拿着锄头，身上背着一捆柴草，步履蹒跚地往村中走。这时村里姓朱的一个小伙儿，叫朱二虎，人长得呆头呆脑，傻里傻气，快三十岁了，还没有成亲。他早就对林刘氏有心，总想找机会去搭讪几句，这时他急忙跑过去，喊道："大姐！拿这么多东西，我来帮你。"说完，就手忙脚乱地上去，乱抓林刘氏背上的柴。林刘氏急忙闪身，一本正经地说道："他叔！不用了！你自己走吧！"满脸呈现出一股不可抗拒的威严，朱二虎也就没趣地离开了。村里有些好心人，看到林刘氏一个人带个孩子，人又年轻、聪明、贤惠、本分，总想给她提媒，叫她再找个人家，可是谁也不好意思开口。小来福转眼已三岁了，每天围着林刘氏，妈长妈短地叫着，很讨人喜欢。林刘氏为了生计，下地时就把他背到地里，做饭时就把他放在院子里。这天邻居小东升的妈妈，带着小东升来串门，两个孩子在院子里嬉戏玩耍，张嫂看着来福对林刘氏说："大妹子！有句话，我总想对你说，也不好开口，我看你带个孩子，日子过得也不容易，有合适的是不是找个人家，你们娘俩也算有个依靠。"可林刘氏却说："怎么难，我也要自己把孩子养大，决不改嫁，我要对得起死去的丈夫，对得起孩子。老人家常说，好女不嫁二夫嘛！谢谢你的关心，以后请不要再提这事了。"村里有不少年轻人对她青睐，有的是尊重、爱慕，有的是轻浮，想占点便宜。不管什么人，她这年轻的寡妇，总是躲得远远的，她明白，寡妇门前是非多，所以几年来，人们对她很少有闲言碎语，老少爷儿们对她都很尊重。妇道人家也很少拿她垫牙说闲话，所以她的口碑在村里是比较好的。可是林刘氏也有苦衷，每当春雨夜、寒冬晚，自己独躺房间，看着儿子，想着丈夫，百感交集，泪流满面，多少个不眠之夜，多少个春回梦里，与丈夫相厮守，风雨过后，心甜意蜜，欢快不已。可醒来，却是空梦一场，心灰意冷，痛苦万分。短暂的夫妻生活，却是一生的回忆！她抱着枕头，哭湿了衣衫，哭湿了被子，有谁能解救自己？这就是命啊！

又是一个春天。有一天，来福哭着从外边跑回来说："妈妈！我也要爸爸！小雨春他爸爸给他做了个风筝，我也要爸爸给我做一个！"哭喊声撕开了林刘氏那根脆弱的神经，心想妈妈到哪里去找爸爸啊！泪水如泉涌般地流了下来，小来福顿时吓呆了。过了一会儿，林刘氏忙擦掉了泪水，对孩子说："没关系，妈妈给你做个大风筝，飞得比谁的都高，将来会带着你和我飞向远方，好吗？"说话间，小雨春的爸爸（又叫陈木匠），一手拉着雨春，一手拿着风筝在外边喊："来福妈！我们给来福送风筝来了！"雨春也喊："来福！来福！快来看！给你的风筝比我的还大。""来了！"小来福如风一般地跑了出去。望着窗外孩子们欢快的背影，林刘氏满脸茫然。

陈木匠大声说："来福妈！你嫂子叫我过来，顺便看看你家有什么活儿没有？快开春了，你家锄头铲子啥的，有坏的我就拿回去修修，不要客气。"

陈木匠，叫陈存江，是村里有名的木匠，打个柜、做个门、盖房子上个梁什么的，样样在行，可以说心灵手巧、做工精细，为人厚道，村里有啥事，大家都愿意找他。陈木匠说："前两天，我们去附近二毛家盖房子、修车、修门等，来了几个工人，大家还说，想找个洗衣服、缝补衣服的人，我推荐了你。来福妈！你看你想干不？挣几个零花钱也好啊！""那太好了！我正想找点零活干，贴补家用，开春买种子啥的，用钱的地方多了。"林刘氏忙回答："那就这么定了，我明天就把衣服啥的带来！""真是太谢谢您了，又要麻烦您了！"林刘氏满脸微笑地送走了陈木匠。陈木匠刚走，隔壁的武嫂，急忙过来问："陈木匠找你什么事啊？看你高兴的……""他帮我找点零活干，挣点零花钱。""噢！你真有福气呀！遇到好人了。"武嫂酸溜溜地说。林刘氏一听武嫂的话，赶忙说："这不是大家帮衬着嘛，你也没少帮我啊！我可比不上人家。"说着武嫂一拐一拐地走了。

虽然日子过得艰辛，但小来福却很懂事，看着小来福一天天长大，林刘氏感到很欣慰。当暮色四起，她望着空中微眨着眼的星星，心中涌起了无限的乡思。她觉得自己是个随风飘移的落叶，已经飘落到此。可是妈妈和弟弟现在怎样？思乡之情，思亲之情，油然升起。想着妈妈那温馨的笑容、慈祥的面孔，想着弟弟那健壮的身影，真是思绪万千，不知她们现在好吗？妈妈也会牵挂我们，有人讲，对孩子来说，父母只是生活的一部分，可是对父母来说，孩子却是她生活的全部。真是"儿行千里母担忧，母行千里儿不愁"。望着空中的月亮，林刘氏思绪万千，默默喊叫，妈妈啊！我好想你啊！

八月，是即将收获的季节，望着那一望无边的田野，沉甸甸的金黄色麦穗，散发出阵阵清香，村民们都兴高采烈地议论纷纷，盼望着今年有个好收成。可是天有不测风云，转眼间天老爷又变了脸，几天几夜的狂风暴雨，电闪雷鸣，倾盆大雨下个不停。黄豆粒大的冰雹打在庄稼上，也打在村民的心中。暴雨伴随着狂风，肆虐着这片黑土地，人们一年的劳动果实，即将被暴风雨吞噬。狂风暴雨，已将林刘氏家的窗纸打碎，狂风夹杂着雨水，吹打在炕上，小来福躲在墙角，吓得直喊妈妈。林刘氏一边搂着儿子，一边说："不怕！不怕！"随手拿件衣服挡在窗户上，但雨水，还是不停地从窗缝、门缝往里灌，这间小小的泥坯房，像要塌了一样。村外青山河的水也在猛涨，河水冲到田里，漫延到村中，水连天，天连水，一片白茫茫。忽听得，外边有人在叫喊："喂！大水要来了！快到地势高的人家躲一躲！……"又是咚咚咚的敲门声："来福妈！快把孩子抱到我家去躲一躲,恐怕山洪要来了。"一听是王大哥的声音，来福妈急忙答应着，收拾收拾东西就出门了。倾盆大雨，足足下了十天，林刘氏家的泥土房也倒了一面墙，更可悲的是，地里的庄稼东倒西歪，硕大的麦穗，挺拔的玉米、高粱，都已断头折臂，浸泡在水中。天啊！这一年的收成，全泡汤了，叫我们怎么活啊！人们呼天喊地，顿足捶胸。来福妈望着田里的庄稼，望着这断壁残墙的房子，简直要疯了一样。

这一年，来福跟妈妈一起到镇上，讨饭去了。有一天，林刘氏领着儿子正走在镇上，忽然有人喊："来福妈！"回头一看，是村里的陈木匠。陈木匠说："来福妈，我正要找您，我在镇上吴掌柜家干活，听说他家要找一个用人，我想领你去看看，我看你快回去收拾一下，明天我领你去他家。"

　　吴掌柜叫吴春田，是水塘镇一带有名的小商人，家有良田百亩，杂货铺一个。做些粮、油、布匹、糖果、农具等日用杂货生意，家里除了老两口儿，还有两个儿子、一个女儿，几个店铺学徒的，再加上地里伙计，总共能有十几口人吧，是个大户人家。这天，林刘氏在陈木匠的指引下，来到了吴家。吴掌柜个子不高，瓜子脸，八字胡，手拿水烟袋，身穿绸布袍，看上去也就四十来岁的样子，一脸威严。陈木匠见到吴掌柜，忙上前介绍说："吴掌柜！这就是我跟你提的林嫂。"又忙对林刘氏说："林嫂，快来见过吴掌柜。"林刘氏忙上前，做了个万福。吴掌柜仔细端详了一下林刘氏，只见她年纪较轻，身体还算健壮，头发剪得短短的，虽然粗布旧衣，倒也干净，他一看林刘氏后边还跟着个孩子，脸一下子就沉下来了，冲着陈木匠说："怎么还带着个孩子？"一听这话，林刘氏一下子就跪了下来，冲着吴掌柜直磕头说："可怜！可怜！我们娘儿俩吧！孩子他爸早年死去，现家里又遭水灾，房子也倒了，请老爷可怜我们，收留我们吧！虽然我带个孩子，但我什么活都能干，孩子也都六七岁了，过几年也能给您干活，我们不要工钱，只要能吃口饭就行，您是活菩萨，发发慈悲吧！"说完就哭了起来，陈木匠也在一旁帮着说情。正在这时，吴掌柜的老婆孙月花走了出来，问道："这是谁呀？"听陈木匠介绍后，又问："姓什么，多大岁数，会干些什么活？"林刘氏一一做了回答。孙月花上下打量了一下林刘氏，心想不要工钱光吃口饭也行，就说："那就先留下，试用几天，多个孩子吃饭，工钱也就没有了。"陈木匠忙说："还不赶快谢谢掌柜和太太！"林刘氏千恩万谢，总算和儿子有个栖身之地。

吴掌柜家是个大户人家，上下十几口人，用人已有一个周妈，周妈四十五六岁的样子，已在吴家干十几年了，人很能干，也很善良，很会办事，讨得老爷太太的欢心。她专门管老爷太太一家人的饮食起居，几个孩子也是她带大的。另外还有一个宋大爷，人有五十岁左右，在家买菜、挑水、劈柴，陪老爷太太出门赶车等杂事，他全包了。林刘氏在吴家主要负责给伙计、长工做三顿饭，还要给吴家人洗衣服等。无论寒冬酷暑，烈日炎炎，她都要鸡鸣即起，拉磨、碾米、洗衣、做饭，夜晚还要守在油灯下，缝补衣衫。虽然累些、苦些，总算三餐有个着落，夜晚母子有个栖身之地。

小来福是个懂事的孩子，每天总是帮助妈妈摘菜、送饭、抱柴火，有时也跑到前院老爷太太那里送东西。孩子很乖巧，嘴也很甜。问什么，答什么，大大方方，很讨老爷太太的喜欢。一天老爷问来福，"叫什么名字啊！""叫来福。""我问的是大名。""大名叫林福康。""怎么写啊！"来福低下了头。老爷说："连自己的名字都不会写，怎么行啊！来！我教你写。"说着吴掌柜就拿出笔和纸，写下了"林福康"三个字，教小来福念和写，来福听得非常认真，小手不停地跟着比画，很用心。吴掌柜看着小来福天真、好学的样子就说："把这三个字拿回去练吧！"小来福拿着这三个字，蹦蹦跳跳，一阵风似的跑回后院。妈妈看到小来福手里的字块很开心，从此小来福又增加了一个新任务，开始练习认字写字。

吴掌柜家共有三个孩子，两个儿子、一个女儿。大儿子叫吴振德，二儿子叫吴振财，都在县城念中学，每周回来一次。小女儿叫吴春兰，小名兰兰，在镇上小学念一年级，比小来福小两岁，人很聪明、伶俐，长得浓眉大眼，薄薄的嘴唇，两个小辫子甩来甩去，像两只蝴蝶，很惹人喜欢。平时一放学，她就教来福认字，威严得像个小先生，来福念错了，她还要说："伸出手来！打手板。"所以平时来福把这小老师教的字，都一字一句记在心上。玩耍的时候，来福给她做风筝，做弹弓，打鸟、打鸡、打鸭子，非常开心，两个孩童，两小无猜，青梅竹马。

那年冬天，寒风呼啸，冰雪绵绵，皑皑白雪铺盖着东北黑土地。入冬以来，来福娘不知得了什么病，躺在炕上，又是吐，又是拉，发高烧，几天食、水不进，人很快就瘦了下来。黑眼圈扣着两只大眼睛，浑身没有一点儿气力，自己感到怕是不行了。来福急忙叫来吴掌柜和吴太太，他们找来中药铺的先生，吃了几服中药，也没见好。这天，林刘氏拉着来福的手，抖颤地说："孩子，你命苦啊！从小没见过你爹，还没成家，娘又不行了，今后就得靠自己了，凡事要肯学，要努力，将来有能力，成个家，传宗接代，你爹和我在九泉之下也就放心了。"说完泪流满面，泣不成声。看着妈妈的病情，来福真是呼天天不应，喊地地不灵，没过多久，眼睁睁地看着妈妈离他而去。

第三章
少女失身

金童玉女小无猜，
观戏哪知歹人来。
放学途中失贞洁，
家破人亡苦自埋。

水塘镇，是个方圆几百里的有名小镇，镇里分为两条街，街里店铺琳琅满目，杂货店、布店、饭店、药铺、各种小吃店等，比比皆是。平时就很热闹的小街，到了赶集的日子，更是人山人海，熙熙攘攘的人群，你推我攘，小贩的叫卖声，人们的喊叫声，响成一片，好一派繁荣景象。

吴家的店铺坐落在头条街的中央，铺门上刻着"德润发"三个金体大字，店里整整齐齐地摆着油、盐、酱、醋、五谷杂粮、锅、碗、盆、罐、各种农具和文具纸张等。

斗转星移，日月如梭，转眼间，来福在吴家已度过了十个春秋。当年的小来福，已长成俊俏、健壮的小伙子。他浓眉大眼，眉清目秀，黑黑的头发，大大的脸庞，脸上不时泛起一种自信的光芒。

这是一个春暖花开的季节。积雪融化，春回大地，万物复苏，小草发芽，晨风拂面，气爽宜人。来福鸡鸣即起，收拾好床铺，走出房门，伸伸腿脚，舒展舒展全身，忙着打扫庭院、担水、劈柴，收拾好后院，又到前院店铺里，打扫卫生，收拾柜台，忙里忙外。当吴掌柜起床时，他早就把店铺收拾完毕，准备迎接顾客的到来。

吴掌柜已五十有余了，两个儿子都大学毕业，在哈尔滨、奉天工作，很少回来。小女儿春兰已长成大姑娘了，正在县里念国高。吴掌柜一手拿着手杖，一手托着小水壶，进了店门。"掌柜的，早上好！"伙计们异口同声地喊道。来福急忙拿过一把太师椅，扶吴掌柜坐下说："老掌柜！店面都收拾好了，您看还有什么吩咐！"吴掌柜一边看着铺面，一边说："开春了，买种子、农具的多起来了，你们一定要认真细致，要把货物检查好，账算好，万不可粗心大意。""放心吧！老掌柜，我们都记住了。"来福爽快地答道。

这些年，小来福在吴掌柜的调教下，对店铺的生意了如指掌，往来的账目也是清清楚楚，接待顾客，恰当得体，说起话来谈笑风生，滴水不漏，怪不得有人说他像个二掌柜的。

"来福哥！"忽然一阵银铃般的叫声传到耳边。是大小姐兰兰，只见她身穿白色带蓝边的学生装，齐耳的短发，上面系个蝴蝶结，亭亭玉立，宛如一株出水芙蓉。"你今天能抽点时间，帮我抄些作业好吗？我要和同学去镇上看马戏演出。听说新来的马戏团节目很多，很好看，机会难得，你就帮帮我吧！"来福连忙承诺着，来福简直就成了她的秘书，可来福却心甘情愿，能叫大小姐看上，也算一件福事。更何况两个从小就在一起长大，兰兰也算是来福的老师，有什么不会的字，还不得不请教她。外人看他们俩，真是天生一对，地派一双。吴掌柜看看兰兰，又看看来福，也没多说什么，只是叮嘱一句："早点回来！"

镇上来的马戏班子，实际上就是一个小杂技团，也没有演出场地，随便找一块空地，摆上随身带来的箱子、家伙什等，穿戴上行头，拿出刀枪棍棒，就地耍练起来。有个人一边敲着锣鼓，一边嘴里喊道："这边瞧，这边看，有钱的出个钱场，无钱的捧个人场，快来瞧！快来看，奉天有名的杂耍团啊！"虽然人来的不多，可演出已经开始了。只见一个人牵着一个小猴，开始表演，什么猴子爬竿、猴子叼刀、猴子倒立、猴子翻身，什么人吞火、人吞刀，等等。听到震耳欲聋的锣鼓声，街上人们争先恐后地往这边跑，人越聚越多，里三层外三层，后边的看不到，找个东西垫起来。个子小的，一个劲儿往里钻。小孩子看不到，急得又哭又叫。大人们只好把孩子高高地顶在头上。人群中不时发出叫好声，惊叫声，掌声响成一片。

人群中有个中年男子，中等身材，尖嘴猴腮，头戴小帖帽，身着蓝布衣，脚套黑布鞋，两眼左顾右盼，脸上暗射出一股杀气，他就是方圆几百里有名的土匪头子王文彪。王文彪出身一个贫苦家庭，在他十岁左右时，他的父亲就去世了，家里只有母亲带他们四个孩子度日，他排行老三，人们都叫他三彪子，他人很野性，平时打架不要命。那一年，他和村里老财主家的儿子打架，一失手，就把老财主家的儿子活活打死了，这下可惹来了滔天大祸。官府派人来抓他，他跑了，可是他哥却被抓走，最后死在狱中。真是福无双至，祸不单行，他的母亲因受惊吓，病倒在床，不久便离开了人世。王文彪怀恨在心，一把火烧了老财主家，上山落草为寇了。这天他带两个弟兄下山，准备采点，搞些吃的用的。当时他看马戏班子正在表演，就凑过去看热闹。再说吴掌柜家的小女儿兰兰，和她的同学从家中急忙出来，当她们赶到时，看马戏的人已经很多了。她们两人只好在人群中窜来窜去，往前挤着看，想找个好位置。小兰兰在人群中挤来挤去，不小心碰到王文彪身上，王文彪像触电似的，突感一个软绵绵的性感身子，在身上碰触一下，一股沁入肺腑的清香，扑鼻而来，定睛一看，一个窈窕少女，擦肩而过，小女孩青春靓丽，浑身充满动感气息，王文彪一股少有的冲动，一下腾起，真想一步蹿上去，把这少女搂抱过来。可是一看周围的人群，他的劲一下子软了下来，但是王文彪那双闪着绿光的眼睛，却死死地盯着兰兰，一直盯到马戏散场，一直盯到兰兰家门，一直盯到暮色已近，还久久不肯离去。回到山上，王文彪彻夜难眠，睡梦里他抱着那个美人，紧紧相拥，肆无忌惮地在她玉体上抚摸、乱吻……真是销魂。激动之后醒来一看，却是抱着枕头，身底下一片狼藉，这个孽种，实难忍受这欲火焚身之苦，天还没亮，就把弟兄们叫起来，要去水塘镇抢来小春兰。

正是天高气爽的初夏时光，小麦秀穗，玉米吐芳，地里一派繁忙景象，农夫在田间操作，农姑那婀娜多姿的身影，亮丽的衣衫，时隐时现在田旁。

这天，小春兰正好放假，和同学们结伴往家走，天色已晚，青蛙在地里鸣叫，庄稼在田野随风摇摆，两个小姑娘说说笑笑，唱着，跳着，不知不觉来到玉米地旁，一个小姑娘说："兰兰！我想上厕所。"兰兰说："你去那地里，我在这给你放哨。"说完，小姑娘进了玉米地，兰兰站在田埂旁。突然间一只大手将她嘴堵住，死死抱着她，闪电般地消失在青纱帐里。等那小时姑娘出来，喊叫："兰兰！兰兰！你在哪里？！"空旷的田野上无人答应。小姑娘吓得连哭带叫跑到兰兰家。正值傍晚时分，吴掌柜家，华灯初上，店铺正要关门，几个家人里里外外地收拾着。听到这噩耗，吴掌柜和吴太太顿时昏倒过去，来福和伙计们也是头脑一片空白。大家七手八脚地将吴掌柜和吴太太唤醒，吴太太捶胸顿足，大声叫喊："快点派人去找兰兰！兰兰没了，我可怎么活呀！"哭得撕心裂肺，叫人好不心寒。来福领着伙计们，提着灯笼，顺着兰兰放学回来的路呐喊着，狂奔着，来福的心都碎了。

怎么可能呢？兰兰的笑貌时时在眼前晃过。"兰兰！兰兰！你在哪里？你听见没有？兰兰！"尽管喊哑了嗓子，跑断了腿，也没有半点兰兰的消息，兰兰就像在人间蒸发了一样。

兰兰被堵住嘴，捆绑着手脚，带到了山上。这个土匪头子王文彪，一看到兰兰，简直高兴得手舞足蹈，口水都流了出来，他迫不及待地将兰兰带到他的房间，取下堵在兰兰嘴里的破布，就像狂犬一样，在小兰兰的脸上一阵狂吻，满嘴黄牙，流出一股腥臭的口水，压得兰兰喘不过气来，阵阵恶心。兰兰手脚被捆着，急得乱踢乱踹，王文彪急不可待地撕开兰兰的衣裤，刹那间，一副冰身玉体，呈现在眼前。王文彪惊呆了，不顾一切，冲了上去……整个夜晚，兰兰饱受折磨、摧残，可怜一个如花似玉的少女，一朵含苞未放的鲜花，就这样，被这个禽兽不如的土匪糟踏了。兰兰嗓子哭哑了，眼泪哭干了，心在滴血，身在滴血。第二天早晨，当一缕晨光飘进小屋，醉眼蒙眬的王文彪再次发泄完后，对已神情木然的小兰兰说："宝贝！别哭了，哥哥喜欢你，你以后跟了我，做个压寨夫人，有享不尽的荣华富贵……你叫什么名字？宝贝！我叫王文彪，以后你就叫我彪哥好了。"说完，又在她身上狠掐了几把，才把捆在她手上、脚上的绳子解开。兰兰全身麻木，精神恍惚，不知发生了什么事，自己遭受如此折磨，她已昏死过几次，"妈妈啊！你在哪里？快来救救你的女儿吧！"一个脆弱女子发自心里的呼唤！一连几天，兰兰水不进，饭不吃，躲在墙角里，眼睛呆呆的，浑身颤抖着，只要有人靠近她，她就光着身子，大声号叫着，满屋子乱跑，兰兰疯了！王文彪看到兰兰蓬头垢面的样子，一脸怒气，叫弟兄们把她从自己的房间拖出去，任弟兄们受用。

八月的早晨，微风吹拂着大地，来福像往常一样，推开了店门，忽然，眼睛一亮，发现一封信掉在地上，来福立刻将信拿到老掌柜面前，只见信上写道：你女儿现在在我手中，如要活命，准备赎金五千银元，三天后来取，落款王文彪，人们的猜想得到了证实。兰兰妈妈，这些日子，每天以泪洗面，不吃不喝，已经哭坏了眼睛，人也消瘦了许多，听到这个消息，连忙说："老爷！快去救兰兰，快去拿钱啊！"吴掌柜安慰她说："不要着急！就是砸锅卖铁也要救她。来福！快看看柜上还有多少钱，不够我去典当房子、典当地，也要救出小兰兰。"来福答应着，急忙跑出去。

三天后，一个伸手不见五指的夜晚，寒风扑面，凉气袭人。夜越来越深，本来还算热闹的小镇，南来北往的人流，也已断了线。街灯熄灭，店铺关门，整个小镇静了下来。忽然一阵急促的敲门声，打破了这宁静的夜晚，几个荷枪实弹的土匪来到店铺门前。"开门！开门！"狼嚎般的叫声，划破了夜空，来福急忙去开门，门一开，几条黑色的人影闪了进来。不由分说，翻箱倒柜，见钱拿钱，见物拿物，米、面、油、布各种物品，满满拉了一车。其中一个为首的小头目，喊道："五千银元呢？快快拿来！"吴掌柜的老婆听到吵闹声，早已出来，老太太急着喊："我的女儿呢？还我女儿。"发疯似地冲向人群，拉着一个土匪的衣角，拼命地叫喊，只见那个土匪抱起枪把，狠狠地打在老太太头上，顿时，一股鲜血喷泉般涌出来，一声惨叫，老太太倒在血泊中。吴掌柜冲上前去，要去拼命，被土匪一脚踢飞在地，昏死过去。土匪拿到了五千大洋，扬长而去，留下了一具兰兰的尸体。大家把吴掌柜救过来，他已气喘嘘嘘。老太太怎能经受这致命一击，早已魂归故里，撒手而去。吴掌柜看到兰兰那僵硬的尸体，看到自己太太倒在血泊之中的身躯，"天啊！"一声惊叫又昏死过去。来福抚着兰兰的尸体，泪水滚滚而下，他怎能相信，往日那活蹦乱跳、亭亭玉立的少女，怎么一下子就变成了一具可怜的尸体。"老天爷啊！你睁开眼睛看看这世界吧！"来福发自肺腑的呼唤，震撼着大地。山在动，水在啸，风在吼，人在怒，山河流泪，大地哭泣！

当吴掌柜在外的两个儿子回来时，吴掌柜已奄奄一息。临终前，他叮嘱两个儿子，把剩下的房子和地卖掉了，把店铺转让给来福，来福这些年也没拿工钱，就少给些钱算了。又拉着来福的手，泪流满面地说："我们一直看着你长大，你是个好孩子，这个店铺你继续经营吧！最好不要改名。还有，今后希望你能经常在我们的坟上添把土，逢年过节烧点纸，我们在九泉之下也会感激你的。"来福拉着吴掌柜的手，已经泣不成声。没有多久，吴掌柜便含恨而死。

吴掌柜家连着死去三口人，水塘镇震动了。

来福也够仁义的，披麻戴孝，里里外外，极尽做儿女的责任，对老爷、太太、兰兰也是情有独钟，多少个白日，多少个夜晚，他跑到坟地，或跪在灵堂前，他真不敢相信这个残酷的现实。回首往事，历历在目，老爷和太太教字时的认真样子，与兰兰一起玩耍时的欢快情景，好像就在昨天，转眼他们已是阴阳两地间。

第四章
林家铺子

继承店铺力经营，
娶妻生子不忘情。
飞来横祸伤满目，
国难昌盛家难存。

江北的春节，正是寒冬腊月，雪花飞舞，红灯高挂，打扫尘土，贴春联，包饺子，杀猪，宰羊，好不热闹。

水塘镇两条小街上，挤满了购年货的人群，"德润发"老字号店铺前，站着一位年轻、帅气、和蔼可亲的小老板，他就是当年的小来福，现在的林掌柜——林福康。几年过去，林福康把"德润发"字号经营得井井有条，门面扩大了，货物品种增多了，天津、北京、奉天、哈尔滨发来的货，源源不断地进来，各种洋酒、洋布、洋货也一起摆上了柜台。门牌上"德润发"三个字重新刷了油。两边新贴的"生意兴隆通四海，财源茂盛达三江"横批"财源广进"的对联，更加醒目、耀眼。"林掌柜好气魄呀！"对面的孙先生走过来说，"不敢当！不敢当！孙先生有什么事吗？"林掌柜急忙答道。"前几天，我跟你提的事，不知你意下如何？如有意，正好春节抽时间见个面嘛！"孙先生是对面药铺里的坐堂先生，人很朴实、忠厚，医术也还可以，人们有个头痛脑热都来找他，一服、二服中药就好了。

话说他有个外甥女在乡下，家里也比较殷实，年方十八，还没婚嫁。人长得瓜子脸、柳叶眉、杏核眼、高鼻子、不大不小的嘴、赛过貂蝉一般。孙先生早就看上了林福康，几次来提亲。再说林福康几年来，提亲的人也不少，可他心里总装着兰兰，不想谈婚论嫁，现在年岁也不小了，再加上孙先生几次劝说，他也不好推托，就说："那好吧！你挑个日子，见上一面吧！"

孙先生的妹妹住在三台子村，离水塘镇不远，是个山清水秀的地方，孙先生的妹夫姓赵，叫赵寿昌，是村里一家比较富裕的人家，一座四合大院，窗明几净，正面一座平顶砖房，两边两座厢房，一架大马车摆在院中，院落里的积雪已铲得干干净净。林福康在孙先生的指引下进了大门，赵寿昌及老婆赵黄氏急忙将林老板引进堂屋，一阵寒暄落座之后，赵寿昌的二女儿赵桂芬手端茶水进来，当两人目光相遇，林福康忽感一股暖流涌入心田，赵桂芬的妩媚和灿烂的笑容，使林福康的心扉翩然拂动，他静如止水般的心，开始飘然痒动。婚事就这样定下来了，择日迎娶。

那是一段瑰丽多彩的时光，虽然天空没有虹霞似锦，大地没有绿草如茵，两人从没有过海誓山盟，可是正在走向心心相印。迎娶的日子到了，林家铺子张灯结彩，喜气洋洋，大红喜字，迎亲对联，从前厅贴到了后院。迎亲的，送礼的人群，源源不断，穿梭般的人群，随着吹吹打打的鼓乐声，噼里啪啦的鞭炮声，将新娘迎进了门。由于林掌柜的双亲已不在，只好由镇上的长者坐在堂前受拜。婚礼结束了，酒席开始了。喧闹声中，林掌柜手握酒杯，满面春风，穿梭在酒席之间，人们的贺喜声，杯盘的碰撞声，划酒令的叫喊声，响成一片。陪亲的想把送亲的陪好，送亲的想把陪亲的灌倒。互相推来让去，直喝到日落星出，人醉头昏，还不肯罢休。当人们将林掌柜扶到洞房时，他已不省人事，烂醉如泥。新娘赵桂芬忙给林掌柜宽衣解带，扶入帐中。看着丈夫的醉态，看着睡熟了的压炕小男孩，新娘只好自己悄悄地睡在旁边。

暑往春来，年复一年。林掌柜和妻子已有两个孩子了，大女儿林秀华已经四岁了，小姑娘长得秀秀气气，像她妈，就是有点腼腆。儿子才一岁半，叫林长安，刚刚学会走路，咿呀学语，很是可爱。这天，林掌柜刚从哈尔滨进货回来，"爸爸！爸爸！"两个孩子一起扑向前去，林掌柜一手抱着一个，又是亲又是吻高兴坏了，急忙从袋子里拿出好吃的，分给他们。"他爹，回来了！"赵桂芬边说边打水，叫他洗脸、刷牙。这对夫妻结婚几年了，总是相敬如宾，有尊有让，从没红过脸，吵过嘴，大声讲过话。林掌柜洗漱过后，他老婆急忙摆上饭菜，又烫上一壶酒，端了上来。林掌柜的老婆赵桂芬，自从过门以来，可谓里里外外一把手，把家里料理得井然有序，干干净净，真是个好内当家。林掌柜边喝酒，边说："他娘！你爹近来可好？"赵桂芬说："没什么事，挺好的，怎么，有啥事啊？""我想叫人捎个口信，过几天叫你爹来一趟，有件事想和他老人家商量一下。""什么事啊？""咱们这几年买卖挣了点钱，我想叫你爹帮我们在三台子、四台子附近买几垧地。""那好啊！明天我就叫人捎信去。"赵桂芬欢天喜地地说。

几年下来，林掌柜在三台子、四台子、二井子，几个地方都置办了地，家也搬到离镇上比较近的三台子住。新盖的大宅院，前后八间大房子，正房四间，偏房四间，有车有马，家里有几个用人。他们已有了五个子女，三个儿子，两个女儿，大儿子和大女儿都已念了中学，二儿子叫林长庚，现已十岁了，正在念小学，三儿子叫林长祥，念小学二年级了，最小的女儿林秀芹也有五岁了。

民国初期，东北山村闹土匪很厉害，三天两头就有土匪进村，抢男霸女，烧杀抢劫，无恶不作，村民们，尤其是有钱的大户人家，更是每天提心吊胆，忧心忡忡。有的人家就盖起了炮楼，买它几条枪，顾几个人看家护院。林家铺子在当地也算是个大户，林掌柜和老婆合计，也想买几条枪，修个炮楼，壮壮胆。可是要想买枪也不是件容易的事，得找个熟悉道上的人联系。

当时在镇上，有个名叫郑老六的人，他眼界宽，听说在哈尔滨朋友多。这天林掌柜把郑老六请到了饭铺里，要了几个菜，两人寒暄几句后，林掌柜说："郑老弟，有点事想请你帮帮忙。""你说，你说，咱们哥俩不必客气！"郑老六客气地说。"现在世道也不太平，经常闹土匪，我想购几条枪，壮壮胆，我也不认识别人，想请你帮忙联系联系，不知意下如何？"

"好说，好说，这点小事就包在我身上了！"

"那就谢谢了，等事成之后，定会重谢！"

郑老六是个中间商，专门挣这方面的钱，所以他就一口答应下来。

哈尔滨夏天的夜晚，阵阵凉风从松花江上吹来，吹散了白日的酷热，也吹来了都市的喧嚣，马路上车水马龙，店铺外灯红酒绿，衣着华丽的老板、太太，袒胸露腹的妓女，嬉皮笑脸的嫖客，交织在一起，把这座北方的大都市，装点得如画一般。

今天，郑老六一到哈尔滨，就找到董宝田，两个人约到大烟馆会面，两人躺在烟榻上，喷云吐雾，飘飘然也。一阵过后，郑老六说："董哥，我这有笔生意，不知你想做否？"董宝田问："多大的生意？""生意到不大，只想购两三条。"郑老六轻声答道。董宝田说："没啥意思，现在我缺钱花，不瞒你说，我现在欠烟馆不少钱，怕连命都难保了，你帮我找个大买卖，事成之后，不会少你的好处的。""有些事是得遇机会啊！"郑老六忙说。两人又吞烟吐雾一阵，忽然，董宝田问："哎！郑老弟，你说要买货的那个人，家境如何？""在镇上也算个大户了""我看，咱们……"两人的头聚在一起，一场阴谋就这样产生了。董宝田是南岗一带有名的混混，贩枪支、贩鸦片、吸大烟、搞赌博、贩卖人口、逛窑子、五毒俱全。他勾结警察署的田警长走私军火，贩卖鸦片……真是无恶不作。董宝田送走了郑老六，就开始实施他们的罪恶计划。

田警长是哈尔滨南岗区一个分署的小头目，他和小老婆孙丽丽，住在大舞台附近一个小院落里。整个小院，琉璃瓦、玻璃窗、油漆大门，里面小院里栽些花草、树木，好是气派。几年来，他凭借那一身"虎皮"，到处敲诈勒索，贪赃受贿，巧立名目、张开血盆大口、拼命搜刮民脂民膏。今晚他为了给姨太太庆祝生日，在院内摆了几桌酒席，又请来了唱东北大鼓的刘喜翠、唱蹦蹦戏的沈水仙，还有几个名妓把盏相陪。董宝田也准备了一份厚礼，兴高采烈地来到了田警长家，院内酒宴开始，推杯换盏，歌舞升平，热闹非凡。几杯酒下肚后，董宝田把田警长叫到一边，两人密谋一阵后，只见田警长满脸堆笑，频频点头。

盛夏的太阳，火辣辣地照在头上，大道两旁光秃秃的，偶尔有几棵歪脖子树，也不能遮阴纳凉。正是中午时分，路上行人很少，林掌柜和两个伙计头戴草帽，满脸流汗，正急匆匆地赶着马车向哈尔滨方向奔去。车上装满了大豆、玉米等杂粮，准备送到哈尔滨老客户店中。前几天，郑老六告诉他，他要买的枪，要在今晚交货，地点定在哈尔滨市正阳里一个客栈里。林掌柜赶到哈尔滨时天已将近黄昏，他们把粮食送到商铺后，到街上吃点饭，就赶往正阳里。

正阳里是哈尔滨一个贫民区，住的人比较复杂，这里的客栈既能住人也能歇马。"林掌柜来了！屋里请！"老板娘热情地招呼着。"住上房特等间，来人！把马车卸了，喂喂马！"老板娘继续吩咐着。"谢谢老板娘！一会儿有人找我，请领到我房间来。"林掌柜边走边说道。

天渐渐地黑下来，好像是个阴天，没有月亮，伸手不见五指。林掌柜在房间里，一边喝着茶，一边等着郑老六的到来。将近十一点，只听外面有敲门声，开门一看，正是郑老六。他领着一个人，头戴鸭舌帽，嘴里叼着烟。郑老六介绍说："这位是黄掌柜。"林掌柜忙上前，施礼让座，一阵寒暄后，林掌柜边喝茶，边说："路上辛苦了！怎么样？货可带来？"黄掌柜放下茶水说："货不好搞啊！林掌柜得多给些钱呀！"两人把手放在袖筒里，讨价还价一阵子，价钱总算讲好了。验了货、付了款，送走了郑老六，林掌柜也就歇息了。

忽然一阵砸门声，将林掌柜吵醒。"起来！起来！查夜的来了。"原来是警察查夜的，人们纷纷穿上了衣服。进来几个警察，"哪来的？干什么的？"一个警察问林掌柜。林掌柜急忙回答道："从水塘镇来，卖点货。""什么货？""一些粮食，已经卖完了，明天就回去。""这是谁的东西？"一个警察指着放在房间角落里的麻袋问了半天。林掌柜说："那是一些旧麻袋，装粮食用的。"几个警察过去一翻，从里面居然翻出三支枪、二包大烟土。这下子警察可来劲了，不由分说，就将林掌柜和两个伙计带到了警察署。其实那个年代，贩卖个枪支、大烟土也不算啥稀奇事，可是人要是倒霉，这也算是大事。

这下林掌柜可要吃苦头了，尽管几次审问，林掌柜都说："这烟土我真的不知道哪来的，枪是我买来看家护院的，卖枪的人我不认识，给了钱他就走了。"可是又有谁能相信呢？古话说得好，"衙门口朝南开，有理无钱莫进来。"一阵皮鞭子沾凉水，打得林掌柜皮开肉绽，血肉模糊。为了不再受这皮肉之苦，林掌柜只好承认自己是贩卖毒品、枪支的罪犯。求他们先放了两个伙计，好回去报信，找人来解救自己。

林夫人听到这个消息，顿觉天崩地裂，浑身突冒冷汗。"天啊！怎么会有这样的事！"她急忙找来自己的家人，又派人看郑老六是否回来。当郑老六急匆匆赶来时，林夫人弟弟已经到了。大家一商量，决定派林掌柜内弟赵天顺和郑老六，一起去哈尔滨打听一下，找找救人的办法。

赵天顺带着郑老六及伙计们，连夜赶着马车疾驶在通往哈尔滨的路上。几个人心急如焚，可郑老六的心里却美滋滋的，差点儿要哼起小曲来。随着车轮有节奏的颠簸，他早已进入了梦乡。皎洁的明月挂在高空，满天的星斗不时的闪烁着，静静的夜晚，只听到马蹄有节奏的奔跑声。当东方露出鱼肚白，马也累了，人也醒了，哈尔滨也到了。

经过一夜的奔波，人困马乏，他们找了个大车店住下来。

"郑大爷！您看怎么办呢？"赵天顺小心翼翼地说。

"我先出去，找几个朋友商量一下，你们先在这等我。"郑老六不慌不忙地说道。

郑老六离开了大车店，就急忙找到了董宝田，两个人来到了茶馆。北方人早晨没有喝茶的习惯，所以茶馆里没有几个人。他们俩要了一壶龙井茶，要了两碟小点心，一边品着茶，一边吃着点心。过一阵，郑老六说："董哥！这事办得不错，林家已经慌张了，拿来三百两银子，叫找人打点警察署呢！""放屁！三百两银子能了事，那也太便宜他了。我看今天你们先去看守所，见见那老家伙，叫他说话，回去多拿些钱来。"董宝田慢条斯理地说。"看守所能叫见吗？"郑老六问。"看守所的事我来安排，叫他们准备好银子就行。"两个人密谋一阵后，离开了茶馆。郑老六回到了大车店，见到赵天顺说："我们先到看守所，见见林掌柜，看他情况如何？看守所那边我朋友已去找人了，不过看来得花点钱。""钱没问题我们已经带来了。"赵天顺答道。

看守所位于南岗区警察分署院内，黑油漆的两扇大门紧闭，大门的左边挂着"哈尔滨南岗区警察分署"的大牌子，门口除了两个拿枪站岗的警卫外，左右两边各蹲着一个花岗岩做的石狮子。有人说：警察署除了外边蹲着的石狮子是干净的，再没有干净的东西。

郑老六一行赶到警察署门前时，董宝田已经到了。郑老六把赵天顺介绍给他，赵天顺忙上前施礼说："大哥您受累了！您联系得怎样？"董宝田说："老弟啊！这事不太好办啊！我找熟人给问过了，说你姐夫是要犯，不准见。我求他给找人说说情，他说一层一层地找人得花几百两银子，还不知怎样。"见董宝田这么说，赵天顺急插嘴："请你多帮忙，银子带来了，给你拿去办事吧！"说完赶忙拿出银票给了董宝田，只剩下不到几十两，准备买些酒菜、衣物，给姐夫带进看守所，还准备些零钱，打点看守们。快到中午时，董宝田才出来，招呼大家进去，到了看守所内，又分别打点看守们，才进去看望林掌柜。林掌柜经过这两天的酷刑，人已经变了模样，脸瘦了一半，眼眶深陷，脸上还有血印，腿一走一拐的，大概骨头受了伤，每走一步脸上竟呈现痛苦的表情。赵天顺吓呆了，心想一两天没见，姐夫竟然成了这个样子，一股辛酸泪油然而生。林掌柜看到家人，握住他们的手，泣不成声。这些男子汉即使铁石心肠，恐怕也难以忍受这一幕。赵天顺把带来的饭菜衣物送给了林掌柜后说："姐夫您受苦了，我姐非常挂念您，叫我们求人早点把您解救出去。"林掌柜说："你们要受累了，这事恐怕不太好办，虽然我是冤枉的，可谁又能证明呢？这是有人陷害我，看来得花钱找人通融一下，家里的钱不够，就把三台子、四台子的地卖了，现在只好花钱免灾了。"

"姐夫！我们已经给警察署送上了二百两银票，看守所里也花了钱，看来您暂时不会受皮肉之苦了。"

"天顺！你回去叫你姐带好孩子，你们托人将我保出去。"

"姐夫！您放心好了。"

正说着，看守过来了说："时间已到，赶快离开吧！他是要犯，照顾你们，才叫你们进来。一会儿上司来了就不好办了。"林掌柜目不转睛地看着赵天顺走了。

风雨过后，可能是个艳阳天。虽然林掌柜家送去了钱，可是他在看守所里也没几天好日子过。没过一个星期，看守们的阴阳脸又出现了，警察们开始轮番审讯，手铐、脚链又带上了，看守们整天吆五喝六，林掌柜在里面度日如年，望眼欲穿。

林掌柜的妻子赵桂芬在家里更是日子难熬。那个年代，一个妇道人家，终归没见过大世面，家中接二连三的事情，让她手足无措。弟弟赵天顺回来后，对姐姐说："姐姐，我们去看姐夫，都不让见，警官说姐夫的案子是大案，不许随便见，我们拿上去二百两银票，才勉强叫见一面，又给监狱长五十两分给大家，才算保住姐夫暂不受皮肉之苦，姐夫也说了，叫你把三台子、四台子的地卖了，换一千两银票拿去，保他出来。"赵桂芬找出地契对赵天顺说："把这个地契拿去典当了，我去镇上店铺里看看。"

赵桂芬到了镇上的"德润发"，一看屋里有不少人，什么村里的孙寡妇、周大妈、钱老伯，还有镇上的几个邻居，吵吵闹闹的，正等着掌柜夫人来。一问才得知，他们听说"德润发"的林掌柜出事了，都来看看，有几户人家说要退入股钱，账房先生杨焕章正在向他们解释呢，看到这种情况她忙说："乡亲们！谢谢大家的关心，林掌柜过几天就能回来了，另外，你们谁要用钱，与账房杨先生说一声，我叫他拿给你们，请放心。"大家七嘴八舌地问了一阵，也就都走了。赵桂芬在店里等弟弟一会儿，见他还没有回来，就对账房杨先生说："我有事回家一趟，银票你先收着，明天我们来取。"说完她就走了。

账房先生杨焕章是吉林一带的人，四十多岁，来店铺已经七八年了。人看起来还比较老实，平时少言寡语，林掌柜在时，对他还是很信任的。

北方六月的天气本来就比较凉爽，再加上昨晚下了一夜的小雨，空气更加清新，人们感觉多少有点凉意。赵桂芬像往常一样，叫刘妈把孩子们叫醒，穿衣、吃饭，准备上学。大女儿、大儿子在县里读书，住在学校，家里二儿子、三儿子在镇上念小学，每天由赶车的巴叔接送。赵桂芬正在屋里收拾东西，忽听外面有人跑进来，一看是店铺里的小伙计，只见他满头大汗，气喘吁吁，上气不接下气地说："掌柜夫人,不好了!今天早上发现店里账房杨先生不见了,他的东西也没了。""啊!?"林夫人顿感五雷轰顶,天旋地转。刘妈赶忙扶住夫人喊："夫人!夫人!"林夫人从昏迷中醒过来说："快!快送我到店里,我的银票,那是我的救命钱呀!"当林夫人赶到店铺时,伙计们脸上一片慌恐,空气十分紧张,林夫人急忙打开钱柜,发现里面空空如也,刹那间,她觉得天旋地转,昏了过去。当林夫人醒过来时,她已躺在店铺的房间里,旁边围了很多人,对面药铺的郎中正在给她把脉,父亲和弟弟也守在旁边。过了一会儿,郎中对他父亲说:"暂时问题不大,急火攻心,得慢慢调养,我先开两服药吃着,有事找我。"送走了郎中,大家一起安慰林夫人。

真是知人知面不知心,人们做梦也没想到,杨先生这家伙会在林掌柜危难之时落井下石,携款而逃。

"这一千两银子是救命的钱,天啊!叫我们怎么活啊!"赵桂芬想到这里泪如雨下,泣不成声,老父亲和弟弟在一旁也都哭成了个泪人儿。父亲强忍悲痛,安慰女儿说:"孩子,得保重身体,福康还在狱中等天顺去救他呢,不行再卖地!"说完老泪纵横。

街里的人,听说林家的账房先生携款而逃,议论纷纷,那些在铺子里入股的股东,也都纷纷找上门来,要退股,要分钱,林家只好卖房子、卖地,先解燃眉之急。

这天,赵天顺、郑老六又来到了哈尔滨,又在茶馆里和董宝田见了面,今天董宝田好像吸足了烟,两只眼睛贼溜溜的,显得还算有点精神,郑老六忙说:"董哥,你看怎样?能不能找保人,把林掌柜先保释出来。"董宝田眯着两只小眼睛,不紧不慢地说:

"事情不好办啊！我找了警长，他说不是钱的事，这是大案、要案，要通过他找出贩枪、贩毒的黑线。""董哥，我们是否去警长家通融一下。"赵天顺接着说。"也好！我去联系一下吧！"董宝田满口答应下来。

又是一个漆黑的夜晚，赵天顺等三人，手拎各种小菜、点心、酒，一路风尘仆仆地赶到田警长家，到客厅里落座后，赵天顺就一下子跪在田警长脚下，"田警长！请你救救我大哥吧！家里把房子、地都卖了，又被账房先生拐走了钱，现在已经破产了，这一千两银子，您先收着，帮我在上司面前，美言几句，就放了我姐夫吧！您就发发慈悲吧！"赵天顺声泪俱下地说。"这位老弟呀！不是我不放人，而是法不容情啊！你姐夫犯了大罪，我怎敢放人啊！"田警长一本正经地说。"你还是先起来，我们从长计议吧！"郑老六扶起了赵天顺，赵天顺还在那儿一把鼻涕、一把眼泪地哭着，看了实在叫人心酸，"田警长，你就帮帮忙吧！我们在镇上，找人联名写保单，把林掌柜保出来。"郑老六假惺惺地说。田警长和董宝田互相交换了一下眼神，他们俩早就商量好了，林掌柜家也没啥大油水了，弄不好，再出人命就不好了。田警长听后，过了一阵说："那好吧！你们先回去找人出保单，我再找人通融一下，过几天听信，来保人。"大家这才离开了田警长家。真是猫哭老鼠，假慈悲。田警长等人，就这样又骗走了一千块大洋。

赵天顺回到镇上，找到了几家平时交往较好的店铺老板，大家联名出保，送到了警察署，这才把林掌柜保释出来。

林掌柜从监狱回来，就像变了一个人一样，往日的风度一扫而光，腿骨断了，脸上身上都是伤，牙被打掉了两颗，满头缠着纱布，他步履艰难地从马车上下来。林掌柜夫人及孩子们一窝蜂似的冲了上来，全家人抱成一团，大声号哭起来。林掌柜现已没有了眼泪，他神色木然，大家把他扶到屋里，林夫人急忙派人去叫接骨医生，一阵忙碌之后，林掌柜终于平静了下来。

林掌柜突然说道："去叫账房先生老杨来！我有事找他。"屋里鸦雀无声，静得连掉一根针恐怕都能听到，林夫人急忙说："杨先生有事回家了，有什么事过几天再说吧。""家里现在情况如何？都卖了多少房子和地？柜上还有多少钱？……"一连串的问题，林掌柜急着想知道。他哪里知道，还有更大的灾难在等待着他。

林掌柜出身贫寒，偶遇机会，他拥有了个小杂货铺，由于他苦心经营，省吃俭用，才有了今日的辉煌。未想到，一夜之间他却损失如此惨重，他那颗心怎能平静？平日里林掌柜很是节省，有时居然达到吝啬的程度。他们家里每年春节杀两头猪，全年的肉、油大部分就是这些了。他每天一小碟菜吃两顿，有时喝点酒只吃半条小咸鱼或半个咸鸭（鸡）蛋，男孩有时能跟他一起吃饭，能吃两口菜，也就心满意足了。女人们、用人们，每天高粱米、苞米碴子粥饭、大咸菜、大葱大酱就不错了。夏天青菜多了，煮一锅茄子、土豆，小葱大酱一拌，大家吃的分外香。但是他在教育方面一点也不含糊，不论男孩、女孩都培养他们上学，他的大女儿现在哈尔滨女子职业学校上学，学习护士专业，大儿子正在哈尔滨商业学院念一年级。林掌柜深知读书、识字的好处，因此他肯在教育方面投资，也算是个开明绅士。

几周过后，林掌柜能下地扶着拐杖走路了。这天早晨，林掌柜在院子里散心，坐在椅子上，看着满院的青菜，黄瓜架上结满了大小顶花带刺的黄瓜，豆角秧上也挂满了一串串豆角，各种胭粉豆、芨芨草、爬山虎也在争芳斗艳一起开放。花的美、花的香、花的千姿百态，叫林掌柜心里十分舒畅。他这段时间，把店铺的生意交给内弟赵天顺打理，他想现在身体好点，也该把账目清理一下，今天天气好，心情也好，他就想去店铺看一下。想到此，他就喊："巴大哥！你套上车，我们去镇上店铺看一看。"听说老爷要去店铺，林夫人一个劲阻拦，但也无济于事，只好说："那我也去镇上，顺便取点东西回来！"

当赵天顺看到姐姐、姐夫的到来，很是慌张，急忙端水、上茶，忙里忙外，店铺里的伙计，也是小心翼翼，离他很远。休息一会儿后，林掌柜说："天顺！把账本、账单拿来，我清点一下。"赵天顺看看姐姐，忙说："改天吧！身体刚好点，不要太劳累了，改天我给你拿回家去。"林掌柜说："身体好多了，既然我来了，就看看吧！"无可奈何，赵天顺只好照办了。林掌柜足足看了两个时辰，大汗淋漓，合上账本，问赵天顺："天顺，这账目也不对啊！"看看也实在隐瞒不住了，林夫人哭着把杨先生携款潜逃之事说了出来，林掌柜神色突变，内心颤抖，犹如飓风狂卷，火山喷发，一瞬间，他大脑突然天崩地裂，眼冒火花，嘴角流血，一头扎在地上，再也没有起来。尽管找遍了镇上的名医，林夫人哭得死去活来，世上也无回天之术，两天后林掌柜也离开了人世。

赵桂芬知道，这个家要是没有了丈夫，恐怕很难维持了，这段时间各种事情的打击，不知为什么她经常前胸疼痛，出气困难，但她还得强忍着，处理丈夫的后事。她想到丈夫这一生的劳苦、艰辛和节俭，想到丈夫受的不白之冤，想到丈夫被活活气死，真是百感交集，夜不能寐，她要给丈夫好好超度一下，求得来世有个好结果。她与弟弟商量："天顺！我看找些和尚，来念七天经，大办一下吧！你来主持！"人们听说林掌柜去世了，都纷纷来吊唁。林家在外边搭个大棚，布置好灵堂，摆好案桌，点起香炉，林家儿女轮流守灵，请来庙里的和尚日夜念经。家里杀猪宰羊，亲朋好友来吊唁，都要吃席，迎亲送往，家里一片繁忙。可惜林掌柜生前一个咸鸭蛋也要吃三天，夫妻俩省到现在，却……

由于天气热放不了七天，只好三天就出殡了。出殡这天，吹吹打打、纸人纸马、纸车纸轿、纸扎的丫环、使女……一大群，送葬的车队整整排了一条街。有的为林掌柜叹息，有的为林掌柜抱不平，有的看热闹，也有的幸灾乐祸，总之，不管是抱什么态度的，都跑到大街上来送他一程。

丧事办完了，林夫人也大病一场，这天她强打精神，把长子林长安叫到身旁。林长安已经十八岁了，在哈尔滨念书，林掌柜在世时，就早给他订了一门亲事，女方是四台子一户富裕人家，女子大他两岁，也该过门了。由于林家办丧事还不到百天，所以婚事只好往后拖一拖。林夫人今天把他叫来主要是想商量一下家里的事，林夫人说："现在店里的事由你舅父帮忙打点着，这也不是个长远之计呀！我看你不要念书了，回来料理店铺，等段时间把媳妇娶进门来，家里也好有个帮手。""妈，我还没毕业呢！等毕业了再说吧！再说由舅父打点着不也很好吗？""傻孩子，由别人打点终归不是那回事，这店铺早晚你得接过来。""那就等一段再说吧！"儿子很不情愿地说。看着儿子很不成熟的脸，赵桂芬心里很难受。是呵！丈夫走得太早了，剩下这孤儿寡母怎么办呢？！现在大女儿也该出嫁了，大儿子也该成亲了，二儿子十三岁，小儿子十岁，最小女儿才七岁，孩子们还需要他（她）们啊！可是赵桂芬心想，自己这病弱的身体还不知能撑到哪天？！

阳光明媚，晴空万里，漫山都是开不败的野花、野菊，赵桂芬领着孩子，拿着贡品、贡果、烧纸等，来到了林掌柜墓前，摆上贡品，点好香，赵桂芬没有哭，只是叫孩子们把带来的菊花捧到墓前，她脸色灰黄，双手颤抖着，双眼围着一道黑圈，目光呆呆的，她嘟嘟囔囔地对陵墓说："孩子他爹，你可真狠心呵！就这样走了，剩下我们老少怎么办啦？！孩子都小，店铺也没人打点，出租的地没人催租，我这身体恐怕也撑不了几天。"说完就大哭起来，她一直在墓前呆呆地坐着，坐着……天色渐渐地黑了，孩子们吵着要回家，于是她叫孩子们过来给爸爸作揖、磕头，然后才怏怏而归。

快过新年了，林夫人忙着把亲家宋奎元找来，林夫人对他说："亲家！我看孩子们也不小了，年前择个日子把孩子们的婚事办了吧！"林长安的岳父姓宋名奎元，他女儿叫宋玉花，人长得个子不太高，双眼皮大眼睛，瓜子脸，皮肤白里透红，在村里是有名的小脚，别看脚小手可巧了，做衣、绣花样样在行。林掌柜和夫人就是看中她能干，人贤惠。"那好吧！你找人订个日子，我回去准备一下。"宋奎元说。林夫人忙着道谢后说："亲家！你看孩子他爹也不在了，我一个妇道人家办事不周，你看我们婚事从简些好吗？""亲家母！我们也是多年的好朋友了，大哥也不在了，这些事你就看着办吧！我们没啥意见。"两家的婚事就这么定了。年前择了个日子，吹吹打打地将大儿子林长安的媳妇宋玉花娶进门。

　　过完新年就是春节。每年过春节林掌柜在时，家里的事都由林掌柜操持，今年主心骨没了，年过得也没劲，林夫人身体又不好，强打精神安排杀猪、宰鸡、买年货、挂灯笼、贴对联、做豆包、包饺子、敬神、祭祖、亲友拜年，总算把年过了，林夫人也病倒了。这天林夫人坐在窗前，凝视着窗外，院中的雪花团团片片满天飞舞，一会儿地上、树上、屋顶上全是一片白茫茫。望着这天地一片白，林夫人心里也是一片白。今年的春节她也不知是怎么度过来的，吃啥啥不香，看啥都不乐，心里总觉堵得慌。这时儿媳宋玉花过来说："妈！冷不冷？我给火盆添点火。"说着拿一块火炭过来放在火盆里。又看看婆婆抽的烟袋里没烟叶了说："妈！我再给您装袋烟吧！"林夫人看着儿媳忙前忙后地服侍自己，一股暖流涌上心头。宋玉花走后，小女儿林玉芹跑过来，妈长妈短地玩了一阵，走了，当宋玉花再来叫婆婆吃饭时，婆婆却坐在那里已经不行了。"天啦！这是怎么回事，怎么婆婆坐在那儿就死去了。"吓得宋玉花大叫起来。人们纷纷跑过来，儿子、女儿一片哭叫声，眼泪像断了线的珍珠一样往下掉。哭声震动了整个村落，舅舅家人来了，邻居来了，朋友来了，五个没爹没娘的孩子怎么办呢？！东北的天是冷的，水是冷的，风是冷的，空气是冷的，五个孩子的心更冷了。舅父和宋玉花娘家的人聚在一起研究，决定由他们主持操办丧事，安抚五个孩子受伤的心。丧事还是办得沸沸扬扬，念经、摆席、作揖、磕头，接送来往的客人，足足闹了几天。送殡的那天，五个孤儿披麻戴孝，走在前边，悲切的哭声："妈妈！妈……妈……"撕心裂肺的叫喊声，真叫人心碎！五个孤儿的命运该将如何？！

第五章
大浪淘沙

国难当头民声起，
大浪淘沙奔东西。
林氏兄妹国共党，
留学东洋难团聚。

今年哈尔滨的冬天是个阴云密布、朔风呼啸的冬天。夹杂着飞雪的寒风，嗖嗖地刮着，它像刀片般刮割着人们的鼻和脸，路上行人把头、嘴、耳朵和脖子都捂得严严实实的，使人感到压抑和窒息，街上行人很少，马车、人力车、汽车，也在风雪中急驰着。

林家大女儿林秀华和大弟弟林长安办完了母亲的丧事，由老家急忙赶到哈尔滨上学。林秀华在哈尔滨女子职业学校学习护士，弟弟考入哈尔滨商业专科学校。"林秀华！"突然听到一个男人的声音，姐俩定睛一看，是姐姐中学同学加老乡——胡可生。

胡可生也是江北人，现在哈尔滨工业学校读书，他父亲在老家做皮货生意，哈尔滨也有分号，家境很好。今天在街上好不容易遇到，大家都很高兴。胡可生问："你们去哪里？"林秀华介绍说："这是我大弟林长安，在哈尔滨商专读书。"胡可生急忙伸出手说："您好！您好！"林秀华接着说："我们姐俩从老家回来，我母亲去世了，刚办完丧事回学校。"胡可生说："哎呀！真对不起，不知道伯母去世的事，也没去吊唁，请两位节哀，不要太伤感了，今天中午我请客，我们去吃顿便饭好吗？大家很久没见面了，在一起聊一聊。"胡可生一连串话语，叫别人插不上嘴，姐俩推托不过，也就答应了。他们往前走了一段路，正好不远就是一条小食街，各种各样的北方风味小吃，俄式西餐厅、专卖外国零食的小吃铺，里面各种牛奶、酸奶、咖啡、哥瓦斯、鲜啤酒、各种饮料、面包、香肠、奶酪、奶油、果子等，琳琅满目，目不暇接，看得人直流口水。"秀华！我们吃点西餐怎样？"胡可生亲切地叫道："好吧！"三人就进了店门。这店是华人开设的，一进门让人感到很舒适的感觉，白色餐桌布，使不太大的小屋显得亮堂多了，墙上贴着各种广告，摩登女郎的单人画像，披肩金发，蓝蓝的眼睛向你微笑，还有青年男女搂抱画面，男的西服革履，油头粉面，女的穿挂着袒胸露腹的裙子，两人搂在一起。他们就座后，店内女招待头戴白角帽，腰系白围裙，像一只白天鹅似的飞了过来，送上三杯水，忙问："点什么？"胡可生看了看林秀华姐弟俩，林秀华说："随便吧！"胡可生看了看菜单，要了面包、香肠、牛奶、色拉、土豆烧牛肉等，满满一桌子，还要了三杯红酒。胡可生对林秀华很是青睐，他早就喜欢她美丽、大方、单纯，犹如出水芙蓉、亭亭玉立。胡可生举起酒杯说："来！让我们为这次相聚干一杯！我祝你们学习进步！天天有个好心情！"林秀华很不好意思地说："对不起！我不会喝酒，你们两人喝吧！"胡可生忙说："来吧！少喝一点！否则大家就没啥意思了。"无可奈何，林秀华也举起了酒杯。几口酒下肚后，大家的话匣子也打开了，胡可生问："长安！你们学校的伙食怎样？学校有啥课外活动？""学校伙食一般，就那几样，一天三顿都不变，吃饱不饿就不错了。学生会有时组织课外活动，谁愿意参加就参加。""你们女生学校怎样？""还不是一样，我们女生自己的事都办不完，谁还有时间去参加什么活动。"大家你一言我一语谈得很热烈，一边喝着牛奶，吃着点心、小菜，几个老乡同学谈得很投机。看到墙上的壁画及宣传广告，大家又议论一番，林长安看到墙上挂的字画"劝君更尽一杯酒，与尔同消万苦愁"后说："这西餐厅也挂中国字画？""什么西餐厅，还不是在中国地盘上，有几个外国人来吃，来的大部分还不都是中国人，现在不少国人麻木不仁，整天醉生梦死的，照这样下去将会亡国了。我们学校组织许多人参加国民党，我很赞成孙中山先生的三民主义，青年人也要为国为民分忧。"林秀华急忙劝阻道："小弟！不要乱讲话！"胡可生刚要讲什么，一看林秀华的样子，也就欲言而止了。1929年左右，中国正处于革命与反革命殊死搏斗的关键时刻，一方面革命斗争风起云涌，南昌起义、秋收起义、井冈山根据地的建立，中国共产党举起了革命大旗，在这种形势下，北平的学生运动如火如荼地展开，学生运动正在全国蔓延，哈尔滨的国民党、共产党两派人员的斗争也在暗中较量着。

胡可生是个爱国青年，他在学校早已加入了共产党，并负责地下联络工作。林长安是个热血沸腾的青年，他在学校加入了国民党组织，他很崇拜孙中山先生。这两人，今天初次见面，谈得不深，但胡可生预感两人的政治见解恐怕要有分歧，他觉得暂不谈此事为好，所以就欲言而止了。酒过三巡，菜过五味，三个人很是兴奋，林秀华感谢胡可生的招待，胡可生为了增进友谊，为了发展"女子职业学校"的组织力量说："秀华！下星期有时间我们出来玩一玩，你们放松一下心情，免得生病。小弟你也来，好吗？"林长安看看姐姐没说什么，林秀华说："再说吧！"三个人酒足饭饱，结完账走出了餐厅，这时天已黑了。外边比较冷，天空飘着零星的小雪花，他们走在繁华的大街上，看见人行道上碧眼发黄的俄国人他们成双成对的，挎在一起，脖子上围着名贵的狐狸皮，身穿皮大衣，腿上竟然是透明丝袜，皮筒靴，看上去很不协调，走到路口，林长安说："胡大哥，谢谢您了，我送我姐姐，我们就在这儿分手吧。"胡可生说："你看我帮你送送你姐姐好吗？我正好到前面去看一个朋友。"林长安看看姐姐，见姐姐没有反对，就说："那好吧，再见！"胡可生说："再见！有时间多联系。"与弟弟分手后，林秀华与胡可生又走了一段路后，胡可生问林秀华："你们学几年毕业？""我们学三年，实际理论课只有两年，第三年就去医院实习，我现在二年级了，今年暑期开学就到医院实习去了。"两人一路谈得很投机，胡可生介绍了自己和家里的情况，还告诉林秀华，以后有什么困难找他。不知不觉到了学校，他们约定这个星期日在滨江公园见。

林秀华回到宿舍，屋里静悄悄的，同学们都已经入睡了，她蹑手蹑脚，洗漱完毕，上床休息。这是个不眠之夜，她躺在床上翻来覆去睡不着觉，她思念弟弟妹妹，想念父母亲，现在她虽然只有十九岁，但她觉得突然间成熟多了。父母的早逝，使她感到自己重任在肩，家里弟弟妹妹还小，虽然有他们嫂子在家，毕竟过门不久，能否对自己弟弟妹妹负责，能否照顾好她（他）们，这些她都一直挂在心上。今天遇到胡可生，使她少女的心扉萌动，胡可生高大的身躯，宽厚的臂膀，和蔼可亲的面容，一双炯炯有神的大眼睛，都给她留下难忘的印象，她突然感到在胡可生身旁，有种说不清的安全感、欣慰感，多年的同班同学，今天却有别样的感觉，带着这种感觉，她渐渐进入了梦乡。

胡可生因为家境比较好，自己又做地下党的联络工作，为了工作的方便，他没在学校住，自己单独租了一间房子。回到家里，他合上了窗帘，泡了壶茶，自斟自饮起来。回想自己才二十一岁的年龄却经历了不少事情。他是个有理想、有抱负的热血青年，在学校他认识了李大哥，并介绍他加入了中国共产党，1928年他虽然没有直接参加哈尔滨有名的"一一·九"运动，但却看到了反动势力的血腥镇压，残酷的流血斗争，使他变得更加坚强。组织上分配他做联络工作，以他家庭的条件可以接触到各阶层的各方面人士，来扩大共产党组织，壮大革命队伍。想到白天的事情，他很高兴，他很喜欢林秀华，也想发展她，并通过她在"女子职业学校"护士中发展一批共产党员和积极分子，对将来的工作很有好处，他越想越激动，久久不能入睡。

林长安是林掌柜的长子，本来父亲去世时，母亲就叫他回家掌管"德润发"买卖，但他是个有志的青年，不愿早早就守在老家中。在念高中时，就看到社会上的军阀混战、政府腐败、爸爸被诬陷等事件，使他对现实更加不满，他很想干一番大事业，来报家中仇，来平社会恨，可他不知怎么办。当他考入商专后，看到学校中有一批学生特别活跃，提倡孙中山的"三民主义"，他经常去听，也很羡慕这些学生，时间长了，本班的苏有明和他比较好，两人经常一起去参加活动，很快两人就被批准加入了国民党。林长安的父亲是个很传统的人，很早就给他定了亲，他对这门亲事很不满意，但最后还是为了安慰母亲和这个小脚婆娘结了婚，但他的心却没有在这里，他也不愿意回那个家，他很希望走出去做一番大事业，但现在还小，还在读书，所以他只有静静地等待着。

冬天虽然已经过去，而春天姗姗来迟，但毕竟河水开化、小树吐出绿芽。宋玉花独自坐在窗前，凝视窗外的小树，思绪万千。清明节即将来临，她前几天就领着弟弟、妹妹去扫墓，她在墓前对父母亲讲，我一定带好弟弟、妹妹，希望两位老人在天之灵多多保佑她们。可是丈夫林长安很少回家，自己年轻，许多事情没经历过，不知如何处理。现在家境又不太好，虽然店铺由舅父打理，但现在的店铺已今非昔比，由于家中近几年连年遭事，林家欠款比较多，现在店铺的股份比以前减少，只占30%的股份了，其余的股份已还债。家里的地也只剩下二井子这部分，她想：现在弟弟妹妹比较小，除了念书，家里的事谁也管不了，只能她和舅舅商量。每年店铺分点钱给弟弟妹妹念书用，二井子地租出去，每年收点粮食家用，她们姐弟几个在家里还要节衣缩食省吃俭用。二弟林长庚也已经念中学了，小弟林长祥正在念小学，小妹林秀芹也念小学了，人很聪明，但家境不好，她这么小就失去了父母，每天由大嫂陪着入睡，也真有点怪可怜的。想到此，突然外边小妹林秀芹一边跑着一边喊："大嫂！大嫂！我的衣服破了，帮我补一补好吗？"一看小秀芹的上衣破了一个口子，大嫂急忙下地，从柜子里拿出一件干净的上衣给了小妹，小妹穿上衣服，蹦着跳着走了。大嫂在家里要给这几个弟弟妹妹做单衣、棉衣、鞋、袜等也很忙累，好在家里做饭还有巴大爷帮忙。巴大爷是林掌柜在世时就在家里赶车、买菜、干杂活儿的，他没有成家，一直就住在林家，也没有什么亲人，现在他就留在林家照顾这些孩子，孩子们也把他当作家人，有什么事都会与他商量，大家相处得很好。

今天是星期日，胡可生如约来到了滨江公园，他和林秀华相处几个月了，各方面进展得都很快，现在时间比较早，林秀华还没到，胡可生独自一人悠然在湖边溜达。湖边一片翠绿，初春的柳树早已吐出新叶，湖水碧波荡漾，一对对情侣在湖边缓缓散步，带着孩子的少妇也在同孩童一起嬉耍，这里呈现一片幽静、祥和的安乐气氛。面对这一切，胡可生的心情十分沉重，目前关东军已进入黑龙江哈尔滨市，人们的抗日热情极为高涨，在这种情况下，更需要我们宣传抗日，进一步激发人民的抗日热情，使已燃烧的火焰越烧越旺，因而需要我们在各地积极发动群众，尤其在学生中间形成一股强大的力量，使学生成为这次宣传运动的中坚。他要在"女子职业学校"中发展一批党员，林秀华当然是首选，他正在想如何来做林的工作呢……一声"胡可生！"打断了他的思路，原来是林秀华，"你来了！怎么小弟没来呀！"胡可生说。"他大概有事情，不会来了。"林秀华一边说一边看表。"今天的天气真好，空气清新，小风一吹真是太舒服了。""你看地下的小草都已发芽，看！这边还有野花呢！"林秀华一边说一边跑过去，摘了一朵，闻了又闻，"好香啊！真是感谢大自然给予人类美的享受！"两人都已陶醉于初春的美景中。

忽然，从后边传来马蹄声，他们回头一看，是日本人的巡逻队。刹那间，两人都惊呆了，他们又突然从美景中回到了现实，两人的情绪瞬间低落下来。他们低着头漫步在河边，久久没说一句话……胡可生实在按抑不住内心的怒气，说："我们的大好河山，怎能容日本人来践踏！""我们学校好多姑娘都哭了，说怎么办啊！决不能让日本鬼子占领我们的国家！"林秀华激动地说着，两人你一言，我一语，都在抒发自己心中的愤恨。林秀华说："我们宿舍里几个女生要参军，参加战地医疗队，上战场，打鬼子，可是不知道去哪里报名。"胡可生说："听说我们学校里有些人要组织人员参加演讲、集会、游行。""那好啊！什么时间，在哪里，我们也参加。"胡可生表示，一有消息就通知她，要她在学校里组织一些同学时刻准备着。渐渐地两人越谈越投机，不知为什么，林秀华觉得和胡可生越来越亲近了，两人不知不觉地挽起了手，心里觉得热乎乎的。"秀华！如有消息，我到学校找你好吗？""行啊！你就说是我表哥，找我有事就行了。"林秀华爽快地答道。这对青年手挽手，肩并肩，在公园里谈着笑着，久久不愿离去。

日本，由于国土狭小、资源匮乏、人口过多、经济萧条，他们就把眼光盯向幅员广大的中国，日本军国主义分子用武士道精神培训一批亡命之徒，投放到中国，侵占中国领土，乱杀无辜的中国人民，并且向中国尤其东北地区走私毒品，大肆搜刮中国民财，并腐蚀中国人民，使中国人成为东亚病夫。哈尔滨和其他许多地区，都有专门贩卖妇女的场所，为了更好地控制妓女，他们常常把妓院和鸦片馆连在一起，唆使他们控制下的情报人员染上鸦片烟瘾堕落，以便更好控制。

五月的哈尔滨晚风吹拂，还真有些阵阵凉意。在几条主要的街道上，到处游荡着身穿花花绿绿和服的日本妓女，在招揽过路嫖客，而一些商人及社会名流却喜欢搂着那些白俄罗斯妓女的腰在街上晃来晃去。

今晚，林长安与同学邱子仁漫步在街上。邱子仁是林长安的上一级同学，他在学校任学生会干事，是林长安加入国民党的介绍人，他的父亲在长春市有许多买卖，是长春商界比较有实力的人物，现任商会副会长。"长安！今天我请客，咱们俩喝点酒，反正明天休息。""不用！不用！我已经吃过饭了。""哎呀！学校那饭吃跟没吃一样，我们今天来个一醉方休。"不容分说，邱子仁拉着林长安上了香满楼酒家。这是个大酒楼，上二楼有包

世家

SHI JIA

050

间，还有白俄罗斯女招待，林长安从没到过这种酒楼，看得眼花缭乱。当两人在包间坐下后，女招待过来端茶倒水一阵忙碌，邱子仁要了四个炒菜，什么爆炒腰花、糖醋排骨等，叫来一瓶老白干，两人你一盅我一盅地喝起来。几杯酒下肚后，邱子仁有点兴奋地说："长安！你知道我今天为啥请你吃饭，我高兴啊！我告诉你一个秘密，我很快就要到日本留学去了，是免费出国留学，听说还有名额，不知你想去否？你若愿意我可帮你。"邱子仁神神秘秘地说，林长安听后感到十分惊讶，能有这等好事，免费去日本留学，他多么向往出国深造啊！忙问："邱子仁，是真的吗？还有名额吗？怎么报名啊？""我给你一份表格，填上表，审查同意就可以了。这是千载难逢的好机会，你可不要错过啊！"听了邱子仁的话，林长安的心快开锅了，热血沸腾，急不可待地说，"那我也填份表！"表填完了，两人也醉了，稀里糊涂到了家。下半夜，两人进了怡红院，各自找个女人睡下了。

哈尔滨的学生运动，在省委、市委党组织的秘密组织下，正紧锣密鼓地准备着。这天胡可生来到了"女子职业学校"，林秀华早已联络了一些志同道合的同学，当胡可生到她们宿舍后，这些同学也都到了她的宿舍，大家一边吃着花生、瓜子，喝着茶水，一边听胡大哥讲话，他说："同学们！现在是我们国家最危难的关头，我们每个中华民族的儿女，都不会甘心做亡国奴，我们要团结起来，赶走日寇，推翻伪满州国，要建立一个民主、自由的新中国。我们这一代青年身负重任，历史赋予我们的责任，我们就要勇敢地担当起来，要为民族的利益、国家的利益去抗争，去战斗！……"胡大哥心情激动，情绪高昂，牵动了大家的心。这些女生，有的感动得流泪，有的义愤填膺，大家纷纷表示，要为国家为民族的生死存亡，尽一分力量。大家七嘴八舌地发言、追问，什么时候要我们做什么，我们一定积极参加。同学郝立春哭得最厉害，因为他父母在东北被日寇杀害，她现在寄居在姨母家里，所以她早就想投身革命队伍中，为父母报仇雪恨。郝立春紧紧拉住胡大哥的手说："胡大哥！帮助我参军吧！我要参军！打日本鬼子！为我父母报仇！为死去的千千万万中国同胞报仇！"胡可生安慰她说："小郝同学！不要着急，先读好书，学好本领，前方后方都有许多事情要做，我们在后方一样抗日。"夜深了，同学们才渐渐散去。

林秀华送走了胡可生，临分手时胡可生告诉她，如有啥行动再来通知她，要她和同学们保持好联系，不要太声张，以免引起校方的注意。

胡可生的入党介绍人刘大哥名叫刘玉山，现任哈尔滨市委宣传干事，由于处于秘密工作状态，所以他们的联系是单线的。现在市委决定要搞一次学生游行、集会，宣传抗日救国，发动群众，他们约定下个星期日，要在群众比较多的集贸市场搞一次学生演讲和一些文艺宣传节目，"打倒汉奸！""打倒卖国贼！""誓死不当亡国奴！"等标语口号要印刷一批，大量分发，所以刘玉山把印标语，分发传单的任务就交给了胡可生。胡可生在本校中组织一批人员印传单，分发传单，又联系了附近几个学校的人员参加。当然女子职业学校的林秀华也不例外，她们这些女同学就负责在会场及周围散发传单，时间定在下周日上午十点钟，人们在等待着这一天的到来。

林长安那天晚上和同学邱子仁两人在酒楼里，饭也吃了，酒也喝了，表也填了，女人也睡了。但他哪里知道他稀里糊涂填的表，却决定了他一生的命运。那是一张参加日本特务组织的申请表，从此他就走上了与祖国人民背道而驰的道路。没过几天，邱子仁找他，叫他晚上七点钟去茶楼参加一个会议，当他们俩来到茶楼包间时，白衣侍者拉开了房门，他们才看清里面灯火辉煌，包间内摆放着两张茶桌，茶桌上摆满了点心、瓜子、糖果，旁边有几个穿着日本和服的美女和几个穿着日本军服的军人，桌子旁已经坐了几个中国学生，他们显得很拘谨。人来得差不多了，一个日本学生模样的人讲话，原来这是个欢送会，欢送第一批去日本留学的中国学生，据说他们都对中日友善做过贡献，才派到日本学习深造的。从茶楼出来，林长安不安地问邱子仁："那我们什么时候才能去日本？"邱子仁说："要根据你的功绩大小，决定派出去的时间。你要多提供一些有价值的情报，今后要在学校和社会上多收集一些材料，尤其是共产党和一些激进分子的言行及人员名单等。"林长安勉强地点点头。其实，林长安心里也很矛盾，他愿意出国学习尤其能免费就读，但他也不反对中国人的抗日行为，如果日本人真的长期占领中国，我们中国人将成为亡国奴，那也是他不愿意看到的。可如今，他鬼使神差地填了加入日本特务组织的申请表，不干了会掉脑袋，干吧也会掉脑袋，又违背了自己的良心！天啊！怎么走了这样一步棋啊！他心里难受至极。回到宿舍，他久久不能入眠，他决定明天去姐姐处与她商量一下。

细雨蒙蒙，晚风悠凉。街上冒着雨和打着伞的行人，匆匆消失在雨雾中。林长安放学后来到了女子职业学校，在门卫室内，他焦急地等待着姐姐的到来。"长安！有事吗？怎么这么晚了还出来？"姐姐一长串的问话声，打破了室内的宁静。"有点事，也没啥大事，就是想看看你。"林长安的支吾使大姐有点不安。姐姐看看外边下着雨，想了想说："那先到宿舍坐一会儿吧！"他们姐弟俩来到了宿舍，本来林秀华和同学们正在宿舍里写标语印传单，原不想叫弟弟进来，看到弟弟冒雨来找她，担心有什么事，又不好不理他，只好将他带到了宿舍。林长安见到姐姐和同学们的举动，他惊呆了。"姐姐你！？"他欲言又止，不知所措。姐姐想了想说："现在国家、民族已到了生死存亡的时刻，国家兴亡，匹夫有责。我们女同学也要在唤起民众的事业上，做出自己应做的事情。下星期全市学生组织大游行、大集会，宣传抗日救国，长安！你们学校没组织吗？你也应当参加。"林长安万万没有想到，本来与姐姐商量去日本留学的事，却看到姐姐正在参加抗日斗争，这是两条截然相反的路啊！怎能向姐姐开口。林长安沉默不语，呆了很久后说："姐姐，也没啥事，我就是想看看你，你现在正忙，我就走了，改日再来看你！"姐姐再三追问，他也没说啥事，就只好冒雨送他走了。

　　林长安独自走在街上，这条街已被日本人开的店铺占满，所有的橱窗都摆满了各式各样的"东洋货"，留声机里播放着日本音乐，不时有日本女人和日本浪人扭结一起，在街上横冲直撞，一些中国人遇到他们，只好躲得远远的，真的不知是在日本还是在中国。看到这些，林长安的心像五味瓶打翻在地，不知什么滋味！他羡慕日本的科技，他喜欢那些"东洋货"，看看日本的产品多么精巧、先进，看看中国的产品傻大黑粗，他多么希望去日本学习深造。他认为，中国被人欺凌，就是由于中国落后，他要努力学习技术，回国改变自己的家乡。看到这一切，他暗暗下定决心，一定要去日本留学，改变自己和国家的命运。

中午时刻，学校食堂里吃饭的人很多，学生们排着大队，打饭打菜，一片锅碗瓢盆交响乐声。林长安打完饭正要回去，忽然有人在他肩上拍了一下，回头一看，原来是邱子仁。他刚进来，看到林长安就叫他"等我一会儿！"过后两人拿着饭，在操场上找个地方吃起来。邱子仁一边吃饭一边说："第二批去日本留学的名单已定下来几个人了，但是没有你呀！你自从填完表，也没有什么进展！什么消息也没报上来，我想帮你也帮不了……"林长安听了这话，心里怦然一动，心想，如果我将学生集会的事说出来，肯定会立功，而姐姐怎么办？又一想，到时想办法就是了。想到此他心里渐渐平静下来，久违的微笑渐渐挂在了脸上，他把头凑过去，与邱子仁耳语起来……

日本派在哈尔滨的特务头子山本一太郎今天特别兴奋，他从多方渠道得知消息称，下星期日哈尔滨的学生要集会，宣传抗日，特意召集有关人员开会，布置抓捕任务，撒下一副天罗地网，要对付手无寸铁的中国学生。日本关东军司令部今天召开会议，研究如何对付学生集会的事，日满警察厅的厅长等有关人员都参加。山本一太郎是有名的特务头子，他双手沾满了中国人民的鲜血，他精通中文、中国历史及文化，早年他曾在中国大连学习、工作一段时间，所以他也算是个中国通，所以要对付这种特务也比较棘手。山本一太郎个子不高，留个小平头、八字胡、一双阴险狡诈的小眼睛，行为作派很不像军人，倒很像个十足的学者，说话气量不大，还文绉绉的。今天的会议由他主持，"诸位同仁，今天召集大家来，主要有几件事情要布置下去。第一件事情，我们从多方渠道得知，哈尔滨市的学生，将在市内举行一次大集会，宣传反满抗日的活动。要求警察厅派出各方面人员，拦截、抓捕，破坏大会的召开。第二件事，要抓捕反满抗日的共产党及激进分子，列出名单不得遗漏。第三件事，要对有立功表现的青年，吸收到日满俱乐部作为会员，对有重大贡献的要选送到日本进修学习。……"会议在血腥味十足的紧张氛围中开了一上午，一场大的灾难正在酝酿中。林长安这几天心情一直忐忑不安，他做了一件见不得人的事，总感到有无数的眼睛在盯着他，在耻笑他，在谩骂他，他真后悔当初，他脑袋一热就将姐姐学校的事告诉了邱子仁……该怎么办？要是姐姐有什么危险，怎能对得起她。今天是星期六，他迫不及待地到姐姐学校，要把姐姐骗回家。

林秀华看到林长安一脸焦急的样子问："有什么事？看你跑得一头汗。""姐姐，不好了，快回家看看，巴大爷托人捎信来说小妹病重，有生命危险，叫我们快回去。""怎么会这样，什么病？怎么不送医院？"姐姐急得直跺脚，林长安看到这样就说："姐！我们快回去看看，否则晚了会出事的。"林秀华想了想说："我回去安排一下。"她急忙跑回宿舍，与正在写标语的同学说："真对不起！我家出了点急事，我得赶回去，明天我一定赶回来。见到胡可生请代我转告一下好吗？"林秀华说完，急匆匆地走了。

傍晚，胡可生来到女子职业学校，听说林秀华被弟弟叫走时，心里一震，真的她家里出事了？还是有其他原因？胡可生想到林秀华的弟弟，心里突然有一种不祥之感。林长安知道这件事吗？他要了解一下，就说："小刘，这几天林长安来过学校吗？""前几天来过一次，坐了一会儿就走了。""他看到你们的行动了吗？""他来的时候我们正在写传单，他还问了几句，后来说没有什么事，坐了一会儿就走了。"由于做地下工作的敏感，胡可生感到，事情也许不会那么简单，会不会走露了风声，要不要停止集会，要不要向省市领导汇报。他觉得应当向有关领导汇报一下，应当有所准备，万一敌人知道了我们的行动，会有重大损失。要有充分的思想准备，要做到万无一失才好。想到此，他安排好工作，急忙离开了学校。

五月的哈尔滨，松花江畔的晚风，给人们带来一丝凉意，一对对情侣，搭肩挽手漫步在江边。这里是休闲、谈情说爱的好场所，这里也是抒发心中郁闷的好去处，望着滚滚的江水，它能带走你心中无限的烦恼。胡可生与刘大哥漫步在江边，他把心中的疑虑和担心讲了出来，刘大哥问："林长安这个人怎么样？""不太了解，不过从言谈中发现他可能是三民主义者，也可能参加了国民党。"老刘想了想说："为了安全起见，为了做好防范工作，我看可以把时间、地点改变一下。时间定在星期日上午九点，地点在火车站广场，你看如何？""我看可以，我立刻去通知，今天晚上宁可不休息也要安排好，你放心吧！""好！我们立刻分头行动！"老刘说完就挥手而去。

林长安急匆匆地将姐姐带离哈尔滨，坐上了通往水塘镇的汽车。几天来紧张的心情，总算放松些，暂时不为姐姐的安危担忧了。但是回家后姐姐发现受骗又该怎么办，这又是一块心病。林秀华虽然人坐在车上，可心却留在了学校。这是她生平第一次参加革命活动，而且是在胡可生的领导和安排下，如今她突然离开，他会怎么想自己，同学们会怎么看自己，一定认为我是个胆小鬼，是逃兵。不！我明天早晨一定赶回去参加集会，不能让他们误解自己。想到此，她恨汽车太慢，她恨不得一步跨进家门，看小妹到底怎么了，快点把她送到医院，她决不能让小妹死去，多么可怜的妹妹啊！林秀华的心被煎熬着。汽车飞驰在大道上，慢慢地看不到外边的景色了，天黑了下来。"长安！快到站了吧！"林秀华急切地问道。"快了！快了！姐不用着急。"林长安答道。谁能想到，此时此刻林长安多么希望汽车停下来，不要再往前走了，时间也最好定格下来，免得明天发生什么事情，自己的心不安，我该怎么办？他焦急得像热锅上的蚂蚁。事情既已如此，他只能硬着头皮顶下来，终于车停了，林秀华一路小跑进了家门。"姐姐！姐姐！"一串银铃般的喊声，使姐姐惊呆了。是小妹！再好好看看，真的是小妹！"小妹！"林秀华一声长叫，拥抱上去，抱着妹妹在地上转了几圈。"小妹！你病好了吗？怎么这么快就没事了。"一连串的疑问，问得小妹莫明其妙。"姐姐！你怎么了？我没有病一直很好，就是想你，你今天怎么回来了？有事吗？"大嫂及二弟、三弟也都围上来，问长问短，拉她坐在炕上，又是倒水又是准备饭菜，一家人忙成一团，为全家人能团聚而高兴激动。静下来后，林秀华感到不对，急忙找大弟。林长安此时已不知去向，林秀华急忙问："长安呢？"林长庚说："刚才还在这里，可能去他房间了吧。"林秀华站起来，来到大弟的房间，看到林长安正在房里，姐姐劈头就问："长安！你为什么骗我？说！！"林秀华的脸色都变了。林长安看看姐姐已经变了形的脸，不安地、有气无力地说："我怕明天你去参加集会出事，我不能没有姐姐，我怕！我……"林长安痛哭起来，一串串泪珠滚落下来，滚落在林长安的脸上，也滚落在姐姐的心里。姐姐茫然了，她知道了，她知道弟弟担心她参加游行集会，担心她出事，撒了谎，骗了自己，可这是革命行动啊！"长安！你知道吗？这是革命行动，这是为了国家利益，难道你忘了，国家兴亡，匹夫有责！我们是热血青年，我们是革命的带头人，怎能这样贪生怕死呢！你这书怎么念的，真让我失望。"姐姐气得浑身发抖。弟妹宋玉花说："什么事啊？姐俩吵成这样，饭好了出来吃饭吧！"大姐忙说："你们先去吃吧！我和大弟一会就过去。"宋玉花看看他们俩，悄悄地退出了房间。大姐说："我今天晚上吃完饭就回学校，我希望你也同我一起回去参加游行。""姐姐，那是不可能的！我不能像你一样单纯、幼稚，喊几句口号能解决什么问题，还会有危险，这是无谓的牺牲。我认为中国当前应当发展经济，要有实力，要步入先进国家，要像英美等国家一样强大，才不能受人欺负。""我们连国土都要没有了，怎么谈强大，日本人要想吞食中国，你要做亡国奴了，还想强大！"姐弟俩你一言我一语，争得面红耳赤。宋玉花忙进来，拉着大姐走了。饭间，林秀华对家里人说："我学校有急事，我想吃完饭，请巴大爷套上车，送我回哈尔滨。"巴大爷一听赶忙说："小姐！那恐怕不行啊！天太晚了，路上也不安全，我看还是明天早上五六点钟走好。"小妹林秀芹更是闹着不让姐姐走，还说："姐姐不能走，今晚我和你一起睡，你要给我讲好多故事。"二弟、三弟也嚷着不让姐姐回校，林秀华看到一家人的样子，无可奈何地说："那好！明天三点多钟就起身，九点前一定赶回学校。"巴大爷说："问题不大，一定赶到。"听说姐姐不走了，小妹一下子扑到姐姐怀里，搂着她的脖子，要姐姐吃完饭就给她讲故事。

　　一切都安排好了，宋玉花回到自己房间，铺好被、打来洗脚水，要给丈夫洗脚。宋玉花今天特别高兴，丈夫很久没有回来了，她很想与他亲近一下。她早就看出来了，丈夫并不喜欢自己，丈夫的心也不在她身上，她要拴住丈夫，她要拴住丈夫的心。她很想叫丈夫毕业后回到老家来，接管镇上的买卖，干一番事业，生几个儿女，多好啊！所以她要小心翼翼地服侍丈夫，讨得他的欢心。"长安！快来烫烫脚！走一天的路够累的。"宋玉花一边拿水一边说。"你放在那里，我一会儿再洗。""快来吧，一会水凉了，我来给你洗。"宋玉花急着去拉丈夫，林长安坐了下来。宋玉花一边给林长安洗脚，一边问："刚才什么事情与大姐吵个没完？姐俩别伤了和气。""没你事，跟你说你也不懂。"林长安不耐烦地说。洗漱完毕，两人躺在床上，宋玉花急着进了林长安的被窝，用手抚摸着林长安的全身，趴在他身上，极尽相爱之能事。渐渐的林长安从郁闷中解脱出来，一把搂着宋玉花……云雨过后，宋玉花依偎在林长安的胸前撒娇地说："长安，我离不开你，毕业后回来经营镇上的铺子，好吗？"林长安推开了宋玉花翻个身说："妇道人家，鼠目寸光，经营一个铺子有什么出息，我要做大事，我要出国，我要去日本深造。你就在家好好照顾我弟弟妹妹，掌管好这个家就行了。""那你什么时候去日本？""不好说，也许很长时间，也许很快就去。""那需要多少钱？家里也没有钱啊！""不用家里拿钱，是免费选送去的。""姐姐去吗？姐姐知道吗？""这事先不要告诉姐姐和别人，等我走时会告诉她的。"宋玉花紧紧搂着丈夫，生怕现在就分离。她知道林长安走到哪里也不会带着她的，她多么希望快点有个孩子，也许还能拴住丈夫的心。

天还没亮，鸡也没叫，林秀华看看手表，已经凌晨两点多钟，她立刻起床，准备叫巴大爷套车，三点钟出发。她轻手轻脚地下了炕，把小妹的手放在被里，又细细地端详一下妹妹的小脸，才走出了房间，来到巴大爷窗前，轻轻地拍打一下窗户，一会儿里面答应着，巴大爷一边穿衣服，一边走出来说："小姐，这么早啊！""快三点钟了，你去套车，我去准备点水和干粮。""好！"巴大爷答应着。

星星散去，东方放亮，马车疾驶在大道上，林秀华在车上想到昨天与弟弟的谈话，觉得弟弟的思想很危险，自己有义务要开导他，要尽到做姐姐的责任。她又想到了胡可生，觉得胡可生是个有志向的青年，有抱负、有胆量、有魄力，她隐隐地感到，自己已经爱上了他，明年毕业后，她希望留在哈尔滨，与胡可生结婚安家。想到此，她的脸突然发红发热，好在周围没有人，没人看到。"巴大爷！能再快一点吗？快九点钟了。""已经进了市区，很快就到了。"马车刚到学校门口，林秀华就急不可待地跳下车，头也不回地进了校门。当她跑到宿舍一看，屋里已经没有人了。这时，火车站广场前的集会即将开始了，各路大军纷纷向车站广场走来，同学们举着标语牌，举着大旗，高喊口号，浩浩荡荡地向火车站广场前集合。

口号声此起彼伏，传单像雪片一样从空中降落下来。车站附近的人们围了过来，停住了脚步，争看传单，人们与同学们一起振臂高呼，几个演讲的同学已经站在高处，向群众发出战斗的吼声，号召全市人民团结起来，共同奋战，我们决不做亡国奴，我们要做国家的主人。群情激动、斗志昂扬。这时警察厅的警察们，还在秋林公司前的广扬，严阵以待。突然听到消息，集会已经在火车站广场开始了，一声令下，这些警察像丧家之犬，一窝蜂地向火车站赶去。警笛声从远处渐渐传来，汽车鸣笛声、人们的呼喊声、马蹄声、枪声，渐渐由远而近，车站广场上的人群丝毫没有减退。看着正在靠近的敌人，刘大哥立刻下命令，组织人员有秩序地撤退。木棒、水枪、马鞭、子弹像雨点一般在人群头上、身边飞动。

一阵奋战，有的同学受伤，有的同学倒在血泊之中，敌人真的向手无寸铁的学生们开了枪。胡可生领着女子职业学校的女生，迅速地撤离现场，三三两两地混入人群中。当清点人数时，却发现少了郝立春，胡可生急忙返回去找她。这时人们正在往外冲，可胡可生却往里冲，当胡可生冲到广扬中央时，一梭子子弹射过来，打到了胡可生的右臂，他急忙用手捂住伤口，鲜血顺着手缝流淌下来，看看周围没有小郝，他又往回冲。这时警察开始抓人，跑得慢的同学，有的被抓住塞进警车。当林秀华听说车站有集会赶到时，这里已经乱成一团，她万分焦急，看到这里的气氛，看到倒在街上的尸体，看到警察在抓人，她的心怦然跳动，她的脑门在流汗，一种不祥之感涌向心头。同学们怎么样了？胡可生怎么样了？她的心跳到了嗓子眼。忽然她的眼睛一亮，那不是胡可

世家
SHI JIA

————
062

生吗？她急忙冲过去，拉着胡可生往胡同里跑。一边跑一边问："怎么回事啊？"胡可生和林秀华往胡同里跑，跑啊！跑啊！终于周围没人了，两人才停下来，看着胡可生鲜血淋淋的手臂，林秀华哭了。虽然她是学医的，但她还没有真正地接触伤员，怎么办啊？想起学的知识，应当赶快止血、包扎。她急中生智，迅速地将胡可生的衣服撕破，给他的伤口包扎起来，暂时血被止住了。林秀华说："可生！现在应尽快找个医院，把子弹取出来。""现在不能去医院，我这一身血，还是想办法找个车，尽快离开这里，到我宿舍再说。"林秀华找了一辆人力车，两人来到了胡可生的住所。进了家门，胡可生忙说："秀华！真不好意思，我房间太乱了，你随便找个地方坐一坐。""不必客气！我看我还是先出去在附近买点药品，等我回来再把伤口重新处理一下。你一定不要动，先休息一下好吗？""我看你还是先回学校看一下，看看同学们的情况，我很挂念她们。""那也好，我还想和你谈一下昨天我回家的事。""回来再说吧！"

去游行的同学们已经陆续回到了学校，郝玉春也回来了，大家都埋怨她，要不是她到处乱跑，害得胡大哥又回去找她。正说着林秀华进来了，郝玉春看到林秀华就来气了，还没等秀华站稳，就冲她说："林小姐！来得正好啊！平时喊得欢，真正上战场，你却脚底抹油了，佩服！佩服！"大家看到林秀华都把头歪到了一边，屋里静下来，没人理睬她。看到这种情况林秀华也不好说什么，心想再多的解释也没用，以后看行动吧！过了一会儿，林秀华首先打破了沉静说："我刚才在车站见到了胡大哥，他受伤了，他叫我回来看看大家的情况，你们都在，没有什么事，我就放心了。我现在还得回去，帮他处理伤口。"大家一听胡大哥受伤了，都七嘴八舌地问了起来，几个同学都嚷着要去看胡大哥。林秀华选了两位平时学习成绩好的同学，她们一起去实验室拿些手术器械，几个人又到附近药店买些必需药品，又买些吃的，来到了胡可生的住处。胡可生因失血过多，脸色苍白、浑身无力，林秀华急忙扶他躺下，倒点水，又拿出刚买来的点心，给他吃。林秀华三人开始准备消毒器械，把在学校学的知识全用上了，按照平时老师讲的程序消毒、打麻药……一阵忙乱之后，子弹终于取出来了，三个人和胡可生悬着的心终于落了地。手术后林秀华三人感到特别欣慰："秀华，我们成功了，首先我们抢救了胡大哥，其次我们也检验了自己的学习成绩，看来我们学的知识还真有用啊！"一个同学说："是啊，是啊！我们一定要好好学习，看来将来会有大用途的。"另一同学说。胡可生看着三个同学的样子，高兴地说："同学们，要战斗就会有牺牲，流血的事是会经常发生的，首先我们要不怕，另外，我们还真需要一批医务工作者，为战士服务，所以我们的责任重大，任务会更重。"林秀华几次都想把弟弟骗她回家的事告诉胡可生，但由于人多不好开口，看看没啥事了，林秀华就说："胡大哥你好好休息睡一觉，我们先回去，晚上再来看你。"说完三人离开了胡宅。傍晚，林秀华买了些晚餐带给胡可生，胡可生边吃饭边听林秀华讲述，然后想了想说："秀华，大弟也可能怕你参加集会出事，所以编个理由让你离开，我看你不要生气，有些事情是急不得，我认为长安对这件事的观点与你不同是主要的，我找机会再与他谈谈。这件事你不要着急上火，同学们慢慢也会理解的。"听完胡可生的话，林秀华心中的石头落了地，心想还是胡大哥理解我，不知不觉两人的目光碰在一起，碰撞出火花，林秀华不好意思地低下了头。天色渐晚，林秀华把要做的事情都安排好，就告辞了。胡可生坚持要送她，两人漫步在林荫道上，晚风吹过，凉爽宜人，道边的杨柳已发芽吐叶，嫩绿色的树叶随风飘动。胡可生手挽林秀华的手臂，两人紧紧相伴，感到从没有的欣慰，过了一会儿，胡可生问："秀华，快放暑假了，开学后就要去医院实习了吧？""是啊！真快，实习完就毕业了，你说我毕业后回老家，还是留在哈尔滨？""当然留在哈尔滨了，那样我们工作生活都方便……秀华，有句话我总想对你说。""什么话？说吧！""你喜欢我吗？你爱我吗？"胡可生沉默一会儿又说："我爱你，毕业后我们订婚、结婚好吗？"林秀华惊呆了，没想到胡可生大胆地将这句话说了出来，她心头一振，是啊！自己也爱胡可生，可怎么开口呢？想到这，她低下了头。胡可生一看，立刻站住了，忙用手捧起林秀华的头，急忙问道："难道你不爱我？"林秀华摇了摇头，不好意思地投入了胡可生的怀抱。两人久久地相拥着，真不想分开，听到后边有脚步声传来，两人才不情愿地分开。胡可生像吃了蜜似的紧紧拉着林秀华的手说："那我们暑假回家就把这事公开吧！"林秀华说："听你的安排。"

邱子仁的家坐落在长春有名的春江大道旁，是一座小洋楼，独门独户，高雅别致，大铁门终日紧闭，邱子仁的卧室在二楼，平时他很少回来。他有兄妹三人，哥哥已经结婚，在哈尔滨经营分店，一个妹妹叫邱颜红，现在念高中，妹妹人长得很漂亮，由于是大户人家的女儿，从小就受到良好教育，人显得更加聪颖贤淑，知书明理，近几年长大了，受过高等教育，更加变得雍容大度，很是媚丽。邱颜红的房间也在二楼，与哥哥的房间一墙之隔。今天是星期天，当时钟敲响九下时，邱颜红才懒洋洋地从床上坐起来，理理头发，从床上下来，走到窗前，拉开了落地的白色窗帘，打开窗户，一股清风吹拂进来，顿感爽快极了。邱颜红很喜欢白色，她的卧室布置的洁白亮丽，白色床罩、白色台布、白色窗帘，白色花瓶里插着红色牡丹，真是万里洁白一点红。虽然她才十七八岁，但她可谓饱览群书，她对社会上的一些事情，也有自己独特见解。她不赞成父亲和哥哥的一些做法，她觉得不应当为了金钱，失去民族气节，去和日本人合作，有时她偷偷地参加学校的学生运动。这几天她的心情特别郁闷，眼看高中毕业就要报志愿了，她将如何选择。父亲打算送她到日本留学，但她对学医却很感兴趣。听说哈尔滨有个女子职业学校，里面有医生和护士专业，她想报考，今天哥哥回来了，要向他了解一下。想到此，她走出房间，去敲哥哥房间门。"哥！快起来！大懒蛋！快到楼下吃饭，我有事问你。"邱子仁被妹妹吵起来了，说："什么事啊？星期天也不叫人睡个好觉。""好了！好了！快下楼吃饭。"邱颜红边下楼边说。餐厅内金碧辉煌，大餐桌上看到父母亲在用餐，邱颜红很有礼貌地说："早上好！"母亲说："好！快用餐吧！你哥起来了吗？""我已经叫他下来了。""小姐！想吃什么？中餐还是西餐？"用人问，"来份西餐吧！"一会儿，一套牛奶、面包、煎蛋、色拉端了上来。一会儿哥哥下来了，也要吃西餐，妈妈高兴地说："总算一家四口人在一起吃顿早餐。"邱子仁问妹妹："你说有事找我，什么事啊！""哥！哈尔滨是不是有个女子专业学校，我想报考医学专业，你帮我打听一下。"
邱老爷听到这话，一脸不高兴的样子，忙说："去什么哈尔滨，
那所学校也一般，我日本朋友早就答应我，帮你在日本找所比较
好的学校，学医也可以嘛！去日本留学比在哈尔滨念那专科强多
了。"哥哥也忙说："要去日本留学多好啊！我很快也要去日本，
是学校选送的。"妈妈一听忙问："是真的吗？你们都要走！剩
我孤老婆子一人，我太可怜了。"颜红忙说："妈妈！你不要伤
心，我不会去日本留学的。"邱老爷子气哼哼地说："妇人之见！
子仁，你怎么能免费去日本进修，讲给我听听。""我参加了日
满俱乐部，由于我各方面成绩比较好，日方准备选送我和其他人
去日本进修一段时间，回来做中日友善方面的工作。"邱老爷听
后说："我看你还是不去的为好。我和日本人合作是做生意，是
买卖的需要，而你去并不是学技术，而搞什么中日友善，我看不
太适合。""爸爸！你不懂，我们学习回来是要做政治要员的，
你那点小买卖算什么。""混蛋！加入政界有什么好处，你看那
些政界要员有几个有好下场的。不许你去！要去了打断你的腿。"
父子俩吵得面红耳赤，老爷子气得直喘，邱颜红和母亲急忙将老
爷扶回房间，大家就这样不欢而散。

　　林长安在家里与老婆、弟弟、妹妹团聚了两天，这两天家里
很热闹，大哥回来了，大嫂不免要做些好吃的，家里包饺子、杀鸡、
炒菜、喝点酒，有点像过年一样。东北人包饺子就是全家人团聚
的时候，大家围在一起，擀皮子的、包饺子的，说说笑笑，其乐
融融。林长安说："大弟！你今年十几了？快中学毕业了吧？"
林长庚在家排行老三，人长得白净，瓜子脸、浓眉、杏核眼，文

质彬彬的，一看就有点书生气，人很聪慧，又很有心计，他慢条斯理地说："我今年十六岁，已中学二年，明年中学毕业了。""长祥，你几岁了？""唉呀！大哥都不知道我们多大，真不关心我们。"林长祥排行老四，人很调皮，虽然黑点，也是浓眉、杏核眼、瓜子脸，但牙长得不齐，有个小暴牙在嘴里，说起话来很不得劲。大嫂忙插嘴说："我们长祥已经长大了，你看急得要娶媳妇了。"林长祥气得去打大嫂，小妹秀芹忙着拦护着说："不行，不行！不许打人！"屋里一片喧笑声。"怎么这么热闹，有什么高兴的事，让我也乐乐！"是舅舅的声音，林长安急忙迎上前去，让舅舅坐下，端来水，说："今天请舅舅过来，是想大家吃顿团圆饭，家里难得团圆，今天又包饺子又炖鸡，咱爷几个喝几杯，好久没热闹了。"舅舅说："那好啊！就你自己回来了，怎么秀华没回来？""回来了，学校有事又走了。"小秀芹看到舅舅拿来的东西就说："舅舅又买好吃的了。"舅舅说："也没什么，顺便买点熟食，玉花拿去切了添个菜。"说话间饺子包好了，宋玉花摆好桌子，放好碗筷，一会儿几个菜也上来了，宋玉花说："长安！快和舅舅上桌先喝几杯，二弟、三弟也上桌陪舅舅，我去叫巴大爷也过来。"很快爷几个就喝了起来，猜拳声、酒令声及酒菜的香味，弥漫全屋。一阵喧闹过后，酒喝的也差不多了，舅舅说："长安呵！你是不是快毕业了？我看毕业后，回来在店铺做事吧！现在镇上这几家店铺竞争得很厉害，店里前几天从哈尔滨进的几种日本花布，卖得很快，这两天学生们闹抵制日货，不敢上柜台了，还有好几种日本商品都不能卖了，也不知道还要闹到什么时候。"二弟林长庚急着说："我们学校也组织学生游行，抵制日货，现在日本人侵略咱中国，不让中国人讲中国话，要学日本话，不让说自己是中国人，要说是'满洲'人，要我们做亡国奴。"大弟林长安急忙制止说："小孩子，懂什么！不要乱讲！""不是乱讲，学校老师就是这么说的。"二弟、三弟抢着答。大家七嘴八舌议论起来。林长安担心二弟、三弟年少无知，跟着参加游行，出点事就不好办了，就对宋玉花说："你在家要管好弟弟、妹妹，不许他们参加什么游行集会，闹出事来怎么办？怎么对得起死去的爹和娘。"舅舅也说："小孩子，懂什么，不许去游行，好好念书。"二弟、三弟嘴上没说啥，但心里还是愤愤不平。

第二天，当林长安回到学校时，已将近中午时分，上午的课已上完了，他匆匆赶回宿舍，拿起面盆去洗漱间洗脸，正好碰上了邱子仁，林长安急忙问："怎么样，有什么消息？"邱子仁使个眼色说："一会儿到图书馆见面再说。"学校的图书馆不大，又临近中午，借书看书的人不多，林长安和邱子仁在图书馆里一边查阅图书目录一边说话，邱子仁问："怎么搞的，你的情报也不准确，时间地点都不对，日本关东军和警察去了却扑了个空，等得到准确消息赶到车站时，集会快结束了，共产党的头目和骨干分子都跑了，只抓了几个看热闹的学生，一问三不知，日本人很生气，看来得搞一份共产党积极分子名单才好。"过了一会儿，邱子仁又对林长安说："我看，你最好先从女子职业学校下手，你姐姐认识一些进步青年，从她们那搞些人员名单，也算我们有了点成绩，怎么样？"林长安想了想说："不好吧，那是我姐姐，如有三长两短，我怎么对得起他们，不行，不行！还是从别处想办法吧。"邱子仁忙说:"你不是想去日本留学吗?没有点成绩怎能去得了,你又不是你姐姐,怕什么,我看这事你只要用心,会成功的,无毒不丈夫,不要瞻前顾后的,否则一事无成。"林长安沉默了。

林秀华晚上回到学校,躺在床上想起大弟林长安,心里总觉得有些不对劲,她想这个星期要和弟弟见面好好谈谈,对他的思想行为要多了解关心一下,尽到自己的责任。终于等到星期天,林秀华早早吃过饭去到弟弟学校。林长安一看姐姐一大早到学校找他,心里一愣,怕是姐姐找他算账,心想无论如何也要心平气和地听姐姐讲话,千万不要惹姐姐生气,留个好印象,以后让姐姐能信任自己。想到此,他忙说:"姐这么早来看我,我们出去走一走,玩一玩,好吗?"林秀华说:"那好吧!你快回去收拾一下我在学校门口等你。"

姐弟俩来到公园,漫步在林荫路上,不知是天气好还是弟弟乖,总之林秀华觉得今天一切都很顺利,都很美好,她与弟弟讨论人生,畅谈前途,评议婚姻,两人可以说是无话不谈。林秀华说:"长安,你对人生前途有啥想法?"林长安说:"姐,那天在家里听了你一番话,我好久都在冥思苦想,我想你说得对,没有国哪有家,没有大家哪有小家,我们现在应该团结起来,发动群众,把日本鬼子从中国赶出去,才能建设发展我们的国家。姐!我以后听你的,我也要参加你们的活动。胡大哥也是个好人,我以后也听他的。姐,你和胡大哥不会结婚吧?我看你很喜欢他。"林秀华听弟弟说也很喜欢胡可生,很高兴地说:"姐姐嫁给他,你看可以吗?"林长安心里一震,却满脸微笑忙说:"好啊!那我快有姐夫了。"姐姐用手打了一下林长安笑着说："贫嘴！""姐，那以后我多去你们宿舍，多学点知识也争取进步呀！""那也好，只要不影响你学习，来听胡大哥讲课也是好事，欢迎你！"姐弟俩就这样欢天喜地分了手，各自回到学校。

从此以后，林长安经常出入女子职业学校，参加学生们组织的各种活动，逐渐掌握了一些活动人员的名单。有一天，胡可生讲完课后，回来的路上与林长安同路，两人聊起来，胡可生问："长安！你们学校现在情况如何？同学对现在的局势怎么看？""有些同学对现在的局势很担心，日本人已经占领了东北三省，国民政府抗战很不得力，我们绝不能做亡国奴啊！""我看你应当多参加本校的活动，那样会方便些。"胡可生早就对林长安跑到女子学校来有些不理解，但他不便与他姐俩直接谈，林长安似乎也已经觉察到了，就借此机会说："胡大哥！我们学校你有熟人吗？"胡可生很警觉，但他不露声色地说："我哪里认识谁啊！你自己在学校里多参加些活动就行了。我们现在主要任务还是应当把学习搞好，我去你姐姐那也是想多陪她一会儿，有时也对形势随便讲讲自己看法，可不能参加什么活动，老弟！你说呢？"林长安急忙说："那是！那是！我一定把心思放在学习上，请胡大哥放心。"两人分手后，胡可生总觉得事情有些不对劲，他决定去找他的上级刘玉山汇报一下。刘玉山见胡可生急急忙忙来到自己宿舍就问："可生！有什么事吗？"胡可生说："有些情况我想向您汇报一下。""请讲！"胡可生就把自己与林秀华的关系，另外林长安的种种异常表现，都向刘玉山一一做了汇报。刘玉山是哈尔滨学生运动的领导者，很有工作经验，另外长期从事地下工作，对一些事情的分析能力、敏感度，均不在话下。他想了想说："这事有两种可能性，一种就是林长安真想进步，他想多和你们接触些，思想各方面与你们有共鸣。另一种可能就是他另有其他目的，那就不乐观了，从他以前的谈吐，加上林秀华游行前回家等事情，也不排除林长安有特殊身份，为了安全起见，我看你暂时不要去女子学校，也要告知林秀华少谈学习以外的事情，不要把林长安带到学校组织的活动地点，观察一段时间再说。"两人又谈了些现在的形势和今后的任务等，一直讨论到后半夜。

刘玉山是哈尔滨人，现在市内一家银行任经理，人很稳重、老练，社会交往比较广，在银行界也算小有名气，胡可生很敬重他，也跟他学了不少对敌斗争的经验。刘玉山把胡可生既当同志，又当小弟弟对待，处处关心、照顾他，所以两人既是领导关系，又是朋友加兄弟，两人可以说是无话不谈。刘玉山已经二十六七岁了，还是独身一人，胡可生有时和他谈起这方面的事，他总是笑着说："不忙、不忙，一个人工作方便。"

其实说起刘玉山，话就长了，刘玉山出生在一个地主家庭，他父亲是位方圆几十里很有名气的乡绅，他父亲在他四岁时不幸身亡。他母亲是第二房姨太太，人长得漂亮、贤惠、为人又老实、厚道，在他父亲去世的第二年，就被刘家大太太赶出家门，只分给他们个小店铺和一间屋，他母亲就靠经营这间店铺来养活他们娘俩，供他读书。刘玉山从小就过着简朴的生活，人很勤快、懂事，又很孝敬母亲。母亲含辛茹苦地供他读完大学，现在每天都眼巴巴地盼他领个儿媳回来，母亲几次托媒人给他介绍对象，可他死活都不见。他安慰母亲说："妈妈！您不要着急，我一定给您领回个称心如意的儿媳。"母亲这话听多了，也不相信他了。其实刘玉山大学时有个女朋友，他们是在搞学生运动时认识的，两人经常在一起工作，时间长了，逐渐有了感情，这个女同学名叫吴静茹，人长得很漂亮又有才华、能歌善舞、写诗作画、样样在行，追求她的人很多，她倒是很喜欢刘玉山，喜欢他仪表堂堂、稳重大方。两人恋爱了几年，现在大学毕业了，两人都分到银行工作，是该叫妈妈知道的时候了，这天，刘玉山对妈妈说："妈！明天休息，我领一位女同学来家玩儿，您欢迎吗？"妈妈高兴地说："太好了！是不是我未来的儿媳啊！"老太太乐得手舞足蹈，简直就像个老顽童。中午时分，刘玉山领着吴静茹到了家，老太太拉着静茹的手，久久不放，老人家从心眼里喜欢她，看到这如花似玉的姑娘，老人家那颗悬着的心终于落了下来。

送走了胡可生，刘玉山的心久久不能平静，他在想今后的学生运动如何开展，又想和静茹的婚事何时操办，想着想着他渐渐地进入了梦乡。

1941年冬天的第一场雪，来得特别早、特别大。凛冽的寒风像刀子一样，刮割着行人的脸颊，鹅毛般雪片扑面而来，一夜的大雪下的小镇一片白茫茫。林秀华姐弟俩，放寒假回家过年，他们下了汽车，坐个雪爬犁，飞快地向家里赶去。当她们赶到家时，两人已经成了雪人，手脚都冻麻木了，下了车，两人一步也走不动了。妹妹林秀芹看到这情景忙喊："快来人啊！我哥、我姐走不了路了！"大家七手八脚地把他俩抬到屋里，嫂子宋玉花说："先不要上炕，先拿雪把手脚擦热擦暖，再在屋里走动走动，否则会冻坏的。"大伙一阵忙乱，总算把人暖和过来了。屋子里顿时欢歌笑语，姐俩急忙换了套衣服坐在火盆前，二弟林长庚忙把火盆的火调旺，小妹端来热气腾腾的姜汤水叫哥哥、姐姐喝。小弟端来一盘家里炒的瓜子，大家围着火盆，唠起家常，姐俩这时真正体验到了家庭的温馨。小弟林长祥和小妹林秀芹分别坐在大哥大姐的身旁，小妹甜甜地笑着依偎在大姐怀里，嫂子过来问大姐大弟想吃什么，大姐说："他嫂子，家里饭什么都好吃，你就看着办吧！"嫂子说："那好，我就同巴大爷准备去了。"二弟林长庚问："姐、哥，现在哈尔滨形势如何？学校放多少天假？大姐快毕业了吧？"林秀华说："还不是日本鬼子遍天下，人们大气儿都不敢出，我们学校里也要学日语，唱日本歌，我明年就毕业了，我真不想念了，赶快参加工作去抗日。"大哥一声不吭待在那里嗑瓜子，小妹急着问姐："姐，您有婆家了吗？嫂子说您有男友了，是真的吗？"一句话说得大姐满脸通红，大哥急忙替大姐回答："小孩子乱问啥！大姐有男友了，过几天就来咱家求婚。"弟妹们一听到这话，一下子就狂欢起来。小妹妹急忙跑到厨房告诉大嫂，大嫂一边擦手一边跑过来问："秀华姐！是真的吗？"林秀华满脸通红，低着头不敢言语，过了好一阵，才小声小气地说："是的，他叫胡可生，老家也在咱镇上，过几天，他会到家来拜年提亲。"话一落地，全家人都欢呼起来，小妹、小弟更是蹦得欢。

原来，放假前夕胡可生就把与林秀华的恋爱之事汇报给组织了，征得组织的同意后，他们要与双方家长商量，借过年回家之时，到双方家里拜个年，提个亲，就算把婚事定了，明年一毕业就结婚，所以这次回家林秀华就把与胡可生的事告知家人。大嫂说："他的详细情况怎样？男大当婚、女大当嫁，你也不小了，本来你的婚事应由父母做主，现在父母都不在了，你又是读书人，婚事能自己做主，我们给你参谋一下还是应该的。"林秀华说："他今年二十四岁，是哈尔滨工业学校四年级学生，是我中学同学，家在呼兰镇，父亲做皮货生意。他排行老二，大哥在哈市经营分店，下面有两个妹妹在读书，母亲在老家做家务。"一连串的回答把大家都逗笑了。小弟急忙问："姐！他几时来咱家啊！我好想早点见到这位哥哥呀。"小妹说："他长得一定好帅了？"林秀华不好意思地说："唉呀！到时候看了就知道了。"宋玉花忙说："好了！好了！不要问了，大家赶快放桌子，我们要为大姐庆祝一下。"不一会儿，饭菜摆满了桌子，大哥大嫂又拿出家里的白酒，每人都倒上点，全家人围坐在桌前，推杯换盏，庆祝一番，全家人都非常开心。

再说胡可生家里对林秀华早就认识，在哈尔滨的时候，林秀华就去过胡可生家，并与他父亲、大哥、大嫂见过面，胡家人对林秀华比较满意，只是在老家的胡母还没见过面。

正月初二那天，胡可生顶着漫天大雪，坐着马车，来到了林家。林家全家人都跑出来迎接他，小妹、二弟、三弟跑在最前边，大弟、弟妹后边紧跟。虽然胡可生满身是雪，但仍不减其英俊面容、高大身影。林秀华急忙赶上去给他打扫身上的雪，大家你推我让，把他迎进家门，寒暄一阵，大家就落座了。弟妹宋玉花端来茶水、水果、瓜子、花生、点心等，摆了一桌子。因林家也没有长辈，大家就不拘礼节了。大弟林长安他们早已熟悉，只是弟妹等人第一次见面，互相问候一下，逐渐熟悉了，就开始吃瓜子、喝茶水，谈天说地、谈古论今，大讲国际、国内的形势。二弟、三弟更是听得津津有味，挤到胡可生腿前仔细听着。二弟林长庚插嘴问："大哥！听说哈尔滨闹学潮，还抓了不少人，是真的吗？"胡可生说："国家兴亡，匹夫有责。学生是国家未来的栋梁，也是革命的先锋，反满抗日，抗日救国是青年人义不容辞的责任。""那你们不怕吗？"小妹问。胡可生说："大敌当前，也谈不上怕了。看到同学们义愤填膺的神态，高举旗帜，喊着口号，雄赳赳、气昂昂地走在大街上，就把害怕两字丢到脑后去了。"大家你一言我一语，直到弟妹宋玉花喊："吃饭了！"大家这才告一段落。

正值过年，家家杀猪宰羊，饭前大家放一阵鞭炮，摆上酒菜，陆续就座。顿时，屋子里就热闹起来，孩子们也破格喝点酒，大家互相敬酒，划拳声、嬉笑声充满整个房间。饭桌上，借着酒劲，胡可生胆子也大了；他想今天来的主要目的是提亲啊，要当着大弟、弟妹的面，把准备娶秀华的事说了，所以他就端起酒杯冲着大家说："各位弟弟、妹妹，我今天来，还有一件事与大家商量，我和你姐秀华认识几年了，我俩相处得很好，我们准备毕业后结婚，你们大家不会有意见吧。结婚后还会多一个人照顾你们。"听到这些话后，满屋一片欢呼声，只见林秀华红着脸，满面羞涩地低着头。林长安很不自然，小妹及弟弟笑个不停，弟妹宋玉花一脸喜色地说："那太好了！大姐也有了婆家，我们都非常高兴。"她看了一下林长安，急忙在下边碰他一下。林长安说："那很好，我祝福你们，我们从小失去父母，大姐在家也受了不少苦，也算是我们家的顶梁柱，她很懂事也很能干，这你也是知道的，她跟了你，你应给她一个安稳的家，一个平静的生活，我很担心你的一些作为，识时务者为俊杰，不要跟一些激进分子闹事，如有个闪失，我姐怎么办，我们家怎么办，我要提醒你，要为我姐负责啊！"胡可生听了林长安的一席话，明白他的意思，想了想说："感谢大弟一番肺腑之言，是的，我得对秀华一生负责，我也很清楚，我们处的这个时代，我觉得清醒做人为最好。知道自己为何而活着，明白自己走什么路，有多少路要走，即便在最黑暗的夜里，也能看见曙光，即便在最寒冷的冬天，也要看到小草发芽、鲜花怒放的未来，你说对吗？"胡可生的一番话，使屋内鸦雀无声，还是大弟妹打破了沉静，她说："大哥，我觉得长安也是担心你们，所以今后在学校里要本分些，学好本领，将来能做事就行了……好了，不说这些了，我们大家都举杯，来祝贺大姐和未来姐夫！"顿时屋里又欢快起来，一直闹到半夜，本来不让胡可生走，但他坚持要回去，只好派巴大爷赶车把他送回家。

林长安与宋玉花回到屋里，林长安坐在炕上，满脸怒气，其实他很不满意胡可生，也知道秀华和胡可生的恋情，本来想阻止这桩婚姻，但由于父母都不在，自己力量单薄，恐怕也阻止不了，政治上的分歧使他心里很不舒服，坐在那里生闷气。宋玉花打来洗脚水端给林长安说："快洗脚，时间太晚了，睡觉吧！"林长安说："洗脚！洗脚！你就知道洗脚睡觉！"他一脚踢翻了水盆，热水洒了一地，宋玉花忙捡起盆，看看林长安的脸，头也没回地出去了，这一夜谁也无话。

时间过得真快，转眼间假期已过。林秀华姐弟俩都回到了学校。今年他们俩都面临毕业后要找工作的问题。林长安所在的日满俱乐部，今年又将选派一批人去日本留学。邱子仁已定下来这批走，林长安很着急，也想同邱子仁一起去。

这天是周日，林长安约邱子仁来到了一个西餐厅，落座后，两人要了两杯咖啡。林长安着急地说："子仁！今年去日本留学的事有消息吗？我今年正好毕业，如能去日本留学不是更好吗？"邱子仁说："留学的事，我们说了也不算。"林长安说："你上边有人，给通融一下，好不好？如果我们一起去还有个伴，互相照应一下，那多好呵！""你以为我是谁？连我自己能否去都不知道，我还帮你，你放心吧！只要你成绩突出，可能比我先走也不一定。""那还要什么信息啊！""主要是学生运动领导者及参加共产党的名单，你努力搞一份，肯定会立头等功，到时我也跟着沾点光。""那么容易呵！上哪搞去？"两人都不说话了。林长安心里打了个小算盘，如果从他姐夫那里下手，恐怕会有点眉目，但会牵扯到姐姐，这事得慎重。两人又谈些别的事，快到中午了，林长安要了两份儿西餐，边吃边喝，邱子仁说："长安，听说你姐姐在女子职业学校学护士，我妹妹也想到哈来念护士，你说那学校怎样？""我看可以啊！那学校有护士班，也有医师班，念医师班学时长，学费高，你们家条件好，让你妹妹学个医生也很好啊！""今年暑假她国高毕业就报这个学校，我爸希望她去日本留学，她不想去日本，想来哈尔滨学医。""我看也可以，一个女孩子学点医，将来也不累，对家里还有些帮助，比一个人去国外强呵！一个女孩子到国外无亲无故，多不容易啊！"两人你一言我一语，东拉西扯，看看天色渐晚，付款后就回学校了。

一个人的命运有时似乎也是天注定的。日满俱乐部今年真的要派些中国青年去日学习，实际就是到日本学习日本的思想、文化，换换脑子，以便回来帮助日本人统治中国，来实现日本军国主义的大东亚共荣圈，长期占领中国，把中国变成日本的殖民地。这次出国人员的名单初步定有邱子仁和林长安。消息一传出，林长安真有些欣喜若狂，他整夜无眠，思来想去，准备如何告知家人和姐姐。当林长安接到学校通知急忙去找姐姐，姐姐得知这个消息后，真是一头雾水，怎么也没想到弟弟被派到日本留学，她一脸怒气说："我看不能去日本留学。现在日本侵略中国，想长期霸占中国，他需要一批中国人帮助他统治中国，这是背叛祖国、背叛人民的行为，无论如何也不要去！难道你不明白此事的性质和严重性吗？长安！你听姐一句话，推辞了吧！""姐姐，这是毕业后的最好选择。我是学技术的，不是从事政治，我学工业制造，我们国家现在工业非常落后，科学救国也是好事。不要把事情都想的那么坏，我决心已下，现在就是通知你一声，过两天，我回老家准备一下就走了，你不用惦记。"说完，他头也不回地走了。

林长安要去日本留学的事，宋玉花心里早有准备，没想到事情来得如此突然，她已怀孕五个月，分娩时，恐怕林长安不会在家。那也得起个名字吧，想到此，宋玉花说："你去日本我不留你，做父亲的总该给孩子取个名字吧！"林长安想了想说："好吧！如果是男孩就叫立民，若是女孩就叫桂松，你自己多注意点身体，这个家就交给你了，弟弟妹妹还小，你要多尽些心，我会常写信给你们的，我就先不告诉他们，你就说我有事，到外地去工作。大姐出嫁，我可能赶不回来，你尽量多陪送些嫁妆。""这些我会的，你放心吧！家里的事你就不必挂在心上，你一个人在外，各方面多注意，早点回来，我和孩子都等你啊！"几句话，说的两人都很悲伤，宋玉花依偎在丈夫怀里。一日夫妻百日恩，虽然林长安不喜欢宋玉花，但毕竟一起生活两年了，又给他怀上了孩子，惜别之情使他眼角也红了。林长安对宋玉花说："好了！别婆婆妈妈的了，你在家多保重。我的东西不要拿得太多，多带点钱，家里没有钱，我到柜上支点。"这一夜无话，第二天早上，他就叫巴大爷赶车去了店铺。

几天过后，林长安回到了哈尔滨，日满俱乐部为他们十几个人开了欢送会，往日的梦想今日得以实现。当他登上前往日本的列车时，他的心在激烈地跳动，血在沸腾，激情在燃烧。他发誓要努力学习，大干一场。可是等待他的命运又是如何呢？

第六章

寄女寻夫

林氏兄妹各成家,
四处波涛掀浪花。
东北解放走新路,
寄女寻夫身离家。

初夏的早晨，林秀华睁开睡眼，望着窗外，绿树随风飘荡，小鸟在枝头叽叽喳喳地叫着，好像在嘲笑她是个贪睡的女人。她懒洋洋地伸伸手，动动腿，穿上衣服，翻个身从炕上爬了起来。走出房门，正好看见二弟林长庚在院内读书，她的心里很高兴。二弟是个很爱读书的孩子，三弟不太爱读书，学习成绩排在班里后边，家里人说他，他不在意，贪玩、打架、恶作剧，样样少不了他。在这个家里最聪明懂事的还是二弟林长庚，他勤奋好学，凡事都很认真，大家都说二弟是个读书的坯子，但由于从小失去父母，少些母爱，比较胆小怕事，而三弟有点天不怕地不怕，人很调皮又不讲卫生，大大咧咧的。嫂子宋玉花生了个男孩，很少有时间帮他们，所以二弟、三弟全靠自己照顾自己。宋玉花眼看这情况很想给二弟娶个比他大的媳妇，帮他照管这个家。这次大姐林秀华回来，就是准备结婚的，宋玉花想等大姐回来出嫁后，她就要准备给二弟找媳妇了。

林秀华的婚期定在六月三十日，这天一早胡可生家人派来五辆大马车，其中一辆是花轿，马车全是由红绸花装点打扮起来的，林秀华今天全身翡翠玉带，披红挂绿，邻里的大娘、婶子、舅妈等人为她化妆，红衣红裤红盖头，真是成了个大红人。胡可生领着迎亲队伍，吹吹打打，红红火火地前往胡家。胡家按照传统的仪式，拜天、拜地、拜双亲、夫妻对拜、迈火盆、入洞房，宴席摆了二十几桌，足足闹到大半夜，才算散了席，这对小两口才圆了房。

小冬屯离林家住的二井子很近，这两个屯子的孩子经常在一起玩耍，念小学时也都在一个学校，初中高中就到镇上念了。小冬屯里住着一家姓刘的男人叫刘喜春，女的刘杨氏，老两口有三个孩子，老大是女孩，名叫刘淑兰，下面是两个儿子。刘淑兰念高中，今年十八岁了，个子长得不高，一头乌发，两只大眼睛，高鼻梁，樱桃小口，一条大辫子甩来甩去，很惹人喜爱。父亲刘喜春在镇上村公所当差，人很善良，很能体抚百姓，谁家有个大事小情，他都会去关顾照应，所以方圆几十里的村户人家，提起村公所的刘喜春，无人不知，无人不晓，口碑很好。宋玉花早就想给二弟娶个媳妇，这天，宋玉花到镇上，正巧碰到了刘喜春，两人寒暄几句，柜上的朱老板正巧路过，过后，朱老板说："林嫂！你不是要给二弟说媒吗？村公所的刘喜春你认识吧？他家的姑娘也不小了，正在念国高。人很贤惠又很能干，大概也有十七八岁了，你了解一下，如果可以的话，我给你说一下，刘喜春人品好、家境也还可以。"宋玉花立刻说："那行啊！""过两天我找人打听一下，您听我信儿。"朱老板说。"好！"宋玉花千恩万谢地回了家。

宋玉花自从丈夫走后，家里家外的忙着，不久她又生了个胖儿子，增加了不少事，这可愁坏了她，总感觉忙不开，现在家里长庚、长祥、秀芹三个人的棉衣也没人做，屋里边真缺少个帮手，她想长庚都十多岁了，也该找个媳妇了，如果娶个大媳妇还能帮帮自己。又没有婆婆，男人又不在家，这事只好自己做主了。

这天，刘淑兰和她们班里的同学放学回家，在路上几个女同学，你推、我拉、搂搂、抱抱、嘻嘻哈哈地一起往家走。她们讲起了村里的新鲜事，大家笑得前仰后合，忽然一个叫齐小花的同学说："喂！你们知道吗？我们班林长庚他嫂子是个小脚，走起路来一晃一晃的，你们看过吗？"大家说："没见过！"齐小花说："那我领你们去他家看看。"就这样，这帮女孩你蹦我跳地到了林长庚家，可谁也不敢敲门进去。她们几个人就挤着，在门缝里往里看。你推我搡、又喊又笑，"叫我看一眼，我还没看到呢！""等一会，我才挤上来。"正在大家推推嚷嚷时，门突然被挤开了。前面两个同学一下子倒在门里，门里面的大狗一下子扑了上来。吓得后面同学发疯了似的往回跑、这时林家人急忙拉回狗，把倒在地上的同学扶起来。忙问："摔坏了吗？你们找谁呀？"大家你看我，我看你，谁也不知说什么。正当大家要走开时，林长庚和他们同学也回来了。他看到这些女生在他家门口，感到很奇怪，忙问："你们有啥事？"大嫂忙说："请同学们进院坐，喝点水休息一会。"这些同学连蹦带跑，又吓了一跳，也真是口干舌燥了，大家也就顺势进了院子。这院子很大，也很干净，周围种了许多花草树木，各种芨芨草、大芍药、夜来香，满院散发着香气。院子两侧有两个石桌，每个石桌旁边有四个石凳，大家就分别坐了下来。大嫂忙叫人拿来白开水，又在碗里分别加了点白糖，大家喝得很开心。大嫂分别问这些女同学："叫什么名字呀？家在那住啊？"当听一位女同学说叫刘淑兰时，大嫂眼睛一亮，连忙从头到脚仔细打量这个女孩。中等个头、齐耳的短发、圆脸、高高的鼻梁、樱桃小口，淡蓝色短大衫、白袜子、黑布鞋，干干净净、整整齐齐，不大不小的眼睛、炯炯有神，还真有几分姿色。大嫂忙走过去，拉着她的手问："几岁了？""十七岁。""家里几口人？""五口人。"问得小女孩脸蛋红红的。林长庚、林长祥和几个男同学在院子里弹球，玩得非常开心，没人理会女生这边的事，大家坐一会儿，也就要走了。林长庚、林长祥将这些女孩送出大门外，一出门外，这些女孩一下子就像断了线的风筝，霎时间跑远了。

当林长庚回到院子里，只见大嫂满面春风地走过来，拉着林长庚的手说："二弟呀！刚刚来咱家的女孩中，有一个叫刘淑兰的，她就是朱掌柜给提亲的那个女孩，我看人长得不错，家里条件、人品都很好。明天你上学时，再主动看看，如没啥意见，我明天就找人去提亲。"林长庚才十四岁，还不太懂这事，听说要给自己找媳妇，一溜烟地跑掉了。

林长庚是个苦命的孩子，从小就失去了父母，是姐姐、哥哥、嫂子把他带大。虽然他十四岁了，但对谈婚、论嫁的事还很蒙眬。刘淑兰也是个小姑娘，对自己的婚姻还不是听从父母之命，媒妁之言。刘家考虑，林家有房、有地、有店铺，上面又没有公婆，只有一个大嫂，过门就当家，也不会受气，也就欣然同意了。就这样，这门婚事也就定下来了。转眼第二年暑期到了，刘淑兰也毕业了，两家人商量婚期就定在八月末。

八月末九月初的江北天气已变得凉爽，家里操办酒席用的鸡、鸭、鱼、肉也好保存，大姐也从哈尔滨赶回来，给二弟忙做被褥、新衣服，一家人上上下下忙成一团。可林长庚却像什么事也没有一样，他每天忙着看书，准备明年的高考。考什么专业？他拿不准主意，他很想当医生，如果他会治病，当年父母就不会死去。所以他想学医，为千千万万个父母拯救生命，使他们的儿女不至于沦为孤儿。所以他要好好学习，要考入哈尔滨医科大学，将来当名好医生。当他把理想告诉给大姐时，大姐非常高兴，抚摩着二弟的头说："我弟弟真长大了，是个有抱负的大小伙子。"对于二弟的婚事，大姐也不太同意，总感觉一是二弟的年龄还小，二是也不知二弟喜欢否，就给包办代替了，将来二弟抱怨起来怎么办？但是自己毕竟已是出嫁了的姑娘，家里的活又帮不上忙，如果极力反对，又没有啥好办法，现在家里缺人手，听说这女孩人很不错，娶进门来，增加个帮手，也是个好事，所以也就顺水推舟了。

　　婚期已到，这天天空晴朗，万里无云，风和日丽，鸟语花香。清晨，几只喜鹊在树枝头上叽叽喳喳尖叫，似乎告诉大家今天是个好日子，快起床吧！大门上两盏大红灯笼高高挂起，院子里、门上、窗上收拾得干干净净，并贴满了喜字，整个院子人来人往、一派喜气洋洋的景色。茶水、糖果、瓜子摆在餐桌上，十点左右，鞭炮齐鸣、锣鼓喧天，街上人流攒动，迎亲队伍排满了整条街，孩子、大人都驻足观望。只见林长庚骑着高头大马，胸前佩戴大红花，由人牵着马，在迎亲队伍前走着。后边一顶八抬大轿，在众人陪伴下，吹吹打打来到门前，新郎、新娘步入堂房，敬拜，入洞房。这天的喜事办得隆重、大方，向客人逐个点烟、敬酒、逗乐，足足闹到后半夜才算收场。林长庚因敬酒被灌得醉醺醺的，在大嫂及三弟的搀扶下，来到了新房。刘淑兰急忙迎上前去，把他扶到床上。大嫂说："弟妹！难为你了。你帮他洗洗、宽衣叫他睡下吧。今晚恐怕就不能圆房了。"刘淑兰红着脸，低下头说："大嫂！你放心吧。"这一夜就这样过去了。

　　刘淑兰是个老实、能干、贤惠的女人。第二天一早，天刚蒙蒙亮，她就起床来到院子里，帮助用人打扫院子、收拾房间。吓得老管家巴大爷急忙说："二少奶奶！快回房间吧！这里有我们，您不用插手，平时大少奶奶也不管。"刘淑兰刚过门，对家里的情况也不了解，总觉得还是应当勤快点好。所以也没说什么，就屋里屋外的跟着忙乎起来。一会儿大嫂出来了，看到刚过门的二弟妹在打扫院庭，急忙走上前去。看到大嫂来了，二弟妹急忙上前问好："大嫂早！"大嫂忙说："二弟妹怎么起得这么早啊！""睡不着，起来走走。""弟妹不要拘礼，我们这个家也没有公婆，就我领着这些弟弟、妹妹过日子，随便惯了，以后弟妹也随便些，有什么不懂的地方问我或巴大爷都可以。巴大爷在我们家十几年了，家里许多事都是他管，我们也省得费心。"刘淑兰说："谢谢大嫂指点，今后肯定有许多事要请教您。""哎呀！真是读书人，说起话来这么好听，以后我还要跟你学认字呢！我没有文化，识不了几个字，你大哥看不上我，好歹我有个儿子，否则我更惨了。""看大嫂说的，大哥有消息吗？""来过几封信，你们结婚的事我也告诉他了，他很忙，也赶不回来吃喜酒，说祝你们幸福。"刘淑兰说："有大嫂忙乎着就行了，您受累了。"正说着话，屋里的小孩哭了，大嫂忙跑回房间，刘淑兰也回房给丈夫打洗脸水去了。

新婚第三天，新媳妇该回门了。可话说回来了，刘淑兰还是个大姑娘，主要是林长庚年岁比较小，对这方面的事没啥感觉，又加上连着几天陪客人喝酒，酒后就呼呼大睡，也没有精力再想媳妇之事。刘淑兰也是个规矩的女孩，所以三天了还没有圆房，这在当时也不稀奇，找大媳妇的人家也不少，还不是为了能干活。

这天早晨，巴大爷套好车，装满了应带的东西，小两口坐上了车，奔向小冬屯。其实，刘淑兰的娘家离他们这也没几里路。一路上两人没说几句话就到了。

刘喜春和刘杨氏早几天就准备起来了，打扫卫生，屋里屋外窗明几净，杀猪、杀鸡，煮肉、熬汤，满院飘香。刘喜春老两口，今天还特意穿上了新装，等待着姑爷、姑娘的到来。

大车刚一进路口，就听有人喊："来了！来了！"鞭炮噼噼啪啪地响起来，刘喜春全家迎出大门外。林长庚和刘淑兰急忙下车，林长庚喊道："爸爸、妈妈你们好？"又是行礼又是作揖。两个人被迎到屋里，屋里桌子上摆满了糖果、点心、烟、茶。刘喜春满面春风地拉着林长庚的手说："快！到炕里坐！"林长庚今天一身学生装，一脸斯文气，白净净的皮肤、高高的个头，显的青春帅气，喜得刘杨氏合不拢嘴，上下一个劲地打量着。

一阵寒暄以后，厨房里忙着炒菜，烫上白酒，岳父、女婿还有乡里的上司、同仁、族里的长辈、乡里的亲朋好友，在屋里、屋外摆了足足好几桌，热热闹闹地喝起来，这猜拳声，嬉笑声响成一片。直喝到黄昏，看看天色已晚，刘淑兰忙跟父母说："天色已晚，我们就回去了。"刘喜春老两口说："就别走了，在家住吧！房间也给你们准备好了。"刘淑兰说："离得也不远，就回去吧！"

大家拉拉扯扯地将林长庚扶到车上，一路上林长庚又是呕、又是吐，一阵颠簸，酒也醒了一半。回到家里，刘淑兰帮他洗完，两人躺在炕上，林长庚拉着刘淑兰的手说："你妈包的饺子真好吃！皮又薄，薄得都能看到馅。"刘淑兰说："你要是喜欢吃，我天天给你包。"林长庚高兴得一把将刘淑兰搂在怀里……

第二年，林长庚考取了哈尔滨医科大学，这真是人生的几大喜事：洞房花烛夜、金榜题名时。林长庚的喜事接踵而来，刘淑兰更是喜得合不上嘴，忙着给林长庚做被褥、做衣服。

自从刘淑兰进家门，这家里的各种家务活就有了新帮手，加之大嫂、二嫂两个人一起忙活，家里真是大变样了。二嫂的家务活真叫大家赞不绝口，不管上衣下装，还是细细小小的针线活，都做得有模有样，被褥拆洗得干干净净。二嫂既能干，又少言寡语，家里上上下下的人都喜欢她，都叫她二嫂，小妹秀芹也整天围着二嫂，吵着要学绣花。二嫂抽时间扯着花绷，描个花样，给小妹绣手帕、绣枕头，好看极了。

林长庚要去上学，刘淑兰忙着给他绣枕头，还想绣几条手帕给他用。这天晚上，刘淑兰在屋里挑灯绣手帕，林长庚进来说："整天挑灯熬夜的绣什么？"说着就要拿来看。刘淑兰急忙说："啊呀！不给你看。""是给小妹绣的吧？""你猜猜看！""我猜不到，我看看是什么。"林长庚一把夺过去，一看是一对鸳鸯戏水，忙问："给谁绣的？"刘淑兰不好意思地说："还有谁呀！我想等你上学时带着，擦脸时就想起了我。""这么漂亮的手帕怎舍得用呀！"说着抱起她的脸亲吻起来……

1943年的冬天，林长安和邱子仁从日本返回国内。林长安回到家，看到自己的儿子，心里别提多高兴了。听说二弟已上大学，看到弟妹如此贤惠、能干，很替二弟高兴。晚上，他搂着宋玉花说："你辛苦了！受累了！"宋玉花说："你不把我丢下就不错了。"林长安说："为了儿子和你，我还要拼搏啊！我在家只能住几天，还得找工作去。"林长安抱紧了宋玉花……

林长安在家只住了三天，就匆忙返回长春。现在的林长安已不是当年的林长安了。他和邱子仁两个人专门从事情报工作，他们是搞商业情报，邱子仁负责工业、林长安负责铁路、矿山。

这天，邱子仁未婚妻洪珊过生日，大家聚在一起，来到了"福满楼"酒庄，要了一桌酒菜。洪珊长得像电影明星一样，柳叶眉，大眼睛，皮肤白里透红，长长睫毛，眼睛一闪一闪的，很有神，听说洪珊家里很有钱。同桌的还有洪珊的几位好朋友、同学、表哥、表嫂、邱子仁的好朋友林长安等人。洪珊的同学叫胡欣，人长得也很标致，眉、眼没的说，还一笑一个酒窝。这姐妹俩，犹如出水芙蓉，在整个酒桌上，显得倩丽、秀美，散发着青春魅力。林长安的两只眼睛，不停地在胡欣身上转。他着急地拉着邱子仁的手说："子仁！告诉洪珊，千万别说我有老婆，拜托了！"说完，神秘地一笑。狡猾的邱子仁立刻明白，笑着说："放心吧！"大家到齐后，邱子仁站起来，来段开场白，他说："今天是我未婚妻洪珊的生日，承蒙大家厚爱，共同来祝贺。我代表洪珊和我全家谢谢大家了！下面让我来分别介绍一下各位。"当介绍到林长安时他说："这位是我旅日同学林长安！经济学家，年轻有为，至今未婚。"大家一阵掌声，林长安端起酒杯，冲着大家说："谢谢诸位厚爱！我先干为敬。"说完一饮而尽。酒宴开始，首先大家共祝寿星生日快乐！接着你敬我让，你一杯我一杯地痛饮起来，场面十分热闹。

林长安不时向胡欣敬酒，极尽爱慕之意。音乐响起，林长安急不可待地去邀请胡欣跳舞，胡欣说："对不起！我不会跳。"林长安说："没关系！我教你，很快就会学会的。"洪珊也极力劝说："下去练练，一回生、二回熟。"虽然胡欣跳得不熟练，但不久也就在舞池中翩翩起舞了。两个人跳了一场又一场，大有相见恨晚之感。这一晚，林长安兴奋得好久没能入睡。

胡欣回到宿舍里，也是思绪万千，胡欣今年已经二十岁了，老家也在黑龙江，家里父母在她念书时，就给她定了亲，是财主家的儿子，听说人很矮小，她不愿意。跑到长春，后来到一所护士学校念书，毕业就在这找了工作，再也没有回过家。家里几次来人、来信催她回去完婚，她都不理，就这样一直拖到现在。今晚遇到了林长安这位旅日学者，不知为什么，她的这颗少女心开始躁动了。洪珊看她在床上翻来覆去的，就知道她睡不着了。跑到胡欣床上说："怎么？胡女士想男人了？""你真坏。"要不要我给你当红娘？"胡欣又是打，又是笑。她们商量好，明天由洪珊和邱子仁去说，这事准成。一阵密谋后，两个人才双双进入了梦乡。

胡欣和林长安谈恋爱了。这天趁洪珊去邱子仁家，胡欣把林长安约到宿舍来，一阵寒暄之后，林长安迫不及待地上去搂着胡欣狂吻，两个人似干柴烈火，一阵亲热之后，真是人困马乏，双双抱着睡去。从此只要有机会，两个人就到宿舍里偷情，如胶似漆，好不恩爱。

有一天，胡欣发现自己怀孕了，忙找林长安说："长安！我们快结婚吧！我已经怀孕了，怎么办呀？"林长安这时才从梦中惊醒，他家中已有妻儿，不能领回家中完婚啊！怎么办呢？他想了想说："小妹！这事我还没与家人说呢，我看先做掉小孩，我们再准备一下，买处房子，我再风风光光娶你过门。""哎呀！

那可不行，我还没结婚呢，怎么去打掉小孩呀？要同人知道，我的脸往哪放啊？不行！不行！赶快回老家结婚。"看到这种情况，林长安扑通一下跪在胡欣面前，又是磕头、又是打嘴巴，哭着说："亲爱的！请你原谅我吧！我没把实话告诉你，我在老家有个黄脸婆，那人我不爱她，是家里人做主娶来的，是为了有人能照顾这个家。那时我小，我也做不了主。我想等我回去和她办完离婚手续，再名正言顺娶你，请原谅我吧！"胡欣一听，如五雷轰顶，哇的一声大哭起来说："原来你小子骗我，我现在已有了身孕你才告诉我。晚了！不行！我去找邱子仁，你们男人没有一个好东西。"说完就跑出去找邱子仁去了，邱子仁也没有办法。

这天邱子仁和洪珊正忙着筹备婚礼，他们准备在教堂办个西式婚礼。正好林长安来找他，他想了想说："我看，你要是真喜欢胡欣，早晚也要和你大老婆离婚。我看不如你就和我一起在长春办个西式婚礼，家里人也没人知道，体体面面地把胡欣娶了，在这边成个家，不是很好吗？"邱子仁的一席话，叫林长安顿时茅塞顿开，连声叫："好啊！好啊！"就这样，邱子仁和林长安这两对新人，就在教堂里办了个集体婚礼，在长春租了处房子，林长安总算把胡欣安顿下来了。

林长庚自从考入哈尔滨医科大学后，由于学习比较紧张，再加上他又是一个好学、肯于钻研的人，只要有时间他就钻到图书馆里，不下班他不走，已经几个月了，他也没回家。

大地复苏，积雪融化，春暖花开，万树吐芽，自然界一派生机盎然的景象。刘淑兰在家里，望着窗外，盼望着丈夫的归来。捎去几封信，也不见人回，刘淑兰有些坐不住了，就和大嫂商量，要去哈尔滨一趟。正好柜上有批货还没发过来，要派人去催一催，大嫂就与柜上掌柜说："我家老二媳妇儿，正好想去趟哈尔滨，我看催货的事就叫她去办吧！你们把去哪里、找谁写清楚，我看她能办好的。"大嫂这么一说，掌柜们也就同意了。

刘淑兰欢天喜地地准备去哈尔滨的衣物，还特意把家里炒的花生、瓜子带上一小袋。这时，小妹跑过来吵着说："我也要去哈尔滨，我还没去过呢！"二嫂忙说："你现在上学，等你放假了我一定领你去。""那你给我买块花布，我还要发夹，多买几个，要漂亮的。""好！好！一定给买。小妹你看我穿哪件衣服好看？"刘淑兰找出几件衣服，试给小妹看。

当刘淑兰出现在哈尔滨医科大学门前时，林长庚简直不敢相信自己的眼睛。刘淑兰身装墨绿旗袍，脚踏黑色布底鞋，高装袜子，齐耳短发，这一打扮，还真像个大学生。林长庚喜迎上去，拉着她的手问："你怎么来了？""我来办事啊！"刘淑兰红着脸，腼腆地说。"哎呀太好了！我们先找个地方住下来再说吧。"林长庚领着刘淑兰找了个旅店，开间房住了下来。真是久别胜新婚，完事之后，林长庚说："走！我们去外面吃点东西，逛逛街。"

哈尔滨不愧人们称为"东方的莫斯科"，尽管是战争年代，也不减都市的风采，满街的霓虹灯、广告灯，照的天空像白昼一样。商场门前的灯一闪一闪，橱窗里模特的衣服五颜六色，五彩缤纷，看得刘淑兰眼花缭乱、目不暇接。林长庚夫妇结婚到如今，还从没这样逛过街，别提心里多高兴。他们东挑西选，不是样子太新，就是价格太贵，终于选好两套，自己一套，另一套给大嫂，小妹的东西也买好。刘淑兰又累又饿，说："我们找个小食店吃点东西吧！"林长庚说："前面有一家。"两人来到小食店，"掌柜！来两碗糙子粥、一盘小菜。""好了！"一会儿两碗热气腾腾的大糙子粥端上来了，很快吃完后离开了小食店。

刘淑兰在丈夫的帮助下，完成了催货任务，欢天喜地地回到了家，她这次真是收获不小，不久她就怀了孕。次年，他们的大女儿降生了，林长庚给她取名叫林晓颖，林晓颖眉眼像父亲，鼻子、嘴、耳朵像母亲，真是不偏不向，一人一半。小姑娘眉清目秀，胖乎乎、白净净的小脸，肉乎乎的小手，真叫人喜欢。

林家的三儿子林长祥也长成大小伙子，正在镇上念国高，刘淑兰的小弟弟刘凯正好与他同班。两个小伙子很投机，放学也经常在一起。姐姐刘淑兰为了他们学习、玩耍有个伴，就与大嫂商量说："我看三弟学习不用功，刘凯学习还不错，叫刘凯过来住，两人互相帮助些，好吗？"大嫂欣然同意。刘凯人很聪明，又懂事，林家老老少少都喜欢他。

这天，大嫂宋玉花有事过来找刘淑兰说："淑兰妹！柜上还要从哈尔滨进些货，朱掌柜说，如果你愿意去，就叫你去办。你看行吗？"刘淑兰一听，高兴地说："没问题、没问题，那几家我都认识了。如果柜上放心，我明天就去。"宋玉花说："那好极了！今后村里的地租我去收，我没时间叫巴大爷代催。城里的进货你代办点，年终我们就能多分点红利了。"

1944年，国际的形势发生了很大变化。1943年的开罗会议，在同盟国的大战略上，欧洲位居第一，太平洋其次，中国位居第三位。到1943年12月的《开罗宣言》中，第一次要求日本无条件投降，要求日本归还中国领地。1945年4月5日苏联照会日本，称两国1941年签订的中立协议已失去意义。5月1日希特勒自杀。一星期后德国投降。苏联军队开始从欧洲战场转入亚洲战场。苏联红军进入中国，配合中国部队，共同打击日本侵略者。苏联红军进入东北，使北方战局发生了大的变化。由于美国的介入，日本国土连遭两枚原子弹的袭击，1945年8月14日，日本天皇颁发了结束战争的诏书，历经八年的抗日战争宣告结束。1945年8月11日，林彪率一支十万大军进入东北，和苏联红军一起接收，从日本战犯手中归还的中国领土。当时国民党政府也急于占领东北地区，国民党军队于1946年1月5日，空投大量军队，占领长春，三个星期后，进入沈阳。当时国民党军队占领东北的一些大城市。共产党的队伍占领了东北主要城市周围的农村。不久围困长春的战役打响了。

林长安在长春工作，由于日本战败，日本人纷纷逃离中国，林长安所在的部门已关闭。林长安和他小老婆胡欣也准备去日本。

这天，邱子仁和洪珊来到林长安家，进门就说："长安！你们准备怎么打算？"林长安说："我们商量好了，回老家也不好办，还是到日本再说吧！"邱子仁说："看中国战乱的情况，我们准备去香港发展。我家店铺早已转移到香港，不如你们也随我们去香港。以后如果愿意去日本或美国，也可以从香港走嘛！"一席话，说服了林长安夫妇，他想了想说："去香港也好，不管怎么说，是中国人居住的地方。去日本是侨居国外，诸多不便。"胡欣一听，觉得也有道理，两个人就决定去香港避一避。四个人商量好，就开始做准备。

林长安夫妇带着女儿，准备去胡欣家住几天。在此期间，林长安可以回老家看一看，然后接他们娘俩一起回长春。

林长安回到双台镇，一进家门，儿子大奎就迎上前去，高兴地叫着："爸爸！爸爸！"孩子已经五岁多了，长得像爸爸，结实的体格，虎头虎脑的大脑壳。只是眼睛不大，嘴可不小。林长安看到儿子，双手迎上前去，抱起来，亲了亲脸蛋说："乖儿子！想爸爸没？"大奎说："想了！给我买糖了吗？"林长安一边放下大奎，一边说："买了！买了！"急忙从包里拿出糖果、饼干给大奎。这时小妹等人听到声音，也跑出来接东西。看到这个场面，林长安不免有些心酸，他想：过几天自己就要去香港了，不知何时才能再见面，他的眼泪就在眼圈里转。这时宋玉花走过来，忙给林长安脱大衣，打水洗脸，一家人围前围后，好不热闹。

晚餐的饭桌上，大家七嘴八舌、叽叽喳喳。宋玉花给林长安烫壶酒、炒几个菜，林长安边吃边问小弟、小妹的学习情况，刘淑兰把煮好的饺子端上来，林长安说："弟妹！抱孩子一起吃吧！来！我敬弟妹和你嫂子一杯！这几年你们辛苦了！这个家全靠你们照应，我和长庚在外面也就放心了。我代表二弟谢谢你们了！来！长祥！咱哥俩喝一杯！"宋玉花忙说："你喝多了？他还是个孩子呢？"林长安没有喝多，他是和老弟告别呢，他心酸啊！

当天夜里，林长安告诉宋玉花说："我要去香港工作一段时间，家里的事你就多操心了。"宋玉花紧紧抱住丈夫，他知道，他这一走，不知何时再相见。

胡欣在娘家住了两天，这天吃过早饭，她要坐车，带女儿到镇上逛街。走在路上，一个人抱着个孩子，看到别人都是夫妻两人，成双成对，有说有笑的，心里很不是滋味。她想：我一个黄花大姑娘，嫁给你林长安做二房，还偷偷摸摸的，连回家都不带我们娘俩去，越想越生气。一气之下，她抱着孩子，打听到林长安家。当胡欣和女儿出现在林长安面前时，林长安惊呆了。女儿晓春跑上前去，喊："爸爸！爸爸！"他才如梦初醒。这下子，这个家可就热闹起来了。宋玉花又哭又闹，要死要活，胡欣不依不饶地叫林长安离婚。两个女人，互相对骂，大打出手。孩子哭、老婆叫，简直乱成一锅粥。林长安看不下去了，就冲着胡欣叫："本来说好了的，叫你在家等我，你怎么来了！""你叫我们娘俩永远做黑人啊？你答应我要和她离婚的，到现在还缠缠绵绵，你这个王八蛋，大骗子！我和你拼了！"说着就动手去打林长安。弟妹刘淑兰急忙上去拉着，大家七手八脚地将三个人拉开，这场战争总算没打起来。

宋玉花鼻涕一把、眼泪一把地说："这个没良心的东西，我在家给他生儿育女，照顾他的弟弟妹妹，他却在外面娶小的，孩子都有了，还瞒着我们。要不是人家找上门来，我们还蒙在鼓里呢！"胡欣又是哭又是闹，看到这个场景，林长安也没办法，任凭他们哭闹吧，他回到房间，蒙着头睡觉了。

看看天色将晚，刘淑兰找来巴大爷，叫他套好车，又去叫林长安说："大哥！我看天已晚，就叫巴大爷送你们回去吧！这边的事，我们劝说，等都消了气你再回来。"林长安看看也没别的办法，就答应了。刘淑兰又拿了些家里有的鸡、鸭、肉、红枣、大米等，给胡欣女儿拿二块大洋，算是红包。打点完毕，巴大爷赶车送走了他们。

这边宋玉花已哭得两眼红肿，茶不饮、饭不吃，这可忙坏了刘淑兰，她耐心地劝解说："大嫂！你看事已到这个地步，你哭也没用。哭坏了身子，还不是自己遭罪。你看孩子也在旁边哭，这么点小孩多可怜啊！不为别人，也要为儿子着想。将来把儿子培养起来，怕啥呀？"劝了又劝，哄了又哄，终于宋玉花停止了哭泣。

这一夜，不管是宋玉花还是胡欣，都难以入眠，大概都在想，女人啊！这一生怎么这么难！

林长安和胡欣回到胡欣娘家，林长安又是哄、又是跪着、又是打自己的嘴巴，海誓山盟，一定离婚。这件事总算平息下来了。过了几天，林长安想，还得去店铺里看看，支些钱花。就和胡欣商量说："我得去店铺里支些钱带着。"胡欣说："这还差不多，不能把钱都留给他们，去吧！快去快回！"

林长安来到了商铺，朱掌柜见了，忙起身迎上前去说："林掌柜你好！什么时候回来的？快请坐！"林长安忙说："自家人不必客气！我从长春回来看看。这不，还带了点糖果、长春特产，你们尝尝！""哎呀！真是的！谢谢！"朱掌柜说。林长安坐下来，伙计送上茶。林长安边饮茶边说："朱掌柜！近来生意如何？""不太景气，马马虎虎吧！今天正好你也回来了，我们几个股东聚一聚，商量一下今后的方向，喝几盅。"说完就吩咐伙计去了。

中午，几个股东在福来顺酒家开了一桌。几个股东边吃、边喝、边聊，林长安说："现在日本投降了，日货就不要上了。我看哈尔滨俄国人不少，他们的商铺在哈尔滨增加了许多，好多皮货、布料、烟、酒等，衣服也很好看。我们可以进一些，肯定好卖，也能卖个好价钱。"刘掌柜接着说："林掌柜经常在外面闯荡，眼界宽，我看林掌柜讲得也对。"朱掌柜喝得两眼通红，兴致勃勃地说："好啊！那我们就叫林掌柜从哈尔滨进批货吧！"就这样，林长安没费吹灰之力，从柜上支了一笔钱。

林长安回到胡欣家，胡欣看到这笔钱，别提多高兴了，两个人商量怎么办呢？胡欣说："还给他们定什么货呀！拿钱就走算了。""那将来怎么办呢？""怕啥的，从我们股份里扣吧！反正今后我们也花不着，这也是我们应当得的。"林长安想了想，觉得也行，两个人第二天，拿着钱就走了。到了哈尔滨，随便找两家商铺问问价钱，也没定货，却托人给老家捎个信，说货已定，下个月来哈找他提货吧。就这样，林长安卷走了几千块大洋，准备飞往香港。

1945年，八一五光复后，整个东北地区，战局还是不稳定。日本宣布投降后，苏联大批军队进入东北地区，国民党、共产党也在争夺失地。社会动乱，学校也不安定。

林长庚是个两耳不闻窗外事、一心只读圣贤书的书呆子，他每天忙于他的知识积累，在他的书海里遨游。这天，他正在教室里，忽听门外有人喊："林长庚！校门外有人找！"他急忙放下书本，跑到收发室，一看，是自己的老婆刘淑兰。

刘淑兰今天打扮得很洋气，夹旗袍，高跟皮鞋，手里拎着个绣花钱袋，满面春风地等待他。林长庚几步跨上前去，拉着刘淑兰的手说："什么风把你吹来了？"刘淑兰笑着说："想你了嘛！""真的？太好了！你等我一会儿，我回去请个假就回来。"说完就跑回去了。

正值九月，天高气爽，气候宜人。林长庚、刘淑兰两个人慢步在街上，找了个饭馆进去，今天要了两个菜、一壶酒，慢慢地喝起来。林长庚边吃边问："淑兰！怎么把孩子丢在家里来这，是不是柜上有事办？"刘淑兰说："你以为真想你了，是前几天大哥回老家，与柜上讲，他要在哈尔滨定批货，我来催货的。"刘淑兰就把这几天发生的事，一五一十地讲给林长庚听。他们酒足饭饱后，两个人按照朱掌柜给的地址，去找这个店铺。眼看天色已晚，也没找到。这可急坏了林长庚和刘淑兰，两个人回到旅店，久久难以入眠。林长庚说："淑兰！千万别着急！我们明天再去商会打听一下，是不是这个店铺搬家了。如实在找不到，我请假与你一起回去，把情况说给柜上，再想别的办法。"刘淑兰也没见过这个世面，就一个劲地哭。林长庚想：是不是大哥根本没买货，把钱拿走了，那就糟了，家里就要破产了。去找大哥，可大哥说他去香港了，到哪去找啊！这话现在还不能说，否则淑兰更得着急上火。

这一夜总算熬过去了。第二天，一早两人就来到商会，要求商会帮助查找这个店铺，可工作人员左查右查也没这个店，他们彻底失望了。两人顿时眼冒金花，一屁股坐在地上，半天说不出话。工作人员把他们扶起来，倒杯水，细问情况，也没办法。

林长庚急忙回到学校请了假，陪老婆回到镇上。到家里把情况一说，大嫂立刻昏倒在地，大家七手八脚，又是掐人中，又是喷冷水，总算把人救醒。大嫂痛不欲生地骂道："这个没良心的！怎么这么损啊！这叫我们一家可怎么活啊？这店铺的股份恐怕也没了，今后孩子拿什么去念书？"小弟、小妹一听，跑到自己房间去哭，孩子大奎，爬到妈妈怀里一个劲喊："妈妈！妈妈！"

两个小手不停地给妈妈擦眼泪。刘淑兰在一边抱着孩子也在哭，巴大爷蹲在一边，狠劲吸烟。看到这种情景，林长庚受不了，直起腰杆，冲着大家说："哭什么？大哥走了，还有我呢！我不念书了，到镇上找份工作挣钱，叫小弟、小妹念书。再说，店铺里的股份还不一定全没了，如能剩点股份，年终还能拿回点钱。天无绝人之路，大家不要哭了。"一席话，总算暂时安定了大家的心，可是大嫂还是病了。

林长庚还要和朱掌柜去趟哈尔滨，家里的事只有交给刘淑兰了。这些天可忙坏了刘淑兰，给大嫂抓药、熬药，还要照管几个小孩。大嫂娘家得知消息，派人把她们接回娘家调养去了。

1945年底，林长祥和刘凯读国高快毕业了，正好军校在县里招生，这两小伙子高兴坏了，也没和家人商量，就报考东北军政大学了。这天，两个人放学回来，刘凯和林长祥把这事告诉刘淑兰说："我们两个人已报考东北军政大学，算是参军，过几天就走了。"刘淑兰急忙说："小小年纪参什么军啊！长祥、刘凯这事我可做不了主，长祥等你哥回来，你和他说。刘凯你赶快回家和爸妈商量。"大家说啥也没用，不久两个人跟随部队走了。

东北大地的晚秋，已是凉风扑面，寒气来临，眼看冬季即将到来，刘淑兰正在为家里人换季用钱犯愁。想来想去，还是卖点粮食换点钱吧。这天傍晚，巴大爷和刘淑兰装了一车玉米、大豆、高粱，第二天一早，两个人就赶车去了哈尔滨。一路上听大家议论纷纷，有人说，日本人投降了，苏联红军进入黑龙江，哈尔滨街道上到处可见苏联红军。一波又一波，不知往哪开。他们两个人提心吊胆，一路过了几道关卡，总算到了哈尔滨。可是货又不好出手，没有一家货站给现钱，刘淑兰只好和货站老板说："周老板！以前我的货都是在您这收的，要不我把货放这里，您帮忙代卖吧！过段时间我来结账。"老板看在老客户的面上，就答应了。

东北地区的土地运动，已经在哈尔滨地区全面展开。虽是寒冬季节，北风呼啸、雪花飞舞，双台镇已到了大雪封路的时候。可是今年不比往常，人们土地运动的热情，给这冰封大地，带来了春天的气息。村中人们敲锣打鼓，挨家挨户挂牌子，封地主老财家财产，登记造册，挖浮财，热火朝天，喜气洋洋。

宋玉花领着孩子回到双台镇，主动交出地契。林家在村子里是有名的破大院，虽然祖上留下来点土地，可全家都是孩子，就几个女人领着几个孩子生活。所以村委会也没难为他们。交出地契后，就叫宋玉花和刘淑兰领着孩子回娘家了。

刘淑兰带着两个女儿在娘家，听说林长庚找个工作，在法院做书记员，也不知现在如何？现在二女儿晓凤又患病，胃肠不好，拉肚子，又没有药，整天哭闹不停，搞得刘淑兰心烦意乱。她想总不能在家待一辈子吧！她得去找林长庚。可是林长庚现在哪里呢？她与父母商量，刘喜春说："这兵荒马乱的，你一个女人，到什么地方去找呀？"母亲刘杨氏说："还是叫你爸去哈尔滨一趟，打听一下再说吧。"就这样刘喜春登上了开往哈尔滨的汽车。

再说林长庚在呼兰法院做书记员已几个月了，可是现在战乱，政府部门已经撤了，法院也解散了，他已没有工作，正寄住在姐姐家。

现在解放军大举进攻东北。林秀华和胡可生商量说："现在解放军很快解放长春、沈阳，我们部队、政府需要大批有志青年，我看你帮忙把林长庚介绍到战地医院，不是很好吗？"不久，胡可生把林长庚介绍到一个战地医疗队，沈阳解放时，他就留在了沈阳。

沈阳以前叫奉天，是东北地区有名的大城市。刘喜春到哈尔滨林秀华家一打听，方知林长庚已经在沈阳地区医疗队工作，因为他是医学院学生，虽然没有毕业，但在当时已经是很不错的医生了。林秀华说："过段时间，弟妹带孩子也可找他去。"就这样，刘喜春欢天喜地打道回府。

刘淑兰听到这个消息，心里又是喜又是忧。喜的是林长庚有了当医生的工作，忧的是自己带着两个孩子怎么走得了啊？尤其是老二，身体又有病，怎能经得起这长途跋涉。她思来想去，还是把老二晓凤留在家里养病，她带大女儿晓颖先去，等安顿好了再回来接她。她把这个想法告知母亲，可母亲说："你弟弟的孩子这么小叫我带，晓凤又小又有病，我恐怕照顾不过来，到时候有点事，我不好交代啊！我看你就先不要去了。"刘淑兰说："我不能总在家住呀！要不我找个人，先寄养到他们家。"主意已定，她就开始暗中巡访。

小冬屯东边有个木匠姓丁，两口子结婚多年没有孩子。平时刘淑兰有时带孩子在街上玩，经常碰到他们。丁嫂人很爽快，快言快语，干净、能干，平时非常喜欢晓颖、晓凤。刘淑兰想：何不到他们家看看，也许能行。

这天刘淑兰抱着晓凤，领着晓颖，来到了丁家。只见院内青堂瓦舍，雕梁画柱，院内花草树木，散发清香。丁嫂高兴地将这娘仨让到屋内。真是木匠之家，箱子、炕柜，应有尽有。丁嫂把两个孩子抱到炕上，拿出炒的花生、瓜子撒在炕上说："两个小宝贝吃吧！"一边说着一边拉着刘淑兰的手说："大妹子！家里没别人，你坐炕里面，咱们姐妹好好唠唠嗑。"说着就把她往炕里推。两个人寒暄一阵后，丁嫂问："今天怎有空来串门？有事吧？"刘淑兰说："真不好意思，有点事想麻烦你。"丁嫂说："不用客气！有事尽管说。"刘淑兰就把现在情况说了一遍，丁嫂笑着说："这还不是小事一件，我高兴还来不及呢！说真的，这些年我没孩子，看到小孩就喜欢。你要放心就放这里吧！我一定不会亏待她。"刘淑兰说："我这有点大洋，还有枚戒子，你收着，做孩子的生活费。等我安顿下来后，我立刻将她接走。孩子有点拉肚子，麻烦您费心找个医生，拜托了！""你放心吧！钱你拿走，我们不能要。""钱一定留下，等我回来再多给些。"就这样，刘淑兰把晓凤留在了丁家。

刘淑兰几经波折，终于和丈夫林长庚团聚了。林长庚的医疗点正缺人手，刘淑兰就留下来做护理员，由于她工作认真、好学，不久就转为护士。

随着解放战争的序幕拉开，刘凯和林长祥从东北军政大学毕业后，分别来到了沈阳。刘凯参加接管东北电业局工作，后转到北京。林长祥参加接管公安局工作，后任公安局特侦科科长。

第七章
地上地下

稳定社会保平安，
镇反运动理当先。
长祥娶妻新式办，
淑兰寻女老家还。

刚刚解放的沈阳城，百业待兴，市场动乱、经济萧条、人员复杂、社会治安不好。公安局的工作更是紧张繁忙。

"科长！北市场出现命案，局长叫您去一趟。"秘书小王急忙进来通知林长祥。

"好！知道了，我立刻就去。"林长祥一边整理文件，一边答应着。

林长祥从部队转业时，因哥嫂在沈阳，组织上照顾他，也将他分配到沈阳。后分配到公安局工作。几年的部队生活锻炼了这个小伙子，他机敏、干练、分析能力强、头脑灵活，几个大案都是在他手中破获，屡立战功。所以上级领导，任命他为特侦科科长。林长祥整理好文件，急忙赶到局长室。只见廖局长正手拿香烟走来走去。一看到林科长进来，立刻迎上前去说："快坐下，有个紧急任务给你们科里。"看局长的样子，林长祥知道又有艰巨任务了。局长语重心长地说："沈阳刚解放，现在敌特势力很猖狂，一小撮敌特分子企图在市内闹事，制造混乱，扰乱社会治安，以便进一步影响我们的各项接收工作。现在社会上谣言很多，散布解放军在城里待不久，很快就得撤走。蒋介石很快就要反攻大陆……这些谣言蛊惑人心，还有些特务分子，杀人、放火、抢劫财务。昨晚北市场又发生了一起命案，一名解放军战士被杀，枪被抢走。再过十几天，就到五一节了，市内要搞一次游行，庆祝沈阳解放，工人阶级第一次过上自己的节日，所以必须在五一前破案，要严惩敌人。昨天是4月17日，我们就定这个案子为4·17案，一会儿召集有关人员开会。"等林长祥从局长办公室出来已经半夜了。

清晨刚一上班，特侦科秘书小王就通知大家开会，林科长将昨天局长布置的任务及案情，给大家传达一下。会上气氛很紧张，大家猜想又有新的任务来临了，个个摩拳擦掌，准备大干一场。林科长介绍完案情后，和大家说："现在我们分工，一组去现场再详细了解一下案情，二组去了解一下死者身份及经常接触的人群，要越详细越好，晚上大家再碰头。听明白了吗？""听明白了。""那好，立刻分头行动。"

一组组长谭振华从部队转业来的，原来在部队侦察连，人很机敏，灵活，他领两名工作人员，来到了案发现场。

这是北市场一个小胡同，前面不远就是红灯区，里面妓院、烟馆、小理发店、修车行等。这胡同比较暗，一边是院墙，一边是堆放杂乱物品的小仓库。谭振华领着两名同志在现场测量，又打听周围的居民，都说也没看到什么，也没听到啥。派出所人员介绍说："下半夜两点钟左右，巡逻人员在这发现有一名解放军躺在地上，地上一摊血，人已死亡，尸体停放在医院太平间。"二组组长曾启民领着侦查员查看尸体，并根据衣服的编号，查出了死者的身份名叫蒋有财，是解放过来的国民党老兵，几次战役表现得还不错，现任班长，沈阳解放后，他所在的部队留守沈阳。

蒋有财原是个好色之徒，虽然解放过来后，恶习有所收敛，可是一遇到机会，他就旧习复发。北市场本来就是个花花世界，妓女成群，烟鬼满街，他从这里经过，经不起诱惑，几次过后更是一发不可收。这天他休息来到这里，一群妓女围了过来，这个推、那个拽。"蒋哥呀！进来吧！今天我陪你玩玩，保准叫你舒服得不知东南西北。"一个叫桂花的妓女连拉带亲的，把他推到屋里。小桂花端茶倒水，送来干果点心，两人又亲又啃，打情骂俏的互相挑逗一阵子，蒋有财实在按捺不住烈火，一把将小桂花拉到床上，乱摸、乱吃、乱啃，一阵风后，小桂花两人又是哼、又是叫，久久抱在一起，不肯起身。小桂花摸着蒋有财的肩说："怎么样蒋哥？舒服吧！你多留点钱叫我好想你。""小宝贝！我真想天天搂你，可我一个臭当兵的，哪有那些钱啊……"小桂花用手摸着蒋有财的下身说："蒋哥！俗话说，人无外财不富，马无夜草不肥，你要是想把我赎出去，就得挣笔大钱。"蒋有财说："你要是能帮我搞到钱，我天天陪你。"说完，两人又是一阵激情涌动。精疲力尽后，小桂花搂着蒋有财说："蒋哥！你要是能搞几支枪，我看准能卖个好价钱。"蒋有财为难地说："到哪去搞啊？"小桂花说："世上无难事，只怕有心人。慢慢想办法吧。"说者无心，听者有意，这蒋有财真打起卖枪发财的主意来了。

经常到小桂花这来鬼混的，还有一个叫范宝华，他是国民党潜伏下来的特务。这段时间，他接到上级指示，要他联络一些人员，在五一节期间，搞些破坏活动，扰乱社会正常秩序，涣散人心，影响五一集会。这天范宝华这小子一边玩着小桂花的大奶子，小桂花一边玩着他的下身，小桂花说："听说范老板有老婆，还到我这里来？""哎呀！那老东西太正经了，哪有你这么销魂，小宝贝！"说着就在她胸前啃一口，两人在床上撕滚起来，范老板长驱直入，小桂花喊爹叫娘。两人玩够之后，小桂花就撒娇地靠在范宝华怀里说："像范老板这样的，多来几次我也欢心。有个臭当兵的，没钱还叫老娘给他垫，真不是个东西。"范宝华一听当兵的，立刻来了精神，忙问："你说什么？解放军还来妓院！不要瞎说。"小桂花说："是真的，他说他一个臭当兵的哪有钱常来这里，不过他来时从不穿军装，不信，哪天我指给你看。"说来也巧，两人正唠着蒋有财，他还真来了。范老板看到蒋有财来找小桂花，也就告辞了。

蒋有财一脸哭相地与小桂花说："我烟瘾犯了，今天没带钱，你先给我垫上，过两天我双倍还你。""哎呀！我哪有钱，不过我可以帮你想想办法。"为了稳住蒋有财，小桂花给他点了一袋烟炮，两人躺在床上，吞烟吐雾，来了精神头，又是一场人肉大战，蒋有财完全陷进魔窟不能自拔。小桂花抱着蒋有财说："蒋哥！你真要卖短枪啊？我帮你找找人，不过事成之后，钱咱俩对半分。"蒋有财说："全听你的！我的姑奶奶。"几天后，范宝华和蒋有财见了面，很快交易谈成。

可这点钱怎够蒋有财又是吸毒，又是玩妓女，没几天又是债台高筑。

范宝华利用这个机会，开始威胁利用蒋有财说："共产党是兔子尾巴长不了，你若能领几个人，带着枪，投诚过来，保证你吃穿不愁，还能混个官做，若能把你们军区布防图搞一份也行，你考虑一下。"蒋有财现在已离不开大烟和女人，为了能吸上一口，他满口答应说："搞军区布防图可以，领几个人投诚得慢慢来。不过，我得提前支点钱花。"范宝华说："我跟头商量一下，你什么时间能交图？"蒋有财说："最快十天吧！""那好明天听信。"范宝华回去向上级汇报，得到答复是可行。第二天，两人见面，范宝华给了蒋有财一笔预支款，蒋有财欢天喜地的又去吞烟吐雾了。回到营地，蒋有财想：投靠国民党那不是去送死吗？在共产党这里，自己又吸毒、又玩女人、枪也卖了一支，哪天被查出来，还不得枪毙。三十六计，走为上计，他准备拿了钱就跑了，所以蒋有财拿了钱再也没来小桂花处。这可急坏了范宝华，他领人天天到这里来堵截。蒋有财正准备逃走，可他难以忍受烟瘾的折磨，浑身上下像有无数小虫在啃食他，他偷偷跑到街上，乘天黑之际，找个烟馆吸两口。没想到冤家路窄，在北市场胡同路口，正好遇到范宝华领两个打手，一急之下，蒋有财撒腿就跑，被范宝华几个人当场打死，范宝华也逃之夭夭。

公安局曾启民等人，有了死者的身份，并通过部队查知少了一把手枪。经过多方了解，查知此人就是经常到桃花阁找小桂花的蒋有财。经过几次审问，小桂花只好说出了真情，可是范宝华早已逃走，线索中断了。公安局几位领导研究，决定在五一节前，一定要提高警惕，防止敌人破坏，对部队等有枪支地方，要严加管理，以免枪支弹药的丢失。

1950年5月1日，是中华人民共和国成立以来第一个五一节，街上工人敲锣打鼓，扭秧歌、踩高跷、扭旱船，热闹非凡，人们高唱："嘿啦啦！嘿啦啦！天空出彩霞，地上开红花，工人老大哥……"望着节日里人们欢庆的气氛，林长祥和同志们脸上露出了一丝微笑。

于燕是公安局秘书处秘书，她和林长祥认识很久了，两人来往很密切。这天下班后，于燕给林长祥打来了电话说："是林科长吗？我是小于，你现在做什么呢？我去看你，好吗？"林长祥高兴地说："欢迎！欢迎！我等你。"一会儿，一个个子中等，身材苗条，甩着两只辫子，露着两颗小虎牙的姑娘，来到了房间，一串银铃般笑声，打破了房间的寂静。"林科长！你看，我给你带什么来了？"于燕的小手帕里，包着一些热乎乎的糖炒栗子。"这是我刚买的，还热着呢！快来尝尝！"说着于燕就打开手帕，扒了一颗，送到林长祥手里。"谢谢！好香啊！"林长祥边吃边问于燕："你吃晚饭了吗？咱俩出去吃面条，好吗？"于燕高兴地说："好啊！"两人手拉着手，走出了大门。

沈阳原名奉天，是东北地区主要大城市，这里聚集着汉族、满族、朝鲜族的人们。夜晚，商铺灯火辉煌，大街小巷，人来人往，马路两旁的饭店、小食店，比比皆是，不时散发出诱人的香气。饭店门前，店小二的吆喝声此起彼伏。"包子！饺子！大米饭炒菜！""馄饨、面条、大蒸饺了！"马路上，挑担的、步行的、人力车、小轿车更是络绎不绝。你看那行人，男的有穿长衫、有穿短袄，女的有穿旗袍、有穿长裙、有穿长裤，形形色色。

于燕手挽着林长祥，穿梭在人群中，他们来到了面食店，"二位吃点什么？"店小二说。林长祥说："来两碗肉丝面，一个小菜。"一会两碗热气腾腾的面条上来了，两人边吃边聊。林长祥看着于燕说："小于！这个星期天到我哥家去，好吗？""干什么？""我们认识快半年了，我哥嫂还没见过你呢，我从小无父母，是哥嫂把我带大。老嫂如母，我告诉他们我有女朋友了，可还没见过面呢！这个星期天没事，我们回去看看。好吗？"小于不好意思的点点头，就算定下来了。

星期天的早晨，微风吹拂着大地，五月的风，风和日丽，微风吹得绿树发芽，小草萌发。于燕对着镜子梳理头发，又在发梢上结两个蝴蝶结，人显得更加年轻漂亮。身穿一身军装，肩上背一个黄色书包，对着镜子左看右瞧，忽听有人敲门，忙问："谁呀？""是我，可以进吗？"林长祥的声音。"进来吧！"当林长祥一进门，就被眼前这漂亮的姑娘吸引住了，一个箭步冲上前，抱着于燕在屋内转了两圈说："好漂亮啊！"于燕吓得忙说："快放下！叫别人看到呢！"林长祥说："怕什么？"放下于燕，并在脸上轻轻吻一下。于燕忙用手挡住说："别叫人家看见。"两人拥在一起，亲热一阵后，才离开宿舍。

　　林长祥二哥住在市内，他们三口人租了一间东厢房，屋子不大，只有十几平方米，一进屋，只见一铺炕，地下摆一张桌子，也再没什么地方了。二嫂刘淑兰看到弟弟领来一位漂亮小姑娘，不用介绍，心里就明白了，忙着里外招呼着，女儿晓颖也直喊："阿姨！坐！阿姨！吃水果！"于燕看见这热情的娘俩，一颗悬着的心也落地了。她抱起晓颖，拿出自己买的糖果给晓颖吃，问晓颖说："几岁了？叫什么名字？会唱歌吗？"晓颖大方的站在地上，唱起了大红苹果……大红苹果。林长祥问："二嫂！我二哥呢？""他值班，中午回来。"二嫂忙里忙外，直到中午时分，二嫂准备一桌丰盛午餐，二哥也风尘仆仆地赶回来了。一家人围坐在一起，喝酒，午餐。席间，二嫂一个劲给于燕挟菜，晓颖也很懂事，一边给于燕挟菜一边说："阿姨！吃菜！我妈做的菜可好吃了。"喜得于燕直拍晓颖的头说："谢谢！阿姨自己来。"二嫂打量一下老弟和于燕说："你们也不小了，什么时候把婚事办了吧！住处呢，我和你二哥给你们租处房子，收拾一下，做几床被褥，再买点日常用品就先对付了。"林长祥忙说："二嫂！

房子不用租，我们单位有独身宿舍，大家挤一下，腾出一间就行了。"二哥忙说："那就叫你二嫂给做两床被褥，再拿点钱买些日用品。"说着，二嫂就从箱子里拿点钱放在老弟和于燕面前说："这是二哥、二嫂的心意，现在条件不好，等以后再多给些。"于燕忙推辞说："现在也不忙结婚，不用钱。"二哥忙说："你们现在已经不小了，我看婚事就定在下月吧！我老弟从小就失去父母，很少得到母爱，今后就交给你了，你们要互敬互爱，我们也就放心了。"说得于燕满脸通红，急忙低下了头。

他们俩的婚事，六月份在单位热热闹闹地举办了。那一天，在局里食堂办了几桌，双方家长，局里领导都讲了话，新式婚礼很热闹，同志们一直闹到半夜才散去。

这几天，刘淑兰心里总感觉不安，躺在床上就常想起，放在老家的晓凤，已经有三年的光景了，她现在已经有了工作，家也安顿下来了，她想应当请假回趟老家，把孩子接回来，她和林长庚商量，林长庚双手赞成。他说："你去吧！晓颖我来照看，没问题。"

黑龙江的七八月，正是秋高气爽的好季节，刘淑兰坐在火车上，望着窗外红红的高粱，低垂着头，黄黄的玉米棒拔直了腰，人们欢天喜地庆丰收，个个脸上挂满了笑容。刘淑兰回想起自己，从一个什么也不懂的农家妇女，变成了白衣战士，学会了护理工作，为病人救死扶伤，多么自豪啊！这一切都得感谢共产党，感谢毛主席。她从心底里发出的呼声：共产党万岁！毛主席万岁！一声汽笛声，把她从回忆中唤醒，家乡就要到了。

"妈！"一声尖叫声，把正在院里的母亲惊呆了。这不是淑兰吗？"淑兰！"妈妈三步并做两步迎上前去，母女俩拥抱在一起。淑兰妈，上下打量着女儿，女儿变了，变得成熟了。淑兰妈惊喜地看着女儿一身干部装，整齐的短发，平底布鞋，怎么和县里的干部打扮一样。"妈！怎么这么看我啊！不认识我了？""我的女儿像县里干部一样，妈真有些不认识了。"刘喜春凑过来，拍拍女儿肩说："怎么说回来就回来了，也不提前来个信，爸好去接你呀！""女儿想给你们一个惊喜嘛！"三个人簇拥着回到了屋里，刘淑兰拿出给爸爸买的酒，给妈妈买的衣物，各种点心、糖果等，摆了一炕，喜得老两口说："回来就好，还花这些钱买东西干啥？"淑兰问："我大弟他们好吗？"刘杨氏忙着说："好啊！他们也不知道你回来，一会去叫他们过来。老头子！快去买些肉、菜，再把他们全家叫来。淑兰！快上炕休息一会，喝点水。"刘淑兰急忙拉着妈妈手说："不累！一路尽坐车。你们看到晓凤没有？她现在怎样？"刘杨氏说："经常见面，孩子长高了，很懂事。怎么？这次回来是接她的吧？""是的，妈妈！我们现在都有了工作，也有了家，生活已经安定下来了，想把孩子接走。""那好呵！不过我看这两口子把孩子当个宝似的，怕邻居说啥，把家也搬了。我看恐怕不想给你了，不好往回领了。""那不行啊！当初就说寄养他们那一段，又没说给他们。""好了！先不用着急，明天我们去领回来。"

　　第二天早饭后，刘淑兰在妈妈的陪同下，来到丁嫂家。现在丁二哥他们搬到镇上，租了一个四合院的东厢房，院子比较大，共住三户人家。丁二哥是个木匠，镇上找木匠干活的人多，家里生活比较宽裕。丁二嫂自从有了晓凤，生活添了不少乐趣，人活得好像也有劲头了，每天忙里忙外，娘俩打扮的干净、漂亮。每次丁二哥回来，总带点好吃的给这娘俩，看见娘俩这个开心劲，他干活的劲头更足了。

这天，正好丁二哥在家，三口人正准备去市场买些生活用品，丁二嫂精心的把晓凤打扮一番，晓凤头上结个大蝴蝶结，身穿个连衣裙，脚蹬小红皮鞋，丁二嫂还给她做个布手袋，里面装满了好吃的，挂在手腕上，还真挺洋气的。正要出门，刚巧与刘淑兰撞个正着。刘淑兰见到丁嫂，忙叫道："二哥、二嫂你们好？"看到二嫂手领晓凤，就一把抱过来说："这是晓凤吧？"孩子不认识刘淑兰，一下子就大哭起来。丁二嫂忙把孩子抱过来说："不怕！不怕！"脸色一下子阴沉下来了。二哥说："什么时候回来的？赶快到屋里坐。"刚到屋门口，二嫂就在晓凤屁股上轻轻一掐，晓凤又大哭起来。二嫂忙说："这孩子不回屋，要不我们去街上找个地方坐一会儿吧！"原来二嫂是怕在家里吵起来，邻居们会知道的。

几个人来到镇小学操场内，找个阴凉处坐下来。刘淑兰拿出自己带来的糖果、饼干给晓凤，可晓凤死活不要，躲在二嫂身后不出来。刘淑兰客气几句后，就开门见山地说："这三年给你们增加不少麻烦，我这次回来就把她带走。"丁二嫂急忙插嘴说："当初这孩子身子骨软弱，你们走后，她胃肠一直不好，几次都要不行了。是我们没黑没白的精心照看，又到镇上、县里找医生，才活下来的。你们说领走就领走，这孩子也不能跟你们走啊！"刘淑兰说："我们知道二哥、二嫂这几年受了不少苦，临走时我留下的钱也不多，这次我又带了些，做个补偿，剩下的以后再给你们捎来。啥时想孩子，你们也可去，我有时间带孩子来看您。你们就是孩子的干爹、干娘了。"丁二嫂一听这话就火了说："不是钱的事，这孩子的命是我们给的，当时你抬腿就走，孩子要不是我精心调养，早就没命了。现在这孩子谁也不认，你也领不走，你非要领走，就是要我们娘俩的命。"说完就号啕大哭起来。晓凤不知发生了什么事，也跟着哭起来。看到这种情景，丁二哥忙说："她大妹子！我和你二嫂又不能生育，也没孩子，我们把晓凤视如己出，她在我们这里绝不能受一点委屈。你们还年轻，今后再生吗，就把晓凤留在这吧！想她时可随时来看。"刘淑兰一听更急了，"大哥！话不能这么说，当初我们讲的明白，我是寄养在这里的，并没说给你们，你们怎么不讲信用呢？"说完就起身去抱孩子，丁二嫂一见，就去推刘淑兰，两人你推我搡，打了起来。刘杨氏一见，忙去拉架，丁二哥见此情景，抱起孩子就走了。这工夫，丁二嫂又是撞树，又要撞墙。刘杨氏又是拉又是拽，等刘淑兰明白过来时，孩子也找不到了。万般无奈的情况下，刘淑兰只好和母亲先回家再说。

　　回到家里，刘淑兰茶不思，饭不想，眼睛哭得像水蜜桃一样，这一夜就不用说了。第二天一早，刘淑兰的弟弟、弟妹和这老两口都去了，可再到丁嫂家一看，早已人去楼空，连房东也不知怎么回事，听说这家人有急事，连夜就走了。刘淑兰一听，好似晴天霹雳，人一下子就昏了过去，等她醒来时，她早已躺在自家炕上。一家人围着她，这个说，那个劝，好歹她才静下来，大家劝她说："算了吧！想开点，给她们家总比病死在路上好啊！什么时候想她还可回来看看。以后我们再多生几个。孩子在他们家也遭不了什么罪，我们也放心了。"大家你一言我一语，刘淑兰的心总算好受些，心想：也只能这样了。谁叫她当初有病，带不走呢？这就是命啊！

再说丁二哥、二嫂，当天很晚才回到家，左思右想也没办法，丁二哥说："我看躲过初一，躲不过十五。今天刘淑兰没把孩子带走，明天还会来。我看今晚咱们收拾东西就跑了吧。""瞎说，这黑灯瞎火的往哪跑啊？再说这家里的东西怎么办？""哎呀！还考虑那么多，把值钱的东西拿着，打个行礼卷就走吧！我有手艺到哪也饿不着。"就这样，丁二哥一家当天夜里就奔向哈尔滨。

刘淑兰一家在镇上和附近十里八乡，打听个遍，也没找到丁二哥一家，大家垂头丧气的失去了信心，刘淑兰在家住了几天，也只好回沈阳了。

林长庚得知这个消息，虽然心里不高兴，但看到刘淑兰消瘦的面孔，只好安慰她，逐渐帮她从阴影中走出来。不久刘淑兰又怀孕了，接连长子林翔、次子林飞，女儿晓虹相继出生。

1951年抗美援朝期间，国民党从台湾派出一批特务分子，加上原有潜伏的一批特务，都纷纷出洞，散发反动传单编造反革命谣言，进行各种破坏活动，气焰十分嚣张。这段时间，公安局的工作内紧外松，对现行反革命分子严惩不贷，对那些有历史问题的、有前科而无反革命行为的及有罪恶历史但坦白交代的这批人员，实行内控，对他们严加管制，责令他们定期、定时向公安局汇报。为了便于管理，在全市设立多个联络点，林长庚家就是联络点之一。

公安局安排林长庚一家，搬到一处旧日式独院居住，内设卧室二间、客厅一间、厨房一间。房子前面有一处菜园子，四周高墙围着，平时大门紧闭，高墙内鸦雀无声，很有一种神秘感。可是，每到星期六、星期日，这个家就热闹起来了，公安局特警科的同志们，陆续不断地约人到此交谈。会客室内烟气袅袅，林长庚夫妇负责烧水、送茶，接送来客，有时林长庚夫妇值夜班，这些事情就由大女儿林晓颖负责，从未出过差错。

这是个初夏的傍晚，林长庚夫妇及女儿林晓颖正在院内浇水、拔草、施肥，院里种的各种蔬菜和花卉，茄子、黄瓜、豆角、南瓜，花有芨芨草、烟粉豆、夜来香、大芍药等各种花草，红的、黄的、白的、紫的争芳斗艳。黄瓜架下的小黄瓜，顶花带刺，紫色的小茄包、大茄子把茄秧都压弯了腰。豆角架上一串串豆角夹，都笑的要露出了牙。几口人在院子里有说有笑，林长庚不时还哼哼几句京剧啥的，林晓颖在妈妈的打扮下，腰上系个红布带，也扭起了大秧歌。忽然一阵敲门声，打破了这欢乐景象，开门一看，是公安局的小白，小白说："哥嫂忙种菜呢！这菜长得不错啊！"刘淑兰说："是啊！你看这小黄瓜都结这些了，等你走时带些，拿给同志们吃。""哎！不用！不用！"说着两人来到了房间。房间早已收拾好，桌上摆好了茶壶、茶碗，刘淑兰忙去烧水，小白说："不着急！人过一会才来。"刘淑兰说："我领孩子们先进屋了。"不一会儿院子里又恢复了平静。今天来的人叫夏有富，是南街小学五年级语文老师，公安局破获的潜伏名单里有他，他是在国民党撤退前，被他表哥骗来加入的，被安插到小学当老师。由于他是被骗顶数来的，又没前科，经我公安人员教育，他愿意弃暗投明，为我们工作。

夏有富个子不高，人比较胖，说话慢吞吞，比较斯文的样子。他原来是账房先生，由于私吞过账房的钱，被他所谓的表哥发现，才当上了潜伏特务。今天他急忙来见白同志，是有要事。进来后见到小白同志，他立刻点头哈腰地说："白同志，你好？"小白说："坐下来吧！""好的！"夏有富说。"你有什么事情要汇报？"小白问。"事情是这样的，昨天早晨，在我家门里发现这封信，内容是：天机已动，听候命令。——狐狸。"说着他把信交给小白。小白看了看信说："看来狐狸知道你的住所，这很危险。也可能你的行动也在他监控之下，这个情况我回去立刻和领导汇报。"小白想了想又说："我看你一会儿走时，叫学生林晓颖和她妈妈送你出去，装着家访一样，以后你暂不用来这里，有事可通过林晓颖来传递。另外我警告你，不要再耍什么花招，我们政府的政策你是知道的，坦白从宽，抗拒从严，立功有奖。""是的！是的！我明白。""好吧！那就看你的表现了，没有啥事你就先回去吧！我叫他们送你。"说完小白就去找二嫂安排。夏有富来到大门外，林晓颖很懂事地喊："老师！再见！"

送走了夏有富，小白又和林长庚夫妇说："现在局势有些紧张，你们要多注意安全，平时不要轻易开门，晓颖平时谁问什么都不要说，懂吗？"林晓颖很懂事地说："叔叔！我明白了。"小白交代一番也离开了。

林长庚夫妇送走小白后，把林翔也打发睡了，就来到了林晓颖房间，晓颖正在写作业，两人互相看了一眼，林长庚就坐在晓颖旁边说："作业写完了吗？""快写完了。"林长庚接着说："晓颖！有件事爸告诉你，你要记住。今天小白同志临走时交代说，那个夏老师是你学校的老师，对吗？""对呀！他是五年级老师，他不教我，我看过他。""那好！如果他找你，给你信或字条什么，你就收好，不要声张，不要搞丢，赶快拿回家给爸妈，这很重要，你懂了吗？""爸！我明白了。不要搞丢，也不要给别人，赶快拿回家，对吗？"林晓颖稚气的脸上一副认真的样子。林长庚高兴地拍拍女儿的头说："我女儿就是懂事，好了，写完作业就睡吧！"刘淑兰给女儿铺好床，放下蚊帐也回屋去了。

第二天，白志文将夏有富的情况汇报给林长祥科长，接连得到几位同志的汇报，都证明近期敌特将有活动，林长祥及时将情况向局领导做了汇报。局里召开动员大会，会上局领导说："同志们！现在国内外形势比较严峻，国内阶级敌人配合美帝国主义的侵朝战争，在国内搞破坏，我市前几天，在东陵附近发生抢车，打死警察事件，昨天北市场又有人散发传单，散布谣言。我们现在要随时提高警惕，要竖起耳朵，睁大眼睛，时刻注意我们周围的细小变化，要对我市的军工企业、发电厂、水厂、电信部门等，要做重点保护，加强警戒，要动员群众，全民皆兵，打一场人民战争。"局长的一席话，说得大家信心十足，个个摩拳擦掌，准备力量，大干一场。

国民党在长春、沈阳一带撤退逃跑时，保密局配合国防部，秘密策划潜伏一批敌特分子，给他们配备有精良武器，电台等设备，其中留下的一批死硬分子，他们曾对国民党发誓：不成功便成仁。现在，美帝国主义对朝鲜发动战争，台湾中央情报局认为时机已到，他们认为第三次世界大战很快到来，反攻大陆的时机已经成熟。迫不及待地下命令，要求各个行动小组，要制定目标，统一行动，里应外合。

狐狸（代号）是敌特反共救国军第三行动小组组长，他真名叫孔庆山，原先在市政府开车，后经人介绍来到公安局，现在是潜伏在公安局内部行政科，给于副局长开车，一名司机。孔庆山平时工作表现勤勤恳恳，任劳任怨，很受于副局长信任。

第三行动小组共五人，都由孔庆山单线联系。狐狸的顶头上司其代号叫山鹰，他们的联系方式是见《沈阳新报》寻人启事栏，如：三弟，你大表哥有急事找你，望联系——英哥。就是通知第三小组，组织好人员，待命行动。这几天他在《新报》上连续看到寻人启事，他明白这是山鹰呼叫，叫他召集人马，准备行动。具体接头地点见报的征婚栏目，如三小姐征婚的联系地址，就是接头地点。

山鹰密指狐狸，派人到东陵公园照相部接头取货，暗号是：照相吗？回答：照全家福多少钱？暗号：有老人吗？回答：有。暗号：可减半。狐狸当天夜里驱车，来到夏有富家，从门缝里塞进信，通知夏有富。第二天早晨，夏有富老伴从地上拾到信，慌慌张张地送给老夏说："不好了，又来指示了，我看恐怕又要有行动了。老夏你可千万要注意，千万别出什么事，我们全家全靠你了。赶快找政府合作，抓住这帮坏蛋，把这事摆平，我们才能过个安宁日子。"夏有富说："你放心吧！不过这几天你和孩子要少出门，要关好门，随时注意安全。"夏有富吃完早饭，拿好信就去上班了。这天中午放学前，夏老师把林晓颖叫到办公室，给她一封信，叫他回家立刻交给白叔叔。林晓颖说："放心吧，夏老师！我一定完成任务。"当林科长和白志文拿到信后，立刻研究决定，派人跟夏有富去东陵接头，然后继续跟踪照相馆的人员，开展全面调查。

星期天傍晚，东陵公园门口，人来人往，有对对相拥而来的情侣，有饭后散步的全家，有遛狗的，有放风筝的，热闹非凡。白志文和另外一位同志早早来到东门照相馆附近，没到六时，就看到夏有富匆匆赶到照相馆门前，手拿一本《中国青年》杂志，几分钟后，一位手拿相机的人靠过去，与他对话后，两人进到屋内，几分钟后，夏有富手拎一个黑皮包走了出来。白志文紧跟夏有富，另一位同志跟踪照相馆的人，夏有富坐汽车直接回家。白志文在确定没人的情况下，也进了夏家，当两人打开皮包一看，里面全是各种颜色的反动传单。面对眼前这些传单，白志文也没了主意，心想散发出去恐怕会有不良影响，不散发恐怕又被敌人发现。想来想去后，白志文说："这些东西先放这里，明天我再通知你怎么办。"然后白志文离开了夏家。

　　这事情重大，林科长直接找于副局长汇报，于副局长指示说："这些传单不能散发，立刻拿到局里，进一步调查、研究，是什么人、什么地方印刷的传单，以便一网打尽。"当天晚上，于副局长派他的车去取传单。孔庆山把车开到夏有富家门前时，他顿时大汗淋漓，这只老狐狸知道夏出事了，他庆幸自己没有出面联系，他急忙稳住神，不露声色地把车开回局里。孔庆山回到家里，立刻与山鹰联系，山鹰指示，暂中断联系，以观其变，从此夏有富再也没有接到上级的任何指示。林科长他们知道，这条线索恐怕断了。审问照相馆的那个人，他只说："有人出钱求他，把东西给来的人，其他啥也不知道。"为了保护投诚者安全，公安局出面联系，把夏有富全家调到了外地。为了安全起见，林长祥通知林长庚，这个联络点暂时停止使用，半年后，听说于副局长的司机是特务，已被逮捕，这个联络点才重新启用。

第八章
兄妹团聚

党的光辉照四方，
一人有难众人帮。
兄长敌特欲投诚，
弟妹携手走康庄。

林秀芹在姐姐林秀华家，已经有三年了，这期间她已初中毕业，由于她从小就体弱多病，不幸又染上肺结核，姐姐家的三个小孩都比较小，怕传染上，大家都格外小心。在姐姐家医治一段时间，也没有好转，二哥、三哥得知消息后，马上写信希望小妹到沈阳来医治一段，尤其二哥、二嫂都在医院，治疗更方便些，林秀芹就高兴地答应下来。

这天，二哥、三哥来到火车站，在熙熙攘攘的人群里，发现了小妹，只见她人比较瘦，脸色蜡黄，走几步一咳，很是难受。二哥要了辆人力车，从车站将小妹接回到二哥家。秀芹一见到二嫂就扑过去，哭着说："想死你们了。"二嫂边安慰、边介绍说："这是你三嫂和儿子！"高兴的小妹扑过去，又是抱又是看地说："三嫂！您好！早听说您了，就是没机会见面，三嫂人真漂亮，这胖小子多大了？叫什么名字？""快六个月了，叫林浩。"三嫂高兴地拍着小妹的肩说。一家人重新团聚，其乐融融。小妹的病经检查，确诊是肺结核，必须用进口的链霉素。那个年代，链霉素相当贵，为了给小妹治病，二哥、三哥全家拿出了所有的积蓄，终于将小妹的病情稳定下来，小妹的病情渐渐有所好转，不久恢复健康。

这是个星期天，三嫂正请大家吃饭，饭桌上二哥说："小妹身体好多了，我和她二嫂商量，应当叫小妹学些什么，正好现在卫生局要办个针灸班，培养针灸大夫，我想给小妹报个名。学好了，以后做个针灸大夫，不是很好吗？"小妹高兴得直鼓掌，三哥、三嫂也双手赞成。就这样，林秀芹参加了培训班，她住在二哥、二嫂家里。真是老嫂如母，二嫂每天早早起来，把饭菜做好，小妹去参加培训班，中午不回家，天天要带饭盒，嫂子将最好的饭菜装在小妹饭盒里，若赶上家里没菜，嫂子就专门为小妹煎几个鸡蛋带上。二嫂虽也上班，但每天晚饭后，还要贪黑做棉衣，无论大人、孩子，一家人的衣袜，都要她来缝呀！

这是个初秋之夜，天气凉爽，二嫂炒了一锅葵瓜子，全家人围在桌边，边嗑瓜子边喝茶水，边听小妹讲那培训班的有趣事，不时逗得全家人捧腹大笑。突然院子外传来了重重的敲门声，二嫂急忙去开门，原来是三弟林长祥，领着一个陌生人进来了。三弟对二哥、二嫂介绍说："这位是我局的孙占山同志，是负责外勤的，以后这个联络点他和你们联系，先认识一下。"说完孙占山分别上前，与二哥、二嫂握手，然后一起坐下。边嗑瓜子边喝茶水地聊了起来。三弟说："美帝国主义发动侵朝战争，现在全国人民都动员起来，抗美援朝，保家卫国。对待国内的敌特势力，要特别提高警惕，严加防范。今后工作会紧张些，怎么样？有困难吗？"一家人齐声回答：没问题！说得全家人都笑起来了。

初秋的夜晚，明月高挂，清风微拂，风中略带丝丝凉意。二嫂送走三弟等人，关紧大门，来到小妹房中，小妹及晓颖正在看书，看到这娘俩用功的样子，二嫂心中甜滋滋的，关心地说："别看得太晚了，早点睡吧！"晓颖看看表，急忙去洗漱。二嫂走到小妹面前说："别熬夜了，人都瘦了。""没事，我一会儿就睡。""都二十几岁了，该找婆家了，我单位有人给你介绍个医生，我想定个日子叫你们见个面。""二嫂！我现在还小，不急呀！""哎呀！还小啊！你不急，我可急呀！这个人刚大学毕业，在市内一家医院当医生，老家在这附近农村。人很本分、老实，个头中上等，长得四方大脸，五官端正，我看就定这个星期日见面吧！"小妹脸一红，也没说啥，就算定下来了。

星期天，二嫂一家早早起来，吃过早饭，收拾完毕，等待介绍人领汪医生来。今天小妹收拾得格外漂亮，头发夹个大发卡，身穿夹旗袍，旗袍外面套个白外套，人更显得高雅大方。晓颖和其他几个孩子，围着姑姑喊：真好看！真好看！像画上的人。吓得小妹急忙回房脱掉旗袍，二嫂忙劝她还是穿上吧，小妹死活也不穿。正在这时门铃响了，介绍人领着汪医生进来了。汪医生很有礼貌地同大家见了面，同大家坐在一起，分别介绍些情况。也许是缘分吧！两人一见如故，很快就谈得很投机，也许是同行的原因，汪医生又是本科生，基础理论掌握得扎实雄厚，所以小妹对他很佩服，自从两人见面后，就像磁铁一样紧紧吸在一起，真有相见恨晚之势。当天汪医生在家吃过晚饭，两人又出去走一走，才依依不舍地分了手，看来小妹的婚事也有了眉目。

这天已经夜深人静，林长庚送走客人，正要准备休息，忽听咣当一声，不知什么东西落在院内。林长庚夫妇急忙下地拿锹、铁棒、打着手电，来到院内，只见一包东西扔在院里。二嫂手疾眼快，急忙拿起这包东西，随手丢到墙外。林长庚忙说："你怎么也不看看就丢到外边。"二嫂说："看什么？要是炸药怎么办？"林长庚也没再说什么。两人回到房间，立刻打电话给三弟，林长祥听后说："二哥！不必慌张，我立刻派人过去。"过一会，附近派出所来了两位同志，到墙外小胡同里，找到了那包东西，检查后得知，是一包反动传单。

这是台湾的台北市，傍晚，街上车水马龙，"聚香楼"里，灯火辉煌，灯红酒绿，歌舞升平，服务生穿梭般地在厅里端茶送菜一片繁忙。这几年，林长安和邱子仁从香港来到了台湾，邱子仁现在在台湾的保密局工作，林长安在台湾的工业局工作，今晚，邱子仁约林长安到饭店见面，说有要事相商，林长安如约来到三楼包房，包房内邱子仁和一位陌生男人，已经提前到达。看到林长安，邱子仁急忙站起来，拉着林长安的手说："长安哥！好久不见了。近来可好？介绍一下，这位是保密局联络部的祖井海先生！"只见这位四方大脸，满脸胡须，矮胖矮胖的男人，从座位上缓缓抬起，朝林长安点点头说："久仰！久仰！请坐！"林长安急忙握手说："您好！"双方寒暄后，各自告座，服务生满上酒后退下。

邱子仁立刻端起酒杯，对着祖先生和林长安说："今天难得我们哥仨在此相聚，我首先敬各位一杯。我先干为敬。"说完邱子仁一饮而尽。林长安忙说："邱老弟太客气了！你我是生死之交，有用得着大哥的地方，请明言！今后请祖先生多多提携。我在这敬二位了。"说完一饮而尽。三人兴致勃勃，开始你让我推地喝起来。林长安说："这几年在工业局也没混出个啥明堂，真是惭愧！惭愧！"邱子仁说："大哥！现在有一个千载难逢的好机会，我们保密局要选送一批精干人员，潜回大陆，搞策反工作，以便配合美军，准备反攻大陆。现在蒋委员长就要收复大陆了，怎么样？想参加这次行动吗？我已经报名参加，准备回去大干一场。"祖先生说："保密局已选好一批人员，我负责这次行动，你们干好了，将来我保证你们当个厅长、局长的。"邱子仁接着说："他们急需一批大陆有落脚点的人，我推荐你，怎么样？听说你老婆孩子都在东北，这是个好机会，便于隐蔽。"祖先生说："来！我敬二位一杯！你们是反攻大陆的急先锋！为你们光荣神圣的使命干杯！"说完三人碰杯而干！接着祖先生说："为了工作能顺利进行，我们做了周密计划，下周开始培训，然后从香港以商人身份潜回大陆。这是一件十分艰巨的任务，为党国效力，是我们应尽的责任。今天你们了解此事后，就没有退路了，不成功便成仁！"一阵沉默，空气像凝固了一样。过一阵邱子仁说："林大哥！你回去后听通知吧！"林长安说："好的！好的！"大家又喝了一阵，就分手了。

回来的路上，林长安思绪万千。当年他到香港后又转到台湾，这几年他漂流在异乡，思乡之情，思亲之情，经常困扰着他。他离开长春时的情景，经常历历在目。本来胡欣要与他同行，可是就在动身前几天，她突然患病，不能吃饭、不能走路，又是头昏、又是呕吐，无法经受旅途的颠簸，只好暂留长春，谁知再也没机会见面。这些年，他只身一人在外奔波，南方的气候不适，经常患病，他很想回到大陆，苦于无机会。这次派他潜回，他心里非常高兴，他想：就是死，也要死在亲人身边。一星期后，他得到通知参加培训班。

林长庚顶着凛冽的寒风，骑着从旧货市场买来的破自行车，艰难地行驶在回家的路上。忽然一辆小轿车嘎的一声，停在自行车旁。林长庚吓了一跳，连人带车歪倒在一旁，只见从车里下来一个中年人，很有礼貌地说："对不起！您是林长庚先生吗？"林长庚一愣说："是啊！您是谁？有什么事吗？"那人从皮包里拿出一封信说："这是林老板叫我捎给您的。""林老板是谁啊？""您看了信就知道了。"说完就上车离他而去。林长庚战战兢兢地打开信，急忙看落款写大哥林长安字样，便高兴地往家奔去。回到家里就喊："大哥有信了！大哥有信了！"全家人都围过来，林长庚打开信念道：长庚、长祥胞弟并转姐妹，我现在香港经商，一切均好，我很想念你们。另不知你大嫂及孩子们在哪里？可好？我很想回去看望你们，不知有啥办法？过段时间有人找你们，他是我大陆的经济合伙人，有事可与他联系。——大哥林长安。听后大家一合计，还是快把林长祥找来吧！林长祥一进门，这些人七嘴八舌地说起来，林长祥笑着说："不要着急，我先看看信。"林长祥看完信后说："大哥想回来好办，不知他这些年都干些什么？我回去和领导谈谈再说吧！"临走时，林长祥把大哥的信带走了。

林长祥来到了局长办公室，向局长介绍说："长春解放前，我大哥去了香港，昨天突然捎信回来说，想我们，要回来。这些年对他也不了解，他说他在经商，托人捎来的信，过几天恐怕要来人传信，您看怎么办？"局长想了想说："我通知有关部门，在境外了解一下再回答你。""那好，我听消息，没什么事我回办公室了。"

林长庚是个多愁善感的人，大哥去香港也没消息，每到逢年过节，大家欢聚一堂时，想起大哥，他就暗自流泪。现在突然有了大哥的消息，真是喜从天降，恨不得一下子扑到大哥怀里，倾叙思念之情。

春节前是一年里最冷的时节，白雪皑皑，刺骨的寒风夹着雪片随风飘舞，孩子们在路边堆个雪人，红红的手，红红的脸蛋，不时传出欢乐的呼叫声，新的一年又要开始。

　　林长庚手拿长锹，林晓颖手拿扫帚，在门前院内打扫积雪，准备挂灯笼，贴对联，喜迎新春。这时大门外传来沉重的敲门声，打开门一看，愣住了！是谁？一个既熟悉又陌生的面孔。"长庚！""啊！大哥！这不是大哥吗？"两人拥抱在一起，热泪滚滚流下。林晓颖不知是谁，吓得往屋里跑，高喊："来客人了！来客人了！"尖叫声使刘淑兰、林秀芹都跑出来看。只见来人，身披呢子大衣，一顶皮棉帽，脚穿带雪水的皮鞋，手拎旅行包，向她们走来。"弟妹、小妹你们好？"来人说。这时刘淑兰、林秀芹才认出是大哥，林秀芹一下子扑到大哥怀里，刘淑兰急忙接过包说："快进屋再说。"林长庚领着大哥进了客房，落座后，林长庚急问："听说大哥想回来，怎么这么快就回来了？真没想到。"刘淑兰急忙冲水端茶，一杯热茶，一句乡音，使林长安的眼泪急遽而下。哽咽了半天才说出一句话，"真想你们啊！好不容易团聚了。我这次是因为有笔生意，要节前结算，几经周折才算入境，正好过年，真想全家过个团圆年，看来这个理想实现了。""快打电话告诉长祥，说大哥回来了！叫他快些回家。"林长庚说。

　　林长祥早已知道林长安入境之事，公安局境外组织已了解得知，林长安已加入潜伏大陆的"返乡游击队"，具体人员已列入公安局监视名单中，何时入境随时监视。根据公安局"特别关照"，林长安入境手续非常顺利，在我公安人员一路跟踪下，回到了沈阳。组织要求林长祥，迅速策反林长安，更多了解此行动的信息，以便一网打尽。

当林长祥风尘仆仆地赶回二哥家时，全家人已经到齐了。林长祥爱人于燕，已带孩子先期到达。二哥、二嫂、于燕和小妹，做了一桌丰盛的晚餐，正等着三弟回来。听到敲门声，林晓颖一箭步窜出去，开了大门。大哥急忙迎上前去，一看面前站着一位公安干警，霎时间，脑袋一热，一头大汗，脸色一阵苍白，耳朵里只听一声"不许动！"差点昏过去。林长祥手扶林长安，一声"大哥！"才把他惊醒过来。只见林长祥扶着大哥，亲切地说："大哥！我想死你了，回来太好了！我们终于过个团圆年！"林长安一看三弟，英武高大的身躯，炯炯有神的眼睛，一副神圣不可侵犯的气势，忙说："三弟参军了，真威武！"二嫂忙招呼大家入座。全家人围在桌前，说不完的话，问不完的问题。谈到大嫂时，二弟说："她们娘几个还在老家。"谈到胡欣时，大家说听乡亲们讲，她带着孩子在老家当医生，也没有来往。小妹说："大哥这次回来还走吗？不要回去了，留下来大家在一起多好啊！可以捎信叫大嫂们过来。"大家边吃边唠，菜不知热了多少遍，酒不知喝了多少壶。直喝得舌头硬、眼发红，酩酊大醉，才算散席。

这些年来，哥儿几个在一起过年的机会太少了，这真是个久别重逢的春节，大家在一起吃啊、喝啊、哭啊、笑啊、尽情地享受这天伦之乐。大年三十这天，老天爷也特别关照，暖乎乎，喜洋洋，真有春天到来的气息。鞭鞭声此起彼伏，孩童的嬉笑声络绎不绝。林长安看到这场景，心想：共产党也不像台湾宣传的那样，这里百姓安居乐业。破坏他们的幸福生活，是不是天理难容呀！

辞旧迎新的年夜饭开始了，首先二哥代表全家，欢迎大哥回来，回家与大家团聚，大家敬大哥一杯！接着三弟林长祥说："父母去世早，大哥是我们的主心骨，可是这些年我们聚少离多，现在天下太平了，大哥就不要东奔西跑了，留下来做些事情，共产党是欢迎的。大哥！我们也算是地主家子女，可共产党没有抛弃我们，只要跟着共产党走，革命不分先后，你看！我现在参了军，入了党，做了共产党的干部，我们没受任何委曲，也没人瞧不起我们。大哥！只要你脱胎换骨，重新做人，共产党是欢迎你的，人民是欢迎你的。"一席话听得大哥热泪盈眶，百感交集，心花怒放，看到了前途，看到了未来，看到了希望，看到了曙光，他不时反问："是真的吗？在国外听宣传说，共产党人都是六亲不认，共产共妻的。"三弟说："不要轻信这些反动宣传，住一段，慢慢你就体会到了。"几次林长安都想说，他是派回来的特务，搞破坏、搞宣传的，蒋介石很快要反攻大陆了。可是话到嘴边又吞了下去，他怕万一泄露了机密，会遭到满门抄斩，事关重大，不能说啊！不能再连累兄弟姐妹、老婆孩子，天大事一人承担。想到此，他一身冷汗，脸色苍白。林长庚看大哥脸色不好说："大哥！怎么了？是否病了？我给你看看，要不量一下血压吧！"大家急忙叫大哥躺下，取血压计的、拿水的，忙前忙后，一股暖流涌上他的心头。

大家七手八脚地将大哥扶到房间，叫他休息。林长安躺在床上，思绪万千，自己妻离子散，流落他乡，现在回到弟弟、妹妹身边，又是一名潜伏的特务，想起来真愧对家人。以前背井离乡是生活所迫，现在回到亲人身边，就应当改邪归正，人民政府会宽大自己吗？如果能潜伏下来，将来国民党光复大陆，自己可有一席之地，如果自首，将来被抓起来，会不会连累全家？他左思右想，还是先不要说明自己身份，观察一段再说吧！想着，想着，他进入了梦乡。

年很快就过去了，人们又开始奔波在各自战线上。林长安准备去长春，哈尔滨一带与敌特联系。他与老二、老三说："我长春、哈尔滨一带有业务需结算，顺便再去找找你大嫂，有消息我与你们联系。"林长祥说："好吧！这是我的电话，有事打电话吧！"其实林长安的一切行动，都在公安局的监控中，暂不惊动他，是为了放长线钓大鱼。

春节后的哈尔滨，乍暖还寒，街上行人都裹得紧紧的，快步急奔。林长安这次回大陆的主要任务，是站稳脚跟，快速发展一批人马，并与当地外号叫刘大马炮的人接上头，传达上级指示，建立一支游击队伍，配合台湾反攻大陆。刘大马炮是哈尔滨、佳木斯一带的土匪头子，林长安上司，在哈时曾与他有深交，这次回来给刘捎来信，叫林长安按信上地址找刘，与刘大马炮取得联系，信中称要配备给他十条枪，另加五箱子弹做见面礼。这可是重礼啊！这枪和子弹，是邱子仁做军火生意时藏在山里的。

林长安按信上地址，找到了刘大马炮外宅，这是他与三姨太的住所。三姨太是他最宠爱的小老婆，名叫赵爱珍，伪满时是一个汉奸的姨太太，光复后与刘大马炮勾搭上。刘大马炮原名刘满仓，原是当地有名的小流氓，后来犯了人命案，就跑到山里当了土匪。邱子仁做军火生意时，与刘有联系，两人一起倒卖军火，邱子仁去香港前，曾与刘见面，安排以后联系方法。今天林长安拿信找到了刘家，不巧刘大马炮不在家，一个星期后才能回来，林长安只好告辞。他想还有一个星期的时间，何不利用这段时间去胡欣娘家找她们。

现在胡欣在她娘家那一带，已是一位小有名气的妇产科大夫，经她手不知有多少孩子出生，她能说会道，聪明干练。他去香港前得病，其实是怀孕的反映，后来又生了一个女孩。自从与林长安分手后，这些年，再也没有他的消息，她一个人带着两个孩子艰难的生存。也有人给她介绍对象，但一听说她男人跑到香港去了，都不敢再接触她，一气之下，她也不再找男人了。

"胡医生！门外有个男人打听你？"护士小张说。"谁呀？"胡欣问，"不知道！你出去看看。"小张说完就走了。胡欣来到大门外，看到一个男人的背影，怎么那么像林长安？她有些犹豫，还是到前面看看，不料那男人猛然回头，四目相望，真是林长安，两人都急步走上前去，一行热泪涌到腮边。林长安拉着胡欣的手，就要拥抱，胡欣急忙说："死鬼！还知道回来找我们哪！快松手！别叫人看见。"林长安不管三七二十一，紧紧将她抱住，动情地说："可找到你了！"胡欣忙推开他的手说："你从哪来？回家了吗？"林长安说："到这直接来找你了。"胡欣说："那我请假去，咱们立刻回家。"回到家里，两个女儿都不认识林长安，又是哭又是叫，好不容易才静下来。胡欣问："你从哪里来的？"林长安说："香港。""这些年你在香港做什么？也不往家捎个信。""怎么捎啊！这次好不容易回来的。这些年几个人聚在一起做点小生意，凑合着活着，我也想你们，就是回不来，没办法呀！""做生意一定有钱了！这几年又没音信，又没钱，叫我们怎么活啊！""这不是过得很好吗？我知道你能干。""呸！我不干点啥怎么办？难道叫我去当妓女不成？你这没良心的。""看你说的，我的老婆还能差。听说你现在是很有名气的妇科医生了。""天无绝人之路，对付活着。你这次回来还要走啊？"说到这，林长安长叹一声说："我现在身不由已啊！我想定居下来，可不知行否！""那怎么不行啊！听说二弟、三弟都在沈阳，而且过得不错，我们也去沈阳，我自己开个诊所不是很好吗？"这一夜两个人恩恩爱爱，缠缠绵绵，唠不完的话，叙不完的情，从现在谈到将来，一直唠到大天亮。

林长安暗下决心，不管台湾的事情进展如何，他都要尽早将她们娘仨安排到沈阳。第二天他们就与胡欣父母商量此事，准备接她们去沈阳安家。就这样几个人很快就离开黑龙江去沈阳落户了。

这天林长祥接到大哥电话，说他和胡欣要来沈阳，他和二哥林长庚顶着风雪来到车站。大哥一家一下火车，几个人就小跑过去，胡欣看到家里人在此恭候她们，一颗悬着的心落了下来。简单的寒暄几句后，大家急忙将行李搬上三轮车，直奔二哥家。二哥家是公安局联络点，地方比较宽，房间也多些，正是大家汇聚的地方。大哥一家人一进屋，屋里顿时热闹起来，很快几个孩子就熟悉起来了，互相追逐嬉笑，玩耍开来。二嫂及小妹早已准备好晚饭，丰盛的晚餐，难得的团聚，当大家举杯相庆时，都落下了难以说清的泪花。是喜？是伤？百感交集，涌上心头。

这天晚上，哥几个促膝谈心，彻夜难眠。趁此机会，林长庚和林长祥开始做大哥的思想工作，林长庚说："大哥！我们几个孤儿能有今天，真要感谢共产党，是党给了我们今天的幸福生活，

第八章

兄妹团聚

135

是党给了我们一份工作，一个安定的环境，一个平静舒适的生活。你这次回来，我看就不要东奔西跑了，定居下来，找个工作，过个安安稳稳的日子吧！"接着林长祥说："大哥！你的情况公安部门已经了解，你这次回到大陆是带有任务的，你们的梦想是不可能实现的。公安部门之所以没有动你，主要是要看你的表现。我看你也是被迫参加的吧？你大概也很犹豫，那就听老弟一句劝吧！不要顽固到底，你要主动坦白交代，争取宽大处理。你说你跟着国民党跑，扔下老婆孩子，将来他们怎么办？孩子有你这样反动父亲，他们的前途也会受影响啊！现在兄弟、姐妹也都很好，你要是主动坦白交代问题，政府也不会难为我们，大家都会感谢你，支持你，你说多么好啊！"三弟晓之以理，动之以情的一番话，叫林长安心里翻了几翻。是啊！我与共产党也没有不共戴天之仇，以前是为了生存我走错了路，现在我弃暗投明不是很好吗？可是他又想，如果国民党真的反攻大陆成功，那我们全家不就被满门抄斩了吗？林长庚好像看透了大哥的心思，又说："大哥！你不要怕，国民党是翻不了天的，他们只是白日做梦！他们是不得人心的，得人心者得天下。"大家七嘴八舌地发表意见，最后林长安说："三弟！那我明天与你去公安局坦白自首。"大家一颗悬着的心总算落了下来。

第二天，公安局长办公室里，林长安把他在台湾受训的情况及回到大陆的任务、接头地点、枪支弹药数量，如实交代清楚。为了确保林长安的安全，局里决定，还是将林长安关押在看守所里，保护起来。

林长安坦白自首立了功，公安局很快抓住了土匪、特务十几名，又起获了一批枪支弹药。最终经过审判，林长安不仅免于刑事处分，而且被政府安排到区工业局工作，实现了他工业救国的理想，林家终于迎来了解放后的大团圆。

林长安的原配妻子和孩子也都接到了沈阳，他们的生活过得津津有味。林长庚工作表现很好，已调到区卫生局做管理工作。三弟林长祥仍然在市公安局刑侦科任科长。哥仨日子过的，如日中天，红红火火，蒸蒸日上。

那是1959年深秋的一天，雨后初晴，天刚破晓，北河区南市街派出所，一个年轻人惊魂未定的向值班人员报道："快去看看！死人啦！"五分钟后，林长祥领着刑侦科的同志来到了现场。被害人是外贸局干部佟伟和他爱人。林长祥用枪顶开门，只见一具女尸裸露在地上，另一具男尸仰躺在床下。屋内箱柜被打开，东西散落在地上。民警尚小东说："科长！值钱的东西全没有了，是图财害命吧！"林长祥仔细查看现场，取些有用的物证，并安排法医来现场做进一步调查，便回到局里。经过一番深入仔细的调查，发现死者生前，曾与外贸局局长儿子有过多次接触，并在一起吃过饭，这是一个重要线索。

外贸局局长吴正英是解放军老干部，转业后被分配到外贸局接管局长工作，儿子吴辉是个花花公子，在铁路局工作。由于佟伟经常去吴局长家，就和吴辉混得比较熟悉。吴辉不务正业，经常和一些不三不四的人在一起混，背着老局长干些不正当的事情。这段时间他多次通过佟伟与外商搞些非法的文物交易。佟伟一方面碍于老局长的面子，另一方面也贪图钱财，所以多次帮忙。吴辉在外地的一些狐朋狗友得知佟伟有钱，就去敲诈他，不料事情有变，就将佟伟两口子杀死，钱财洗劫一空。本案查清结案后，也应对吴辉给予审判，由于吴辉家人几次找林长祥求情，又多次送礼，林长祥碍于老局长面子及钱财，就免于起诉，包疵下来。孰料想，林长祥经不起和平年代糖衣炮弹的袭击，不久被人揭发。由于是执法人员，知法犯法，罪加一等，被判刑二年开除党籍。这次林家人都受了牵连，林长庚家的联络点被取消，家也搬走了。林长庚的工作也由局里下放到医院，继续做医生工作，经查林长安曾去日本留学，怀疑是日本特务被拘留审查。林氏家人将要接受新的考验。

第九章
少年离家

少女独自离家园
远离双亲更艰难。
爱情路上遇坎坷，
笑迎风雨直向前。

一辆从沈阳开往北京的列车，从车站缓缓驶出，车上一位年仅十三四岁的小姑娘，两眼含泪，双手用劲向车外摇摆着，泣不成声地喊："爸爸！妈妈！再见！"列车已远去，小姑娘仍然哭泣。一位大娘拉了拉小姑娘的手说："孩子！不要哭了！要坚强。"小姑娘懂事地点点头，慢慢地恢复了平静。

坐在车上的小姑娘名叫林晓颖，她是被父母送到北京二舅家读书的。林家自从林长祥入狱后，一连串事情出现，林晓颖自尊心受到了伤害，总感觉自己抬不起头来。林长庚夫妇为了孩子能健康成长，决定把林晓颖送到北京二弟家借读。林晓颖毕竟是十几岁的孩子，就要背井离乡，寄人篱下。离开父母、离开儿时的老师、同学、朋友，怎能不伤心呢？林晓颖百感交集，不知等待自己的将是什么样的命运！列车带着悲伤和思念疾驶而去。

北京是中华人民共和国首都，是全国人民向往的地方。刘凯从部队转业后，几经周折分到北京电子电器设计院，任办公室主任。他爱人马芳也是东北人，人比较精明能干，口才很好，人长得小巧伶俐，为人处世比较圆滑，口碑很好。唯一两人比较遗憾的事，就是婚后多年没有孩子。一次串亲，偶尔发现晓颖很懂事，就戏言说："把晓颖给我吧！"哪想到，这次林晓颖真的来到北京读书，来到了他们的身旁。

林晓颖在北京站直接打个车，找到了舅舅家。刘凯住在设计院宿舍二楼一个套间，林晓颖外婆刘杨氏正好也在北京，外婆看到林晓颖非常高兴，赶快接过行李。舅家有两个房间，舅父母住里屋，外婆和林晓颖住外间。屋内一张双人床，粉色带格条的床单，还有一个大方桌，用来吃饭喝茶的。舅妈马芳高兴地说："晓颖！欢迎你！以后你就和外婆住外间，这就是你的家了，不要客气！先收拾一下，洗洗脸，一会儿就吃晚饭。"林晓颖忙说："好的！谢谢舅妈！"很快林晓颖就融入了这个家庭。

金秋的北京，夜晚更加迷人，宽阔的天安门广场前，灯光闪烁，人来车往，川流不息。新修的北京八大建筑，吸引无数人群前来游览观光。舅父母领着林晓颖来到天安门广场游玩，林晓颖的心顿时豁然开朗，思乡的烦恼，思亲的伤感，都一股脑儿抛到九霄云外。蹦呀！跳啊！高兴的东跑西窜，直到睡觉时还乐得合不拢嘴。在舅父的帮助下，林晓颖顺利地转入二十中学，开始了新的学习生涯。

家家都有本难念的经。外婆刘杨氏是信仰佛教的人，吃斋念佛，人很善良也很能干。她两个儿子，一个女儿，大儿子在老家农村信用社做会计，小儿子在北京。小儿子没有孩子，从儿媳马芳家领养一个女孩，由刘杨氏在家照看。由于和儿媳之间有代沟，经常为家庭琐事两人争吵，外婆不顺心，只有夜里和外孙女晓颖述说："今天白天又说我衣服没洗净，饭又做硬了，这小娘儿们，事就是多，一回来就横挑鼻子，竖挑眼的，没法伺候她，我要走了。"林晓颖只好劝慰外婆说："算了！别生气，舅妈就是个心直口快的人，说完就没事了，您不要放在心上。"有时外婆不高兴就说林晓颖："你就是向着她，和她穿一条裤子……"搞得林晓颖也不知如何是好。所以林晓颖平时，抢着干活，抢着吃剩菜、剩饭。一到休息日子，林晓颖怕外婆受累，就抢着把家里的衣服泡上洗了。一次舅妈和外婆又吵起来了，外婆要走，舅父就打电报把刘淑兰叫来了。林晓颖的母亲接到电报，急三火四地赶来，劝完这边，劝那边。真是清官难断家务事，没办法，只好先把母亲接走。刘淑兰临走前，林晓颖和母亲商量要去学校住校，虽然费用高些，但毕竟可以专心学习，刘淑兰走后，林晓颖就搬到学校住，从此真正的独立生活开始了。

林长庚有四个孩子，大女儿去北京后，家里的许多事情由长子林翔担当。林翔虽然平时少言寡语，但干起活来却心灵手巧，家里许多事情他都能干，真是父母的得力助手。可是就是不愿意念书，一拿起书本就犯困。小儿子林飞人比较聪明，头脑灵活，口才比较好，来人也敢说话。自从外婆来到家，全家人都高兴极了，孩子们姥姥长，姥姥短地叫着，晚上遇到林长庚、刘淑兰值夜班，孩子们也不怕了。

从1960年开始，国家遇到三年自然灾害，粮食大减产，国际上苏联与中国之间有分歧，大批苏联专家撤回国内，苏联援建的工业项目纷纷停建，中国加速归还苏联债务，好多农副产品纷纷出口还债。老百姓勒紧肚皮，粮食、猪肉、食用油等主、副食产品都要计划供给，前所未有的困难时期来临了。刘杨氏因没有户口，住在女儿家总感觉不好意思，所以只住两个月就要回老家，大家左劝、右劝，好孬过完年，刘淑兰请假将母亲送回老家。刘凯很想有个儿子，不久他回到黑龙江大哥家，把大哥的小儿子抱到北京领养，并且又将刘杨氏也接到北京，刘杨氏为了喂养孙子只好来了。

那是1962年，林晓颖高中即将毕业，面临高考。虽然她用尽全力，日以继夜的复习，最终仍然是名落孙山，那一年，他们班五十三人，只考取六人，其中只有一名女生。落榜的那天，她们几个女生抱在一起哭啊！发誓明年再重来！

那年暑假，林晓颖还是回到父母身边过的。可是当九月学校陆续开学，林晓颖的心开始浮躁起来了。眼看弟弟、妹妹上学去，面对空空的房间，泪水整天伴随着她，茶不思、饭不想，终于她病倒在床。真是福不双至，祸不单行，正好这些日子，街道办事处的工作人员挨家挨户登记待业青年，动员知识青年上山下乡，支援农村建设，到农村广阔天地改造自己，锻炼自己，接受贫下中农的再教育。林晓颖费尽口舌，说明自己户口不在这里，才算罢休。为了减少不必要的麻烦，林晓颖还是回到北京。

北京金秋，景色如画，可是林晓颖却一点也没有兴趣和心思，来观赏这大自然的风光。全国一盘棋，北京街道也正在组织待业青年学习，报名到农村，到祖国最需要的地方去，改造自己，建设新农村。青年们披红戴花，敲锣打鼓，一批又一批的开往黑龙江、大西北等地。林晓颖也参加了学习班，正在准备着，随时听从祖国的召唤。在街道里，由于林晓颖字写得比较好，人比较聪明，头脑反应快，所以许多事情领导愿意派她去，各种宣传工作，普查工作，都有她。虽然工作烦琐，但她非常认真负责，得到上下一致好评。"晓颖写板报！""晓颖写发言稿！""晓颖去区里开会！"一连串的工作使林晓颖成了大忙人。外边的事干完，回到舅家，仍然帮助外婆做家务，带小孩，一直忙到深夜。终于有一天，街道办事处主任找她说："晓颖！你在这里干得很不错，得到大家好评。现在有一个机会，南京路十二小学需要一名代课老师，要从我们街道知识青年中选一名，领导考虑，你比较适合。你觉得怎样？如同意，把手头工作交代一下，明天去报到。"主任的一席话，使林晓颖激动万分，终于有了一份工作，她立刻说："谢谢主任，谢谢大家！我马上准备，明天去报道。"这天，林晓颖像燕子一样飞回家里。

人民教师是人类灵魂的工程师，林晓颖从小就梦想当一名老师，无数次的作文里，她都描述着这个伟大的理想。今天梦想成真，她呼喊着，高叫着"我要当老师了！"几次她都在梦中笑醒。

南京路第十二小学是座新建小学，新建的二层楼房，灰白色的校舍，院内许多杨柳树围绕在操场四周。校门前一座喷水花坛，旁边耸立着一根旗杆，那是每到周一，全校师生聚集一起，升国旗的地方。林晓颖怀着激动喜悦的心情找到了校长室，她轻轻地推开门，很有礼貌地说："我找魏校长。"只见一位身穿蓝色列宁服，个头中等，齐发微胖的中年妇女，迎上前来说："我姓魏，您是新来的林老师吧！""是的，我叫林晓颖，魏校长好！""您好，请坐！"魏校长简单地介绍一下学校的情况，即将接替的班级情况，又拿出几份表格请林晓颖填写，最后校长说："三年二班本来是个很好的班级，由于班主任张老师突然病倒，已住院动手术，恐怕短时间内不能上班，现在这个班级因无班主任，学生已经人心涣散，课堂纪律不好，学习成绩下降，现在急需找一位老师，稳定下来。你高中毕业，我们看过档案，学习成绩很不错，经我们研究，认为你担当班主任问题不大，怎么样？有什么困难吗？"林晓颖说："试试看吧！没干过有点心里没底。""我看没问题，今后随时联系。你看什么时候上班？"林晓颖说："我没什么事，今天就开始吧！""那好！等课间休息时，我把你介绍给三年二班同学，午间休息时，我们教研组老师开个简单的欢迎会，你看如何？"林晓颖说："那好吧！"就这样，林晓颖的教学生涯开始了。

　　三年二班共有五十五名同学，男生三十名，女生二十五名。由于班主任张老师有病，孩子们一时失去主心骨，有几节课由于没有老师，班长领着大家自习，班里原来调皮的同学又开始不安分守己了，领头下地乱窜、嬉笑、胡闹，搞得班级秩序混乱，班长也管不住。当魏校长领林老师走进教室时，同学们才静下来，魏校长说："同学们！你们的班主任有病住院了，现在由林老师替他的工作，做你们的班主任，请大家欢迎！"同学们热烈鼓掌，喜悦之情绽放在孩子们脸上。林晓颖也是非常激动，第一次走上讲台，孩子们的热情感染了她，她有些激动，声音都颤抖了，她说："同学们！你们好！我姓林，叫林晓颖，以后大家叫我林老师就可以了。我很高兴做你们的班主任，希望今后我们师生一条心，把我们这个班搞好，争取德、智、体全面发展，争当优秀班级，大家有信心吗？"孩子们一起喊："有！"这喊声在教室里回荡。校长笑了，露出了放心的笑容，她对林老师说："那我就回去了，您继续吧！"林晓颖说："谢谢校长！"送走了魏校长，林晓颖开始点名，熟悉同学，孩子们清脆的"到"声回荡在教室里，印留在林晓颖的心中。

　　三年二班是个很不错的班级，底子比较好，学生大部分很听话，林老师很快就和大家打成一片。林老师的教学方法及组织教学等方面也有她独自的特点，她善于揣摸孩子们的心理，并且采取恩威并用的方法，利用落后生的点滴进步，表扬他们，发挥他们的长处，对同学们有表扬、有批评，有鼓励、有鞭策，很快班级走上了正轨，林老师及三年二班多次受到年级组的表扬。

林晓颖是个二十岁的大姑娘，她白净净的脸颊，高高的鼻梁，一双单凤眼，樱桃小口，乌黑的一头秀发，一米六的个头，苗条的身材，一身朴素大方的白上衣、蓝裤子，浑身都散发着青春的气息，她的到来，引来了无数双眼睛盯看着她。

北京仲夏的傍晚，晚风吹拂着大地，树枝随风摇曳，十二小的同学老师们，陆续离开了学校。林晓颖背个黄书包，和几个老师在校门口刚分手，忽听"林老师等一下！"的呼叫声从后面传来。定眼一看是教务室的祝主任，他叫祝希顺，山东人，三十几岁，人长得很魁梧，祖辈是从山东逃荒到东北，后到北京定居。他高中毕业没有考上大学，就到十二小当老师了。由于他很能干、嘴甜、头脑反应快、人很圆滑，再加上学校男老师少，他很快就被重用提升到教务室主任，大家背后议论他将来是校长的接班人。林晓颖听到呼叫声站住了，只见祝主任满脸微笑说："林老师！你也才走啊！"是的！主任有事吗？"林晓颖问。"也没啥事，咱们一起走一段。你来学校有段时间了吧？""啊！大概有三个月了吧。""我们都很忙，很少有机会在一起交谈，今天正好顺路，我们边走边谈谈，不影响你吧。""没有什么影响！""来学校后的感觉怎样？""还好，承蒙校长、主任及各位老师的帮助，各方面都很顺利。我很高兴，感觉更有信心，更有劲头了。""那就好！那就好！今天有机会让我们互相了解一下吧！我老家是山东的，来校四年了，我也是高中毕业没能考上大学，为了谋生养家糊口，来到学校任教。我的爱人也是山东人，在工厂做工人，快有小孩了。你来到学校表现很好，人很聪明能干，我看将来你很有发展。对今后有什么打算吗？"两人一路边走边聊，不知不觉林晓颖快到家了。"对不起主任，我快到家，谢谢您送我这么远，到我家坐一会儿吧！"林晓颖说。祝希顺忙说；"不了，时间不早了，以后抽时间来坐。明天见！"林晓颖忙说；"明天见！"祝希顺家离林晓颖家不太远，他拐几个弯也就到了。他结婚已两年多，老婆也是山东人，两人是老乡，从小青梅竹马，现在与他一起到北京，在一家工厂当工人。人长得很漂亮、又很贤惠，是个过日子的好手，现在怀孕已经五个多月了，下班她已经先到家，正忙着做晚饭，看到祝希顺到家就说："你也不早点回来，我下班又挤车又买菜，好不容易才到家。"祝希顺忙说："学校的事太多，我又是个头，怎好提前走,我看以后你就不要去上班了。""不上班谁给钱啦？再说请假时间长了，会被开除的。你以为我愿意受这个罪呵！"两人都沉默了。

　　林晓颖回到家里，急忙帮助姥姥做饭，饭后洗碗、收拾卫生、洗衣服，忙完了家务事姥姥也困了，要熄灯睡觉了。这时林晓颖才搬个小桌子到厨房去批改作业、写教学计划，一直忙到大半夜。林晓颖很想搬到外边去住，这样工作才方便些，可是搬到哪里去住呢？学校又没有宿舍。

　　这天林晓颖在学校吃完午饭，正在学校操场上散步，祝希顺也走过来了。林晓颖向祝主任打招呼说："祝主任吃过午饭了吗？"祝主任回答说："吃过了，吃完饭出来走一走，你也散步？"林晓颖忙说："是啊！吃过饭出来换换空气。""林老师！你们班级这学期进步很快啊！争取这学期评上先进班吧。""是准备争取呀！想做点事情，时间总不够用，回家不少事，想在外边住，咱学校又没宿舍，真是愁事儿啊！主任有什么办法？"祝希顺想了想说："你的情况较特殊，常年寄居在舅舅家，学校理应帮忙，可学校也没有独身宿舍，校舍比较紧张，让我和校长商量一下再说吧！"林晓颖一听，有门，急忙说："请主任想想办法，哪怕仓库也行啊！"

一说到仓库，祝希顺还真想起来了，学校还真有个小仓库，库里面装了不少废旧桌椅子，收拾一下放张床还真能住个人，祝希顺忙说："学校还真有间仓库，里面没有窗户、没有灯，条件太差了。"林晓颖一听，眼睛一亮，忙说："没有关系，没窗户也不怕，屋里黑，点个灯就行了。祝主任请您给帮忙研究一下，先谢谢您了！"不久，林晓颖搬到仓库宿舍来了。在仓库的一角，林晓颖放了张床，拉了个布帘子，搬个桌椅，这就是她临时的家。在她的精心布置下，这个仓库还真有了点生机和活力。

林晓颖很感谢祝主任帮忙，只要是他布置的工作，她都积极努力去完成。林晓颖吃住在校里，时间多了，工作细致了，学校的许多公益事情她都主动承担下来，校里师生对她一直给予好评。

祝希顺是个欲火旺盛的青年人，他老婆怀孕了，他半年来从没碰她，真是欲火中烧，对林晓颖这个年轻、有活力的高中毕业生，他早已垂涎三尺，看到她秀气、苗条的身影，笑容甜美的面孔，他真想跑过去抱着她，施展他的淫威。睡梦里，几次都与她亲热，所以他找各种理由去接近林晓颖。

在林晓颖的同事中有个名叫郭艳丽的老师，已是孩子妈妈了，丈夫姓佟是企业里搞技术的工程师，人也很热情，有一天佟工程师回到家里在饭桌上说："艳丽，你们学校有没有合适的女孩子，给我们单位的小江介绍一个，这个小江四川人，重庆工业大学毕业，人长得蛮帅气，个头一米七八，篮球运动员，人很老实又能干，还没对象，哪天我领家来让你看看。""好哇！我们学校刚来一位女老师，人很好，我找机会跟她说一说。""那我听你消息。"这两口子倒很热心，过不多久，郭艳丽老师果真把林晓颖和江振国都请到了家里。初次见面，两人都很腼腆，谁也不敢多看谁一眼，此时郭老师忙说："我看你们两人出去走走，正好初夏外边空气清新，散散步、透透气。"

两人来到附近的小公园里，公园里游人并不多，正值初夏，满园红花、绿树，相映成辉，小鸟在树上叽叽喳喳地叫着，蝴蝶在花丛中飞舞，暖暖的小风吹过来，略带着几分泥土的芬芳，真叫人心旷神怡。两人找个长椅坐下来，江振国是个循规蹈矩的男人，温文尔雅而且有点木讷，言语不多、个头1.78米，皮肤白里透黑，一看就是很健壮。身材不胖也不瘦，很有男人味道。坐下来后，沉默一会儿，还是江振国先开口说："我先自我介绍一下，我叫江振国，属龙的，二十四岁，祖籍四川成都，家里除了父母，还有一弟、一妹都在读书。我是成都工业学院毕业分到北京，政治面貌共青团员，至今未婚。"像是背书一样，引得林晓颖在心里暗暗发笑。说完后，江振国看着林晓颖，林晓颖立刻也像背课文一样，介绍了自己家庭和个人状况，之后就静下来了，空气好像凝固了一样。还是江振国打破了寂静，问："小林同志，你做什么工作？"听到这句话，林晓颖才恍然大悟，自己还忘了介绍自己的工作，忙说："我在十二路小学当代课老师，做三年二班班主任，我们班有五十五名同学。"终于又找到了新的话题，两人你一言，我一语，讲起了孩童时代的事情，又讲到了现在孩子们的顽皮及活泼可爱之处。真是久逢知己千杯少、话不投机半句多。直讲得两人口干舌燥还不忍离去。江振国说："我们去饭店吃点东西吧！"那个年代市面上既没有茶馆又没有咖啡厅，一个小姑娘跟个男人去饭店都少见，所以林晓颖说："我们回家吧！改天再见面。"江振国有些余情未尽，觉得有许多话还没说完，可是听林晓颖说要回家，就不知所措，站在那半天没有言语。林晓颖说："我俩回去都考虑一下，有啥想法什么时候再见面，通知郭老师一声，好吗？"说完话林晓颖转身快步离开，江振国傻傻地站在那里，望着林晓颖的背影逐渐消失在人群中。这天夜里两人各自度过了一个不眠之夜。

第二天一上班，郭老师立刻把林晓颖拉到外面，急忙向道："昨天你感觉那小伙子怎么样？人家对方分手后，立刻来到我家，和我家那位谈了许多，他很喜欢你，愿意和你做朋友，你感觉如何啊？要不明天下班和他看场电影，怎么样？你倒说话呀！真是贵人语话迟，急死人了。"林晓颖红着脸说："听你的。"郭老师说："这丫头，心里早就同意了，还装什么？"林晓颖说："谁说的？"说完就要打郭老师，郭老师边跑边说："再打我，我可不管了……"这天林晓颖的心情非常好，看谁都一脸喜色，真是人逢喜事精神爽。中午吃过饭，她边哼小曲，边回到宿舍（仓库），刚开完门，就听后边有人说："今天怎么这么高兴啊！"她回头一看是祝主任，连忙红着脸说："没什么。"祝主任说："我正好到仓库拿点东西，方便吗？"林晓颖忙说："可以、可以，你请！"祝主任一闪身进了仓库，林晓颖也随后进了门。林晓颖正在整理自己的东西，忽然感觉有只手搭在自己肩上，她刚要回头，一只有力的手抱着自己的头，一个热浪冲过来，一张嘴在她脸上狂吻。她猛喊一声："你要干什么？！"一只手猛捂住她的嘴，她定眼一看，是祝主任，正在亲她的脸。她用手猛劲掐他的脸，对方松了手，林晓颖急忙抽身往外跑。祝希顺赶紧上前抓住她，脸上闪现凶光，恶狠狠地说："林老师！不要冲动！对不起！我太喜欢你了。请原谅我的冲动，我没能控制住自己，请不要对外说出去，这孤男寡女的在一起，你又年轻、未婚，说出去谁能相信你，反倒坏了你的名声，我真的爱你，我给你跪下，保证今后不再犯。"祝希顺边说边往外退，他开了门，急忙冲出去。林晓颖急忙锁上门，一屁股坐在地上哭泣起来。很久她才从地上爬起来，打盆水，用毛巾洗脸，一遍遍擦洗，她想把这秽气一股脑儿洗掉。她努力控制自己，不许再哭，否则下午的课就没法上了。她不停地检查自己的言行，是不是自己太轻浮了，怎能招来别人的非礼。她不停地想，是否去校长那儿告发他，可是又怕没人看到，能否告倒他，要是大家知道了，一阵风传出去，说三道四的人多了，难免有人说自己的坏活，到时即使自己身上长一百张嘴，恐怕也说不清了，今后如何做人，如何在学校待下去。她左思右想，还是忍了吧，今后千万多加小心。林晓颖擦干自己眼泪，调整好自己的情绪，准备下午的课。从今以后，她时刻保持高度警惕尽量避免单独和他接触。

树欲静而风不止。祝希顺这小子真是欲火攻心，他看林晓颖没啥大反应，便总想找机会接近她，这次正好学校要派人参加市里观摩教学，祝希顺在校务会上宣布由林晓颖和他一起去参加。

这本来是件好事，可林晓颖一听，像是五雷轰顶一样。会议结束，她立刻去找校长，请求换人。魏校长说："林老师，这是你的光荣，我和祝主任商量过了，决定派你去，回来要在我们学校搞观摩教学的，在全校老师中树立榜样。你年轻、有能力、有水平，我认为一定能搞好的，别推辞了，好好干，我信任你，别辜负了我们的期望。"校长的一席话，使林晓颖不知如何回答，林晓颖喃喃地、语无伦次地说："校长！我不行！我真的不能去呀！"魏校长说："好了，不要客气了，就这么定了，具体事情与祝主任联系。"说完话，校长匆匆离去。望着魏校长远去的背影，林晓颖心里像五味瓶打翻在地，酸甜苦辣一起涌上心头，站了一会儿，也只好怏怏离去。

祝希顺回到家里，心里别提多高兴了。他嘴里哼着小调，吊着二郎腿，在椅子上梦想明天单独和林晓颖在一起如何哄她开心，如何……，越想越美，一不小心从椅子上摔下来，来了个嘴啃泥，惹得他爱人大笑不止，打破了他的黄粱美梦。

第二天，天空晴朗，万里无云。林晓颖来到了观摩现场，大家陆续走进教室，分头坐在准备好的椅子上。观摩教学进行得很精彩，老师、同学之间配合得很默契，教学组织得比较严密，同学们都进入了最佳状态，气氛很活跃。同学们理解的很快，反应的比较迅速，的确对林晓颖启发很大。她下决心，也要改变以往僵硬的教学方式，来个改革创新。观摩教学结束了，教育局的同志宣布："各位领导、各位老师请注意，中午大家吃点便饭，下午要在学校会议室分组讨论，请各校领导组织好，下午不要迟到。"大家纷纷走出教室。这时只见祝希顺走过来，对林老师很有礼貌地说："林老师咱们出去吃点东西，下午参加讨论，好吗？"面对这丑陋无奈的嘴脸，林晓颖忍住愤怒说："我自己随便吃点啥，下午我自己会去参加讨论。"祝希顺忙说："我们出去随便找个地方吃点啥，有啥意见正好可以交流一下，请吧！"林晓颖想了想说："也好。"便随祝希顺找个小饭店坐下来，要了几盘饺子，两个小菜，祝希顺忙前忙后，万般殷勤，坐下后祝希顺给林老师倒杯茶，小心翼翼地送到旁边说："林老师，请喝茶，也算是我给你谢罪了，这几天我茶不思饭不想，在责备自己的无礼和鲁莽，我罪该万死！虽然我喜欢你，但我也不能如此无理，我一时冲动冒犯了你，感谢你贵人大谅，能容忍我，我代表全家向你赔罪。我是个情感丰富的人，我的婚姻很不理想，是在老家父母包办的，没有感情，她又没有文化，是个工人，我们俩没有共同语言，我很痛苦，见到你不知为什么，我的青春焕发了，我时时想见到你，看到你的容颜，听到你的声音，都使我非常幸福，浑身充满活力，你给了我第二个青春……"祝希顺喋喋不休的肉麻赘述，使林晓颖的脸红一阵白一阵，不耐烦地说："好了！祝主任！请你不要再说了，我今天能与你坐在一起，是因为我想明确告诫你，别再自作多情，我已经有男朋友！而且很快就要结婚了，工作上你对我的信任和帮助，我很感激，但不能代替任何别的！今后请你自重，维护好自己的家庭和爱人，别把自己的前途和事业毁掉了！"林晓颖说罢昂首挺胸而去。

林晓颖回到学校里全身心投入工作，晚上回到宿舍紧闭房门，从不轻易开门，但她总感觉有双眼睛在盯着自己，每想起祝希顺恶心的唠叨，都要吓出一身冷汗。她于是下决心辞职，离开学校重新换个安全的工作。

　　斗转星移，时间过得真快，他和江振国相识已有三个多月，他们约定两人都休息的星期日见一次面，一起看场电影、蹓蹓公园。一段日子下来，两人就心照不宣，确定了情侣关系。这件事虽然与姥姥、舅父母说过，但一直没能与他们见过面。

　　这是个星期日的早晨，林晓颖把家里打扫得干干净净，买了许多鱼、肉、鸡和蔬菜等，舅父母说要亲自下厨做几个拿手好菜，来招待江振国。十点多钟，林晓颖去车站接江振国，不知怎的，林晓颖的心总是忐忑不安，也不知家里人将如何看待这位书生，又担心江振国不会说话办事，能否讨得家里人欢心。林晓颖在车站旁望着几辆车过去，终于等来了江振国。只见他手里大包小包提了许多糕点、水果，还背个黄军包，里面不知什么鼓鼓的，满头大汗，东张西望地找林晓颖。林晓颖一边喊、一边跑过去，接过手中包，帮他擦着汗。江振国笑着说："对不起！等急了吧！"林晓颖说："没有，我也是刚到，你辛苦了！"江振国笑着说："不苦！我心里甜着呢！"两人相对一笑，真是千言万语在心头。林晓颖帮他背包时，顺手一摸包里鼓鼓的，就问："振国！这包是什么东西？"江振国笑着说"是给舅家小孩买的玩具，不知他们喜欢不？"林晓颖高兴地说："你还真挺心细啊！孩子们一定会喜欢的。"不知不觉到了家，家里人热情接待，端茶、倒水、上水果。两个孩子一看来了生人，吓得哭了起来，江振国立刻拿出玩具，一辆小汽车、一个布娃娃，一看这玩具两个孩子顿时停止了哭泣，抢着玩起来，大家都开心地笑了。舅父与江振国也唠起了家常。快中午时，舅父过来说："晓颖，你进屋来陪客人，

世
家

SHI JIA

154

我来炒菜。"林晓颖忙说："好啊！我收拾桌子，准备做饭。"一家人忙了一中午，酒菜上桌，大家开怀畅饮，品尝美味佳肴。席间，舅母说："振国，你们互相多帮助，晓颖这几年在我家长大，我们照顾的也不周到，你们今后互相多关心些，有时间常来家坐坐，不要客气……"酒足饭饱，大家又喝茶，谈些各地的风土人情，四川成都的地方小吃……看到大家都疲惫了，江振国也起身告辞，舅父母送到门外客气说："晓颖，替我们送送振国，有时间常来玩耍。"江振国忙说："谢谢舅父母的款待，打扰你们了，谢谢！"林晓颖送走了江振国，急忙返回家里，迫不及待地问："舅父母你们看这个人怎样？"舅父慢条斯理地说："人还不错，长得很标致，人很老实、本分，看来性格比较好，人很能干，只是家庭成分高些，父亲死前是国民党军官，我们是共产党员，当然要考虑成分问题，希望你也要认真考虑，还是和你父母商量一下吧！"林晓颖听了这番话，脑袋就像被闷棍打了一下，一阵阵发晕。是啊！前途很重要，她是要慎重考虑，林晓颖陷入无尽的烦恼之中。上班无精打采，下班回到宿舍（仓库），想到祝希顺那流氓样子，浑身都起鸡皮疙瘩，这日子怎么过？她想首先要离开学校，虽说她很喜欢这个工作，可是面对这个无奈，她既不好揭发他，又不能依附他，她只能选择离走。

真是天遂人意，一次偶然的机会，他听江振国说："我们厂要招收一批学徒工，初中以上文化程度均可。"林晓颖一听高兴地说："真的吗？你好好打听一下，我喜欢你们万人企业的大工厂，又有三层楼高的独身宿舍，多好啊！我要去国营大企业发展，请你帮我报个名，好吗？"江振国说："当老师多好啊！人类灵

第九章 少年离家

155

魂工程师，又有寒暑假，多适合女同志呀！我看还是不要到工厂来吧！"林晓颖恳切地说："我想去工厂，工人阶级领导一切，到工厂农村去锻炼，这是毛主席的号召。"江振国听到响应毛主席号召，便不说话了。林晓颖以第一名的成绩，考取了工厂学徒工。

当林晓颖面呈辞职报告给校长时，校长目瞪口呆，好久才说："怎么会这样呢？学校不是很好吗？你有什么困难？我一定帮你解决。"面对校长的美意，林晓颖能说什么呢？她真不想离开学校，离开这些可爱的孩子，可是她没有选择。是啊！这里的同志情、师生情、战友情都被那流氓给搅了，是怨！是恨！都到此结束。

第十章
情人分手

病魔降临邪风吹，
国事家事双重堆。
情人追梦远方去，
牛郎织女各自飞。

太阳机电设备厂位于城郊，新建的厂房高大、雄伟，厂区内一条柏油马路贯穿南北，从南门到北门整整一站地。马路两旁绿树成行，从南到北建有六个车间，还有仓库、车库、食堂、俱乐部、排球场、篮球场等。工厂的正门前有个圆形广场，广场中间是个大花坛，中央有个喷泉，夏天各种花草色香齐放，分外妖娆。广场正前方就是三层办公大楼，各科室均在楼内，里面还有图书馆、阅览室、会议室、乒乓球室、广播室等。这是苏联援建的一个项目，平时经常有各地的考察团来参观。林晓颖入厂报到的那天，厂区大门口长长悬挂着一幅红色标语，上面写着"欢迎新入厂的员工"几个字样，门前敲锣打鼓、放鞭炮，十分热闹。新工人入厂，对工厂来说是大事、好事，更何况这次入厂工人有百人之多，这给工厂增添了新的血液，增加新的活力及动力。早上全体新学员在厂内俱乐部分班坐好，典礼开始，由厂长、教育科科长讲话，介绍厂史、厂内近况，参观厂区，最后分班进行入厂教育。这些对于没有进入工厂的学生们来说，既新奇又愉悦。培训一周后，人员分配具体工作。这次有几名入厂的高中生，成绩优秀的，被分配到各科室，补充科室新生力量。林晓颖被分到生产计划科搞综合统计，她非常高兴，下决心努力学习，尽快出徒，尽快独立工作。

这个星期天，她与江振国约会，两人非常高兴，他们来到饭店，点了两个菜，还要了一瓶啤酒。江振国高兴得手舞足蹈，兴奋喜悦之情溢于言表，一边喝酒一边说："晓颖！我们庆祝一下，今后我俩可以出双入对，比翼双飞，我在技术科、你在计划科多好啊！让我们干一杯！"林晓颖说："请不要高兴得太早，我还是个学员，不能处朋友、谈恋爱，千万不要暴露我们的关系，好吗！"江振国吐吐舌头，说："对外保密！对外保密！"两人举起酒杯相视一笑，一饮而尽。

这些喜讯，林晓颖写信告诉了她远在沈阳的父母。林长庚夫妇别提多高兴了，他们立即回信给女儿，叮嘱她要珍惜这份工作，要努力学习、搞好师徒关系，尽早出徒，独立工作。关于处朋友之事，他们没有表示什么，只是希望有机会带回家看看再说。不过林晓颖没有把江振国家庭背景之事告知父母，每想到这件事，她的心总感不安，不知将来后果如何。

林长庚的两个儿子都已经长大，大儿子林翔，小伙子已经1.75米的个头，圆形大脸、虎头虎脑、人很憨厚、平时少言寡语，干起活来却心灵手巧，家里的许多活都靠大儿子帮忙，担水、劈柴、盖房子、打煤坯样样少不了他。他高中没毕业，正赶上知识青年上山下乡，林长庚为了不让儿子远离家里，就托人在锦县找了个养蜂厂让儿子去养蜂。养蜂听起来是个美差，春暖花开，带上蜂箱，全国各地去找山美、花美的地方采蜜养蜂。可谁知养蜂是个苦差，蜂虻、虫蛟、风吹、日晒，每天都要带着面罩，手、脸、全身都要裹得严严实实，天热，几天下来，身上、脸上、手上都长起痱子，起水泡，疼痛难忍，小林翔那时只有十多岁，忍受这些艰难，实在不容易。临出门时，爸妈给他拿几百元钱以备急用，他却分文没花，回来钱从内裤拿出时，布袋里已长满虱子。

小儿子林飞已读小学五年，林飞聪明、好学，人很机灵、接受新鲜事物快、理解能力强，所以在班里学习成绩名列前茅，还是班里班长，很受同学、老师的喜爱。家里许多属于外交事宜都叫林飞去办，例如去单位取工资、去亲友家送个东西，办啥事，都能圆满完成任务。林长庚夫妇一提起两个儿子，总是赞不绝口。

小女儿林晓虹是家里最小的一个，她虽然言语不多，但是遇事很有主见，勤奋好学，她与小儿子林飞关系最好，兄妹俩无论是在幼儿园，还是念小学，总是形影不离，小哥哥是她的"保护神"，只要小哥在，无论在哪里也没人敢欺负她。晓虹一有事，就喊："小哥！小哥！"就连梦里都喊小哥！这兄妹之情真叫人羡慕。

那是20世纪60年代，国家正处在困难时期，国内三年自然灾害，国际上与苏联修正主义斗争，中国要在尽短时间内偿还苏联债务，中国人要勒紧肚皮，节衣缩食、共渡难关。

这年春节，林晓颖约江振国一起回沈阳老家过年，江振国欣然答应。他们两人从北京坐了一天一宿火车回到沈阳。沈阳这北国之都，冬天的寒冷还是令人可畏，刚下火车，一股寒风迎面扑来，叫人不禁缩缩脖子、拉拉衣领。林晓颖的两个弟弟来车站接他们，大家一路相拥，回到家里。虽然家里条件不算太好，但温暖火炉、热乎炕头，给了家的温馨。两位老人拉着江振国的手，虚寒问暖说："快到炕上坐一会儿，暖和暖和身子，坐了这么长时间车，一定累了。"江振国不好意思地说："伯父、伯母坐，我不累。"母亲刘淑兰说："听说你们回家过年，我们就掰着手算，终于盼到这天啊！车上人多吧，饿了吧？看我光说话了，快上炕吃饭。"刘淑兰高兴得话也多起来。东北特有的铜火锅、小鸡炖蘑菇、几个炒菜，摆了满满一桌。东北产的高粱老白干烫上一壶，小孩、女人都不喝酒，只有林长庚和江振国喝点，江振国又不会喝酒，喝一口就满脸通红，呛得直咳嗽。林晓颖忙说："不能喝就算了，意思一下就行了。"大家都笑了。这顿饭全家人都很开心很愉快。晚上江振国和两个弟弟在医院住，房间有暖气，大家躺下后，小弟弟林飞吵着要江振国讲故事，江振国讲了一个苏联童话故事，讲着讲着大家都睡着了，这一宿哥仨都睡得很香。

江振国的到来，给这个家庭带来了欢乐，节日的气氛更加浓了。江振国也很快融入了这个家庭。他学习包饺子，擀皮子，烧火、做饭，能放下大学生架子，不怕脏累，赢得了刘淑兰的好评。可林长庚却不这样看，他认为江振国没有身价，太实在了，在外面容易上当、受骗，没啥大发展，两个人争得面红耳赤。林长庚要求进步，正在争取加入共产党，所以他对子女要求很严，希望他们政治进步，业务专研，事业有所发展，他对江振国家庭出身很不满意，希望林晓颖三思而行。

林晓颖带着迷茫和江振国离开了沈阳，列车疾驶，江振国带着幸福加疲倦进入了梦乡。可林晓颖心事重重，难以入眠。他喜欢江振国，喜欢他的帅气，喜欢他的好性格，喜欢他为人实在，喜欢他是一碗清水，一眼望到底。可是又像父亲说的，这样的人在社会上行不通，会吃亏的，不会有发展。但林晓颖实在不想放弃他，望着他酣睡的样子，她眼泪流了下来。列车经过一天一夜的飞奔，他们又回到了北京。

1966 年"文化大革命"开始了，林长庚在医院里是副院长，是医院里的当权派，又是地主出身，很快被红卫兵革职，在医院里接受红卫兵检查、批判，下基层打扫卫生、收拾厕所等，此时林长庚的胃病又加重了，常感到不舒服，但他仍要坚持工作。

林晓颖所在工厂也开始动员职工，支援"三线"（东中部为

一、二线，西部为三线）建设，好设备、好人马、好材料送到"三线"去。这天，林晓颖和江振国相约，江振国说："我们单位去三线的名单公布了，我已报名批准了。"林晓颖说："名都报了，响应国家号召，年轻人当然不能落后。可是我也与领导讲了我家的困难，我不能去。"江振国说："我们科长说要我和他一起去，将来他培养我做他助手，这是件好事，晓颖我们去吧！"林晓颖为难地说："可我是老大，家里的困难怎么办？"江振国好久冒出一句"反正我一定要去！"林晓颖一听就说："那我们只能分手了！我弟弟、妹妹还小，父母都有病，我去那么远，怎么照顾家呀？你还是留下来吧！以后提干的机会会有的。"江振国半天没有言语，林晓颖不再说什么，哭着跑了。

回到宿舍，林晓颖放声大哭一场，她喜欢江振国，一想到两人要分离，林晓颖的心就像被撕碎一样……过了一会儿有人敲门，林晓颖开门一看是江振国，只见他手端一盆已经洗好的西红柿，放在桌子上说："不要哭了，要哭成老太婆了，吃点西红柿美美容。"说完，拿一个西红柿放在林晓颖手上。不论什么事情只要林晓颖不开心了，他都会劝她、哄她。每天晚上散步回来，他总是打好洗脸水，放在林晓颖宿舍门口，怕惊动宿舍其他人，他会站在门口等林晓颖出来告诉她，以后就成了惯例。林晓颖被蚊子咬了，他会立刻送上驱蚊药，其实他的心还是很细的。这些细节深深刻在林晓颖心里，她怎能与他割舍分手呢？可是事实是残酷的，支持"三线"的人员名单公布了，江振国排在技术科第一名，而林晓颖榜上无名，江振国找到林晓颖急着说："晓颖！只要你申请，并说明我们的关系，你就能去的。"林晓颖说："我们可以公开关系，你申请留下，而不是我去。"两人争论不休。支持"三线"的工作进展很迅速，人员去留已定好，人们纷纷申请资金，很快分财产、发放路费、搬运物资设备，回家探亲，携亲人奔赴"三线"等。江振国林晓颖两人心已碎，每天都在做思想斗争，江振国想，若不去三线，即便结婚，也分不到房子，厂内又没啥发展，如去三线，既可分到住房又可提干，晓颖如全家都去，她的弟弟不用下乡养蜂，而能在厂内有份工作，所以他决定还是要动员晓颖一起去。

这天傍晚，晚风吹拂大地，宿舍门前的小沟两旁杨柳成行，绿树成荫，两人吃过晚饭后在小沟旁的林荫道上散步，林晓颖的心情顿时好了许多，轻轻唱起电影插曲中"送君送到大路旁，君的恩情永不忘……"唱着、唱着，林晓颖的心滴血了，眼在流泪，她挽着江振国的手臂，动情地说："难道我们真的就要分手了吗？！"江振国说："不！我等着你！我看你还是回家一趟与父母家人研究一下再定吧！"抽个假日，林晓颖又请了两天假，她赶回沈阳，与家人商量。林晓颖说："如我申请去三线，可以帮助大弟在厂内安排工作，父母可同行，但是两位老人身体不好，那里的医疗条件差，恐怕看病困难，以后弟弟妹妹长大，也许会抱怨我的。"思来想去，大家认为还是先给父亲看完病再说吧。

第二天，林晓颖陪同妈妈，一起去院里找革命委员会主任，说明情况，申请到北京看病，革委会研究决定，先在院内照个相看结果再说。福不双至、祸不单行，林长庚拍片子结果，是胃贲门部有肿块，怀疑胃癌。革委会主任找林晓颖母亲讲明情况："现在经研究，院里同意你和林长庚在院内一名医生陪同下，去北京肿瘤医院做进一步检查，你回去准备一下吧！"刘淑兰说："主任，请先不要告诉林长庚说胃透发现有肿块，请找个其他理由，就说叫我们出差去北京，顺便检查下身体，好吧！"主任想了想说："也好，那就说叫林长庚和一名医生去北京采购医疗器械，你们顺便看看病，可以吗？"刘淑兰千恩万谢回家了。回家的路上，刘淑兰的眼泪像断了线的珍珠，止不住地往下流，她的心就要碎了，孩子们年岁小，老林要是有个三长两短的，这个家该怎么办啊！她想先不要回家，先找三弟和三弟妹，商量一下。

她去了市公安局，三弟妹的家就在公安局宿舍，三弟妹于燕见二嫂来找她，心想一定有急事，简单收拾一下就和刘淑兰回家了。见到于燕，二嫂哭了，等把事情搞清楚，于燕急忙给丈夫打电话，林长祥接到电话，急匆匆赶回来。一家人研究决定，林晓颖陪二哥二嫂回北京看病，家里的孩子他们来照顾。病情确定后，大家再分别去北京护理。第二天院里革委会领导找林长庚谈话说："院里准备去北京采购一批医疗器械，准备派 X 光室大夫和你们两口子，一起去北京采购，你顺便再看看病。"林长庚听后千恩万谢回去准备。

正值八月末，孩子们放暑假，林飞和林晓虹都吵着要去北京。刘淑兰说："快开学了，不能去。我叫你大哥请假在家照看你们，你老叔、婶、姑、姑父会晚上陪你们，在家听话，好好学习。"小弟小妹听此话，知道没戏了，怏怏不乐地走开了。刘淑兰心里很不是滋味，她不敢将院里检查结果告诉林长庚，林长庚心里也有谜团，院里怎么这样开恩，叫他两人去北京，检查的片子我看了，没啥大问题呀？（其实给他看的是别人的片子）林长庚和刘淑兰说："照相的片子我看了，没啥事，我看我们就不去北京了，这一趟得花多少钱。"刘淑兰说："人家院里这么照顾我们，不去能好吗？再说还有任务。"林晓颖插嘴说："到北京反正有住所，我再陪你们到处玩玩，多好啊！"林晓颖说服了爸妈，又帮助收拾东西，买车票，一路顺利抵达北京。

北京内弟刘凯和爱人马芳又惊又喜，从车站接回姐夫和姐姐。刘凯的母亲也没想到女儿女婿会来北京，一家人非常高兴，准备了丰盛晚餐。酒桌上林长庚说："医院里准备买机器，顺便到北京看看病，晓颖的朋友又要去'三线'，所以我们过来看看。真给你们添麻烦了。"刘凯说："姐夫客气了，哪里麻烦，我们欢迎都来不及呢！真是请都请不到，这次就多住些日子吧！"林晓颖说："我们宿舍也有地方，两处换着住吧！"马芳忙说："这孩子！怎么能去宿舍住呢？"刘淑兰说："弟妹！不用客气！哪里方便就在哪里住吧！"林晓颖安顿好父母，也回宿舍去了。

林晓颖急忙回到宿舍，正要去找江振国，同室的孟倩姐回来了，看到林晓颖忙说："哎呀！晓颖，怎么才回来呀，你说两天就回来，怎么去了这么久，已四五天了，真急死人！江振国已带走一批设备去'三线'了，这是他临走时留给你的信！"林晓颖急忙抢过信撕开看，只见上面写道：晓颖，真对不起！科里有批设备要运去，没人，我只好先过去（信中画了个他的哭相）过段时间我还会回来，我静听佳音（又画了个拥抱她的漫画）。弄得林晓颖哭笑皆非。林晓颖想，看来江振国决心去"三线"了，她的心忐忑不安，如果他坚决不回来，这段姻缘也就散了，一想到此，她的眼泪不知不觉地淌了下来，心想恐怕命运就如此安排的吧！

第二天，林长庚夫妇和医院的同志一起去采购仪器，两天后，放射线科的同志买好了设备，完成了任务回去了。林长庚夫妇晚上回到刘凯家，刘淑兰抽个时间把刘凯叫到屋外说："这几天忙着医院里的事也没和你细谈，单位体检时发现你姐夫胃里长个瘤，没敢和他本人讲，让我们一起来北京肿瘤医院检查一下，你医院里有熟人吗？"刘凯听后吓了一跳，"哎呀！怎么这回事呀！我上班时打听一下，不过现在我是当权派，是被批斗对象，批判我是什么保守、保皇派，恐怕一下子找不到人呀！姐，你别着急，我再叫马芳去托托人。"刘淑兰急着说："这事先不要告诉妈，也不要让你姐夫知道。""你放心吧！我知道。姐！你千万别着急上火，不会有事的。"刘淑兰回到屋里收拾完毕，上床睡觉，可是她怎么也不能入睡，这几天忙来忙去，没进一点饮食，有便意，但蹲了半天也便不出来，只好又回到房间，林长庚问："怎么了？""想方便一下，又便不出来。""是上火了，赶快多喝点蜂蜜水。""没关系，明天再说吧！"

第二天早饭后，林长庚夫妇急忙去医院，临走时对老太太说："妈！我们出去办事，中午不回来，下晚上下班人多，汽车又不好坐，不知几时才能回来，晚饭也不用等我们了，放心吧！我们饿不着。"说完林长庚夫妇就下了楼。来到医院，看病的人实在太多，根本挂不上号，花钱买了个号，还等到下午医院快下班时才看上，各种检查也只好第二天上午再做。经过几天的折腾，结果出来了，确诊胃里长个瘤，手术后才能确定是良性还是恶性。医生对家属讲，长在胃贲门部位的，恶性可能性较大，现在住院还没床位，排队等通知。这天晚上回到家里，刘淑兰看林长庚脸色不太好，就劝解说："其实在医院里已经看出来了，只是没告诉你，我看问题不大，你别有什么负担。"林长庚拉着刘淑兰的手说："其实生死我不怕，只是难为你了，现在孩子还小，我要有个三长两短，你和孩子怎么办？"一席话说得刘淑兰心碎了，她伏在林长庚胸前说："我们都要坚强起来，做完手术也要活它十年二十年的，到那时孩子都长大了，我们俩一定顶住！"两个人互相鼓励着。谁知就在这天晚上，刘淑兰急性肠梗阻发作了，疼得死去活来，刘凯两口子急忙叫来120送到医院，立刻做手术，手术中发现肠子上长了瘤，肠子又切下了一部分，化验结果还好，是良性。当林晓颖赶到时，母亲已做完手术，躺在病房里。这一连串的打击，使林晓颖长大了，她要顶住，她要坚强！林晓颖单位的同志领导也来了，送来了慰问品、慰问金。大家劝林晓颖不要着急上火，有他们大家，多大难关也能闯过去。科里领导金科长安慰林晓颖说："科里从互助会给你借200元钱，你先用着，我再派个女同志帮你忙，我看你就先不要上班了，以后有啥困难说话。"林晓颖对领导和同志们的关心，不知说啥好，只是一个劲点头。几天过去了，刘淑兰刀口恢复得比较好，能进流食了。这天刘淑兰和林晓颖商量说："给你爸做手术的大夫还没定下来，听说外科黄主任是沈阳医学院毕业的，你爸希望你回沈阳一趟，找黄主任的同学给写封信，请黄主任主刀。"听到这话，林晓颖二话没说，立刻买票去沈阳。当林晓颖风风火火赶回沈阳，看到弟弟、妹妹时，几个孩子抱在一起大哭起来。本来林晓颖要劝弟弟、妹妹，可不知为啥她却和弟弟、妹妹也一起哭了起来。是啊！林晓颖刚刚二十岁，父母都有病，胃肠长瘤，在那个年代是天大的灾难。自己刚参加工作不久还没转正，男友又要去"三线"工作，这就意味着这对恋人要分手。人生这么多苦难，为何一起压在这个瘦小女孩的身上！遭受到这一连串的打击，要承担这么大的压力，一般人也难以承受，她该怎么办？她怎能抑制住内心的悲伤呢！在父母面前无法哭泣，现在她要放声大哭一场。一阵过后，大家都冷静下来了。她拿出给弟弟妹妹的礼物，大弟弟的布鞋、带马蹄扣的外衣、阿尔巴尼亚香烟，小弟弟的运动鞋、夹克衫，小妹妹的连衣裙及各种糖果等摆了一桌子。第二天又去医大，联系黄主任同学。功夫不负有心人，很快这些事情落实了。可是回北京的火车票又买不到，只好拿着站台票上了车，在火车上补完票，连站的位置都没有了。车厢里拥挤的人群叫人惊讶！行李架上，座位低下全躺满了人。夜里风比较大，车窗关上了，渐渐地车厢里的汗臭味、烟草味、臭鸡蛋味逐渐袭来，氧气少了、二氧化碳增加了，人们简直要呕吐，要窒息。不知熬了多长时间，终于盼来了东方的曙光。"赶快开窗！赶快开窗！"人们喊叫着，一丝清新的空气冲了进来，大家长长地吸了一口气。

　　火车进站后，林晓颖急奔医院，妈妈已出院，爸爸做术前检查，爸妈看到林晓颖时一起问："人找到了吗？"林晓颖高兴地说："找到了，信也拿来了。""好女儿！真能干！"爸妈的赞赏，使林晓颖几天的疲倦和劳累都烟消云散，她不好意思地低下了头。在病房，主任看完信后说："其实你们不用找我同学，我们对每个病人都会负责的，现在你们更放心了吧！"手术定在下星期，手术前几天，林晓颖从饭店要了一个红烧鱼、一个熘肉片给父母，夫妇俩一看连忙说："孩子，买这些菜得花多少钱啊？

你花了不少钱，哪有钱呢？"林晓颖说："妈妈做完手术，还没养好，爸爸又要手术，一定先吃点好的，补补身子，增加点抵抗力，钱从单位借些，科里又补助我点，没问题的，我还年轻，挣钱的机会多着呢，这是我做女儿的一点心意，你们趁热吃吧！"刘淑兰拉着女儿手，饱含深情地说："女儿长大了，懂事了。"林长庚动情地说："我一定坚强地活下去，要我妻子、儿女能过上好日子。"三人的手紧紧握在一起。

做手术那天，刘凯夫妇、林晓颖和妈妈早就等在手术室门前，一个上午手术才做完。林长庚被推出来时，鼻子和嘴里都插着管子，满脸人事不醒的样子，林晓颖吓哭了，跟着车子后面喊："爸爸！爸爸！"叫人看了心酸。护士过来说："家属照看好滴流，先不要喂水，没事的，过一会儿人就醒了。"这天晚上，林晓颖一夜没合眼，爸爸终于醒过来了。林晓颖看着爸爸，眼泪不由自主地流下来了，拉着爸爸的手说："爸爸！一切都好？"爸爸会意地一笑，又睡着了。看着爸爸熟睡的面孔，林晓颖眼睛润湿了，她心想，这就是我的老父亲，他多少年来，含辛茹苦地将我们养大，想尽办法培养我们，教我们读书、做人。不到五十岁，他的头发黑里掺白，他一直默默关注我们。想到母亲的劳累，父亲的艰辛，"慈母手中线，游子身上衣。"这首古老诗，使林晓颖体会得更深了。过了一周，化验结果出来了，是良性瘤！大家都深深地舒了一口气，接下来就是养好身体，尽快恢复健康，重返工作岗位。

江振国在"三线"听到林晓颖父母得病的消息，非常着急，找了个公出机会来到北京。他在别人指点下来到病房，当林晓颖突然看到江振国时，刹那间，泪水涌泉般流了出来。不知是爱、是恨、还是怨，一起涌上心头。江振国一成不变的雄壮体魄，一双有神的眼睛，附着朴实憨厚的面容，"对不起！对不起我来晚了！"江振国一步跨上前，拉着林晓颖的手说："你受苦了！"林晓颖眼泪不止，一种怨、亲人的怨，一种恨、亲人的恨，涌上心头，可又能说什么呢？江振国急忙来到病床前说："伯父，你辛苦了！病情怎样？我才回到北京，得知消息就赶来了，我来晚了，你们受苦了！"当得知是良性瘤，并且刀口长得很好，能很快出院时，高兴地说："这是不幸中的万幸，我们应当高兴啊！"林长庚问问他的情况，得知他已去三线报到，这次回来处理科里的事宜，叹气地说："振国啊，你知道晓颖我们一家的情况，恐怕很难和你去'三线'，你要三思啊！""没问题，我会等她的。"林长庚听完这话也就不想再说什么了。傍晚，林晓颖和江振国漫步在公园里，林晓颖不时用泪水洗面，江振国脸上也是冷冷的，他不知怎么安慰，不知该说什么。是啊，摆在他们面前的路是很难走到一起了。江振国不想留下，林晓颖想去又不能去。江振国眼神饱含寓意，一层一层地缓缓流露出来，让人玩味不止，他看到了自己的未来和前途，也看到了林晓颖的未来，他似乎明白了他们不是同路人。在他们俩的感情生活中，有过春天，有过幸福的美景，令人憧憬的未来，可是如今已是严冬，已到了凄凉的生离死别，两个人无话可说了。漫长的路走啊！走啊！终于江振国打破了死一样的沉默："晓颖！不要难过！我会等着你的，我会经常给你写信！我永远不会忘记我们在一起的那段美好日子，虽然天空没有彩虹似锦，但可见流云如画，虽然我们没有海誓山盟，但我们却心心相印，相信我吧！"林晓颖冰冷的心听到江振国一席话，犹如荒野上的一点沟火，沙漠里的一滴清水，使她这个濒临绝望的人，重新看到了生的曙光。林晓颖依偎在江振国的怀里，久久说不出话来。他们相识三年，虽然从没有过拥抱、接吻，可是他们却心心相印。多么纯真的感情，多么朴实的爱！

　　江振国回"三线"了，林长庚出院了，林晓颖上班了。领导批准林晓颖的探亲假也到期了。这一个月林晓颖瘦了，人憔悴了，失去了往日的活泼，却增加了今日的成熟和干练。她时时告诫自己，一定要努力工作，报答领导和同志们对自己的关心帮助。她早来晚走，事事走在前头，单位的黑板报、批判稿她全包了，厂广播站里时时听到她甜美的声音。由于她不懈的努力，她得到了领导和同志们的好评。"优秀学员"、"优秀青年团员"等光环落到了她的肩上。工厂真是个大熔炉，使她得到了千锤百炼，年终她转正了。江振国经常来信介绍他的情况，林晓颖也是有信必回。两颗心虽然远离千山万水，但彼此仍是心心相印。

　　一天，从"三线"回来的同志告诉林晓颖，"三线"厂内有个女孩猛追江振国，已经出事故，撞机床了，差点出人命。江振国很为难，快去结婚吧！否则人飞了。一席话，使林晓颖失神落魂，她真有些不安了。"三线"的人不断传来佳话，终于有一天，林晓颖收到了江振国一封长信，信写得很长很长，很动情，最后写道：我们的友谊不可能再发展，让我们永远做朋友吧！祝你幸福！这次林晓颖很冷静，她已有多少个不眠之夜，她哭肿了多少次眼睛，她心碎了，她麻木了。她们之间的缘分有多少她不知道，分手！分手！五年的缘分到此结束了。人生几个五年，这五年的酸甜苦辣足够用一辈子了。

第十一章
姐妹争婚

同根父母亲姐妹，
飞蝶采蜜错争梅，
恩恩怨怨求大爱，
忍痛含泪为了谁。

新年刚过，从"三线"传来了江振国结婚的消息，林晓颖接受不了这个打击，病倒了。由于内有虚火外加风寒，她发烧感冒病倒在床上，同室好友孟倩姐照顾她，从食堂送来了病号饭，可林晓颖一口也不想吃，孟倩姐劝她说："晓颖，要坚强起来，要吃点东西才能和病魔做斗争。你有火，我煮了一些苹果罐头，现在凉了我给你盛点，去去火好吗？"孟倩姐守在林晓颖身边，看着她吃罐头，心里多少得到点安慰。孟倩姐，已经三十四岁了，还没结婚，她中等个头，身材苗条，一双笑眼，脸色微黄，一笑一个酒窝窝，她在厂内空压机站工作，人很能干，又非常善良。在婚姻问题上由于错过了几次机会，现在还没成家。她把林晓颖当亲妹妹一样看待，林晓颖也把她当成亲姐姐。有一次孟倩姐脚骨折，林晓颖精心照看她，用自行车推她看病换药，几个月跑来跑去，从没间断。她们之间结下了深厚友谊。林晓颖病了一周，总算熬过了这场病疼。

快过春节了，窗外寒冷干燥的空气，也在酝酿着过年的氛围，厂内的工人纷纷准备回家过年。林晓颖是做统计工作，越到年底，工作越忙。年底要统计许多数字，她们要坚持到放假的头一天，有时还要加班。今年春节，她早已准备好了回家过年。她想父亲的胃部动过手术，母亲的肠道动过手术，更需要细粮保养，家里弟弟、妹妹也很少吃到大米饭和纯白面馒头，全家都盼望着春节能吃几顿细粮。林晓颖每月供应2～3斤的细粮票她很少用，一年攒下来的大米、白面，春节时全都带回了家。

十二生肖又迎来了新一轮循环，明晚就是除夕，北京车站穿上了节日的盛装，来往行人在车站广场内外游动。林晓颖在多人的帮助下，背上装满大米、白面的旅行袋，带着美好的向往和期盼，奔向家乡。外边虽然十分寒冷，但她已是汗流浃背，她想，时间、车次、车厢写得十分清楚的电报早已发出，只等着弟妹们来站台接应。列车临近到站，林晓颖在列车吐出的白烟和呼唤中，发现弟妹的身影在远远的站台上闪烁而过，接着清晰地看到他们随车跟进，林晓颖从车窗中伸出头来，用力喊着他们的名字，大叫"我在这里！我在这里！"姐弟妹来不及寒暄，心照不宣地把两大袋细粮和其他年货运到了家。到家后一看，除大米、白面之外，还有家人的各式衬衣、阿尔巴尼亚香烟、葡萄酒、各种糖果、点心，等等，瞬间增添了节日的喜悦气氛。傍晚全家人围在一起，谈笑风生，猪肉炖酸菜粉条和白面大馒头散发的香气，笼罩着灯火辉煌的屋厅。林家暖烘烘、美滋滋、香喷喷的氛围真令人羡慕。

林长庚夫妇从北京回来后，经过一段调养，现在基本好转。他们的气色好多了。节日里走亲看友、请客送礼，是那时节日的重头戏。今年过年，林长庚把哥哥、嫂子、弟弟、妹妹全都请来吃饭，大家难得如此开心，只见喝得头重脚轻、舌头发硬、才勉强停下来。可谁能想到，这是他们兄妹最后一次团聚。节后，"文化大革命"开始清理阶级队伍，大哥林长安被红卫兵抓了起来，后病死在狱中，三弟林长祥也被红卫兵抓起来，后被定为包庇坏分子罪而判刑三年。

"文化大革命"的号角吹响了祖国山山水水，红卫兵串联的脚步踏遍大江南北。到处是红卫兵接待站，满街走着串联的红卫兵。他们身着绿军装，头戴解放军帽，臂上戴着"造反有理红卫兵""革命到底造反派"等名目繁多的袖标。二弟林飞也参加了红卫兵，去南方串联，几个月没有消息。林长庚夫妇简直急疯了，无处打听，无处寻找。终于有一天林飞回来了，人变瘦了，满头长发，一身脏衣服，人却很精神，也长了不少见识，大讲特讲祖国的大好河山，各地的趣闻。

大地复苏，枯木逢春。1976年，"文化大革命"结束了，"四人帮"被揪出来，祖国大地重见光明，许多冤假错案被平反，人民有了活力，企业有了生机，林翔去了军工厂上班。恢复了高考，林飞和林晓虹上了大学，林长庚夫妇露出了久违的笑容。

日子对于林晓颖来说，仍是日出而作、日落而息，没有什么变化。这天，一个办公室的高姐，很神秘的找到她说："晓颖！还是一个人吧！我有个表弟，他是工农兵学员，学建筑的，现在北京郊区一个建筑公司任副经理兼工程预算，人长得不错，人高马大，体格健壮，性格开朗。是工人出身，家庭出身也好，"文革"时被选为工农兵学员，上学时有个女朋友，后分手了。现在还没有朋友，我想给你介绍认识一下，你考虑一下，好吗？"林晓颖笑着说："谢谢高姐！"傍晚回到宿舍，林晓颖和孟倩姐谈起此事，倩姐十分赞同，说："我看各方面都挺适合，认识一下，互相多了解了解，该结婚了，不要再拖了。"林晓颖说："他单位在郊区，太远了。"倩姐说："工作可以调动嘛，不要再挑了，我看可以见个面，互相了解一下。"第二天林晓颖告诉高姐说，可以见面认识一下。

武宏生，河南人，初中毕业就参加工作，在建筑工程队当瓦工，"文化大革命"时，他参加造反派，后因表现好，被保送到大学学建筑工程，毕业后就在建筑公司任副经理兼工程预决算工作。至今还没结婚，父母对此事非常着急，就托高姐帮忙，正巧高姐和林晓颖一个办公室，这媒也就做成了。相亲那天，倩姐陪同林晓颖一起来到高姐家，林晓颖同武宏生一见面，第一感觉都很好，两个人的恋爱关系就确定下来了。

高考制度的恢复，使许多年轻人，都把荒废的学业捡了起来，社会上各种补习班风起云涌，林晓颖参加了英语补习班，并准备参加电视大学的招生考试。时间不够用，和武宏生的约会次数变少了，以前一周见两次面，现在改为一次。以前两个人约会都很准时，现在不是林晓颖迟到，就是武宏生晚来。"对不起！又迟到了。"武宏生不好意思地说，"没关系我也迟到过。"两个人相对一笑。是的，林晓颖要上课，武宏生要开会，两个人都非常忙，难免约会没到。春去秋来，他们相处已有半年多了，一天林晓颖和武宏生相约看电影，电影上映不长时间，只听得武宏生的鼾声大作，吓得林晓颖急忙拉了拉武宏生说："我们出去走走吧！"走出影院，武宏生说："真不好意思！我又累又困，睡着了。对咱俩的事我爸妈很着急，五一节快来临了，我爸妈说请你父母来北京玩玩，顺便把咱们婚事定下来，怎么样？"林晓颖说："不急吧！"武宏生说："还不急呀！都二十七八了，我妈可着急。"林晓颖说："好！我写信与他们商量一下。"林长庚夫妇接到信后，立刻表示同意来北京一趟。

五一节的北京，节日气氛很浓，大街上红旗飘飘，鲜花如海，绿树吐芽，整个北京城点缀的像花园一样。街上人群川流不息，人们步履轻松，满脸挂着笑容。这是粉碎"四人帮"后的第一个春天。武宏生家人在全聚德烤鸭店订了一桌席，热情款待林晓颖全家，高姐也来了。席间，双方家长都客气地讲了话，两家人互相举杯敬酒，推杯换盏，谈得很投机。武老汉是钢厂工人，老伴是仓库保管员，人很坦率，性格直爽豪放。他说："这回我们就算亲家了，两个孩子都老大不小了，我看最晚十一结婚吧，我们也急着抱孙子了。你们是知识分子，礼节多，看看有什么要求尽管提。"林长庚忙说："武师傅客气了，工人阶级领导一切，我们念了几年书也不算知识分子，还要接受工农兵的再教育呢！"武师傅立刻说："哪里！哪里！实在不敢当！""武师傅的一席话，我们很赞成，孩子都不小了，十一办喜事我们没意见，我们响应号召一切从简就是了。"刘凯夫妇也表示赞同，大家又敬酒、又让菜。最后林长庚举起杯提议说："吃水不忘打井人，我们来敬高老师一杯，是她穿针引线，我们得感谢高老师！"武师傅半开玩笑地说："是呵！要谢谢大媒人啦！"欢乐气氛洋溢整个房间。

婚事定下来了，林晓颖开始专心攻读英语，每天把一些重要单词和语句记在小本上，空闲时就拿出来看一看、读一读，她准备去补习班巩固强化一下，以后有机会考个函授大学、电视大学什么的也好哇。武宏生工作比较忙，有时两人一两个星期才见一面，他们公司新接了两项工程任务，业务扩大了，人手不够，这几天忙着招聘员工，有文秘、财会、工程设计等。有一天总经理找到他说："武经理，我看你手里事情比较多，已招进两个新毕业大学生做文秘，办事能力还可以，配给你一个，你选一个吧！"武宏生说："谢谢总经理，实在太好了，我不用选了，你随便派一个就可以。有些案头的事我真没时间坐下来处理，有人帮忙就减轻了我的负担，谢谢总经理想得周到。""不用谢，那就这么定了。"第二天，人事部小陆带来一个女孩，武宏生冷丁一看吓了一跳，这不是林晓颖吗？他刚要喊出：晓颖！你怎么来了？只听小陆说："武经理！这是新来的秘书任燕，这是武经理。""武经理您好！"只见新来的秘书大大方方地伸出了手，还没醒过味的武宏生急忙握手欢迎。"我叫任燕，刚大学毕业，现做您的秘书，请多多指教！这是我的简历表和介绍信。"一副喜心悦目的脸庞，句句甜美的声音，让武宏生兴奋起来，拿过简历表和介绍信客气地对任燕说："请坐！你的办公室早已准备好了，在对面，等会儿我叫人陪你先熟悉卜坏境……"说完，低头瞅了瞅简历表说："呵，是北方人，哈尔滨师专的，怎么没当老师呢？""分配的工作辞了，我想出来闯一闯，到北京看看，今后在您的领导下，有不懂的地方请多帮助我。""互相学习吧！那好，我叫人陪你各处看看。"武经理出去了，一会儿找来一个财务科的女孩郑娜娜，对她说："这是新来的任燕，这是财务科小郑，小郑领任燕去熟悉一下环境吧，我有事下去了，下午我们再聊。"说完转头就走了，两个女孩对视一下笑着出去了。

武宏生坐在车里还在回想着刚才发生的事情，怎么看新来的任燕有点像林晓颖呢！……眼睛……嘴……鼻子……五官都有点像，又不太像，想着想着他笑了，大概是想林晓颖了吧！已经十多天没见面，这下有个秘书帮忙，应该抽时间去看看林晓颖了。

任燕有一米六的个头，苗条身材，白净皮肤，丹凤眼，淡淡的柳叶眉，高鼻梁，小嘴，有点像林黛玉的气质，又有现代女孩的活泼开朗。她毕业于哈尔滨师范专科学校，本来毕业后分配到附近县城一个中学当语文老师。她非常失望也很伤心，本以为能留在哈市当老师，没想到却分到县城里。她想：我一个城市女孩，家在哈市，学校在哈市，这里的一切她都很熟悉，这里的喧哗、这里的热闹，这里的商店、这里的街道都成了她生活中的一部分。为什么大学毕业却要去一个偏僻县城工作生活，她接受不了，她不甘心。她父母竭尽全力去托人想办法，最终还没能改变她的命运。她要自己掌握自己的命运，她辞职了，她离家出走了。她只身一人来到北京，可没有企业部门招聘她。工夫不负有心人，终于有一天，她在北京郊区建筑公司，找到了这份文秘工作。她兴奋，她知足，这里毕竟是首都北京，她下决心，一定努力工作，要在北京生根开花。

　　经过一周的忙碌，任燕终于松了一口气，对公司有了初步的了解，上上下下的人员也都认识了，秘书工作的头绪也略知一二，心里有了底。她觉得武经理为人比较随和，没有更多的经理架子，高高的身材，帅气的长相，有一种男人的魅力，他那憨厚的嘴角边露出淡淡的微笑，似乎在嘲弄什么，让人捉摸不定。武经理是她的顶头上司，一定要配合好，所以她每天早来晚归，一早把经理室打扫得干干净净，冲上茶水，又在工地摘些野花插在玻璃瓶里，经理室和她办公室各摆一瓶，显得很有生气。看到武经理来了，她急忙手端一杯热茶说"早上好！"赶过去放在武经理办公桌上。武经理环视干净、清爽的办公环境后说："小任，你来得很早啊！怎么样？工作、生活还习惯吗？有啥困难说话。"任燕说："谢谢经理，一切都很好，不知我抄写的材料行吗？""还可以，你要有思想准备，以后可能随我去工地，今天去库房领套工作服和安全帽备用。""好的，知道了。"说完转身离去。武宏生目不转睛地看着她的背影，久久不肯离去，直到身影消失在走廊里。对于这个小秘书，不知为什么，他有一种不同寻常的感觉，是因为她酷似林晓颖，还是与林晓颖是老乡……总之，他觉得这个秘书还比较满意。忽然"武经理！"的叫喊声打断了他的思路，原来是财务科预算员杜丽红手拿几本册子站在门口，武宏生抬头说："进来吧！有事吗？"杜丽红将册子递给武经理说："是这样，这是工程图纸和预算，请您审查，过几天要和甲方有关人员研究。""好吧！放在这里，我看完后给你们送去。"

这是六层楼的职工宿舍工程，工程费用一半是甲方自筹，另一半由国家拨款，因为甲方资金短缺，工程队要想挣到钱，就得在工程预决算上下功夫，材料费、人工费及取暖费标准要定高一些，武经理要详细审阅并和具体工作人员研讨，最后定出工程总造价，再与甲方商讨，这是一项必须细心的烦琐工作，好在武经理毕业后一直从事这项工作，也算是轻车熟路了。这几天他在办公室看图纸，看预算，忙得头昏脑涨，秘书任燕也帮不上忙，只能端茶倒水、买买饭。午饭期间，任燕说："武经理！您这一天够辛苦的，您看我还能做点什么？"武宏生看了看她欲言而止。他那英俊的脸庞上闪过一抹无奈，但很快就恢复了平静。过一会儿慢慢地说："这就很好了，你又不是学这个专业的。"任燕明白了，自己不懂这技术，帮不上忙，就说："我可以学吗！"武宏生脸上闪过一道光芒，连忙说："你想学？""想学""真的！"任燕点点头，"那好，以后我就教你，可不要半途而废啊！""谢谢经理！"

午饭后，任燕叫经理在经理室小床上休息一会，她忙着收拾残局。在挂衣服时，从上衣里掉下一个东西，拾起一看，是一张女人照片，乍一看好像自己，又仔细看看，不是，有点像。她明白了，是武经理的女朋友。这情景恰好被武宏生看到了，说："这是我女朋友的照片，怎么样？是不是有点像你。"任燕忙说："我哪有她漂亮，她在哪工作？""在一家企业做统计工作，以后有机会叫你们认识一下。""啥时结婚，请我们吃喜糖。""快了！十月一左右吧！""经理！恭喜你呀！"任燕收拾完毕，回到自己的办公室，怎么也平静不下来，她想：像武经理这样帅气的小伙子，自己怎么遇不到呢？不急！她安慰着自己，我才二十二岁，有的是机会还怕找不到好男人。好羞啊！想男人了，想到此，她那白净的脸庞泛起淡淡的红润。

北京的夜景很美，明亮的路灯和店铺门前的霓虹灯、高楼大厦楼顶的广告灯，形成了一个灯的海洋。一闪一闪的灯光下，一对对靓男倩女，手挽手、肩并肩在街上穿来走去。街道旁的橱窗里，新颖时髦的衣裤，不时惹的这些男女驻足观望。"四人帮"刚刚被打倒，"文革"的阴影还没完全散去，青年男女还是看的多，买的少。林晓颖和武宏生也夹杂在人群中，武宏生看到橱窗里模特穿的一套连衣裙说："晓颖！你看这件衣服多美啊！以前你不叫我买任何东西，现在我们订婚了，我应当给你买个订婚戒子，一件漂亮的连衣裙，好吗？"说完，不容分说，硬拉着林晓颖进了商场。在金品柜台，武宏生给林晓颖买了个金戒子。武宏生说："来！晓颖！我给你带上。"林晓颖说："不！现在不能戴！还是等结婚那天再戴吧！"说完非常珍惜地将它收在手提包里。武宏生看到林晓颖那芙蓉般美丽的脸庞，心醉了！他拉着林晓颖的手说："晓颖！今晚去我家住吧！我太想你了。"林晓颖甩开他的手说："胡说什么？我们还没结婚呢！不要胡思乱想。我告诉你，趁还没结婚，抓紧时间学习，我英语学习班快考试了，下星期我们先不要见面了，等我考完试再说，好吗？"林晓颖的一席话，使武宏生的心凉了半截，他想：你就学吧！结婚了你就消停了。

林晓颖这段时间生活安排得十分紧张，除了日常工作，她还担当团委宣传委员，工会宣传干事，业余时间还到厂广播站做广播员，下班要去英语进修班补习英语。紧张的工作学习，使她头脑很少有空白。明天星期日，她已经半个月没见到武宏生了，突然有人喊："晓颖！电话！"真是想啥来啥，真是武宏生的电话。电话里说："明天上午有个会议，下午看看再说吧！""要不星期天中午我去看你。""那太好了！我在车站等你。"两个人的电话放下了。

夏季的北京郊区，花红柳绿，林晓颖坐在汽车上，观看外边的风景，太阳光透过云层薄薄的洒落下来，照耀着街道、建筑、大树，显得那样光彩夺目，那样温和沉静，一座座老式建筑从眼前掠过，北京郊区的景色更惬意，真可惜没有更多的时间来欣赏。林晓颖今天的心情格外好，几个星期没有见到他，还真有些想念。今天她带来了武宏生的新衬衣，带些他喜欢吃的熟食、水果，约好中午十一点在汽车站等她。现在时间还早，她闭上眼睛，享受这车外吹来的凉风，慢慢进入梦乡。"到站了！到站了！"售票员的高呼声，把她从梦中惊醒。一阵忙乱，林晓颖冲出车外，下车后她一眼看到了武宏生，只见他满头大汗，东张西望，看到林晓颖后猛冲过来，拉着她的手说："辛苦了！辛苦了！"然后拉她上了一辆面包车后说："公司下午还要去工地，为了节省时间我们坐车回公司。""哎呀！不好意思！打搅你们了。"司机插嘴说："我们经理高兴还来不及呢！不怕麻烦！""别瞎说。"武宏生说。汽车很快就到了公司，公司设在一个旧式的二层小楼里，经理室在二楼。上了二楼，武宏生关上门，一把将林晓颖搂在怀里，亲吻起来。林晓颖刚要说啥，她那粉红色的小嘴已被堵得严严实实。刚开始，林晓颖还在反抗，渐渐的两人唇舌绞在一起，一时间好安静，只听到两个人的呼吸声。突然武宏生将林晓颖抱到小床上，在她身上吻着抚摸着，林晓颖急忙起来，拉着宏生的手说："别这样！叫人看到不好。""哎呀！怕什么，没人来，我叫秘书休息了，没人打搅我们。我们很快就结婚了，你有什么怕的。""现在不行，等结婚好吗？""哎呀！我等不了，可怜可怜我吧！"林晓颖笑着说："好了！别没出息了，你看我给你带来什么？"林晓颖整理整理头发衣服说："快来换换衬衣！你看这件新衣服你喜欢不？"武宏生正呆坐在床上，脸上没有一丝笑意，好久才恢复了常态。林晓颖把买来的点心、熟食、水果摆了一桌，拉着武宏生坐下说："快吃吧！一会儿你还要去工地，我就回去了。下星期我们再见面。"

任燕昨天上午参加完会议，下午经理放她半天假，总算休息半天，去商店采购些必需品，又买件连衣裙，回到宿舍，穿上新衣服对着镜子左看右看，好开心呵！第二天，她穿上新衣服，头发打理得整整齐齐，后边打个蝴蝶结，挎个小包、骑上自行车，飞快赶到了公司。她要把办公室收拾好，准备好必备的材料等待新的一天。当她打开经理办公室的门时，眼前的情节把她惊呆了。武经理上身赤裸着，下身穿个短裤，正在擦身。"对不起！"任燕迅速退出房间，关上门，她想：怎么经理没有回家去住，大概又忙了一夜。任燕的突然闯入，搞的武宏生很尴尬，没想到任燕来得这么早，他匆匆洗一下，穿上衣服，出门倒水。听到武宏生出来的声音，任燕走出自己的办公室，忙说："武经理！我来收拾房间，您去吃早餐吧！"武宏生说："怎么来这么早啊？"任燕说："没有啥事，早点出来街上人少，好骑车。"说完任燕开始打扫房间。武宏生看见任燕一身新连衣裙，头上结个蝴蝶结，两个辫子甩来甩去，显得青春靓丽，浑身充满青春气息，武宏生陶醉了。"快吃饭去吧！"一串银铃般的声音使他清醒过来，"好吧！"武宏生急忙下楼去。武宏生吃过早餐，任燕已经将茶水冲好，摆在案头，看武宏生过来，赶快送过一条湿毛巾说："擦擦手和脸，今天我有什么任务。"武宏生不知为什么，心里很舒服。看看任燕的样子说："你帮我把这些数据算出来，填在空格里。""怎么算啊？""这里有个手摇计算器，我来教你用。"任燕坐在计算器旁，武宏生站在旁边，一股女人身上的芳香，直扑鼻孔，沁到心里，他的头冒汗了。"这是个手摇计算器，顺时针摇几下就是乘几，逆时针摇几下就是除几。"武宏生边说边试做，任燕认真计算，手不停地摇来摇去。"哎呀！怎么不动了！"任燕高声叫道，武宏生赶紧走过来，任燕站起来，武宏生坐下仔细查看着。任燕站在旁边，任燕走神了，她看看武宏生一头黑发，油亮粗硬，皮肤不黑不白，结结实实，闪着亮光，低头闻一下，一股说不清的男人味。突然武宏生站起身，正巧撞到她的胸膛。刹那间，一股电流从全身通过，两个人的脸霎时全红了。为了掩饰自己的羞涩，任燕急忙走开。武宏生说："休息一会儿吧！"也立刻走出房间。这一短暂的接触，武宏生醉了，不知为什么？有一种和林晓颖不一样的感觉。他想以后要注意一点，自己已有女朋友并且很快就结婚了，他理了理情绪，又重新走回办公室。

傍晚，任燕回到宿舍，思想的闸门打开了。她想到在办公室不经意的触电反应，武宏生那雄壮的体魄，宏亮带点磁性的声音，她青春的心开始躁动，别样的情韵绕在心头。当一个少女的心扉一旦被打开，关是关不住的，她开始刻意打扮起来。

任燕的理解能力很强，她很快就掌握了工程预算的结算方法，并能熟练地查看取费标准，武宏生很欣赏她，每天看到她青春的面容、窈窕的身材、白嫩的皮肤，渐渐动了心思。武宏生他有点忘却林晓颖了，每次都是与她机械性的约会一次，匆匆的离开，林晓颖又是考试，又是准备高考，也没有更多的心思想着情啊！爱呀！她认为婚事已定，现在是抓紧学习，来弥补以前没能考上大学的遗憾。

树欲静而风不止，一切事物都会变化的。武宏生要去广州出差，要去订购一批机械设备，那时广州是唯一的开放窗口，一些先进的设备，一些新潮的时装和生活用品，只有广州才能看到，才能买到，所以那个时候能去趟广州，真是人们梦寐以求的事情。广州是座有名的花城、羊城，是人们羡慕和向往的地方，听说武宏生要去广州，任燕非常高兴，想叫武宏生给自己捎条纱巾、折叠雨伞，最好能带块电子小手表。可是当武宏生问她时，她却不好意思地说："您公事多，很忙，不用买什么，北京这里什么都有。"武宏生也没再问，转身就走了。

六月的广州，天气闷热潮湿，像走进蒸笼一样，身上总是湿漉漉的，没有干爽的时候，每天逼得要冲几次澡。武宏生两人拖着行李，兴高采烈、摇摇晃晃地踏上了广州火车站广场，但这里没见人们传说的花和羊，只有一张张黑黑的、瘦瘦的面孔，说的话一句也听不懂，如同到了国外一样。他们两个人在站外等了片刻，两个像南方人的小伙子走了过来，问道："你是北京大地建筑公司的武经理吗？"武宏生立刻回答："是的，是的！"这两个人中，那个高点个头的人说："我们是设备厂的，在这等你们一阵了，您看我们还手举着牌子，怎么也没看见。"武宏生说："对不起！我们只顾跟着人群走，也没看牌子。""没关系，请上车吧！"车很快把他们送到了宾馆，"请你们先休息，晚上我们厂总经理来看你们，在白天鹅酒店给你们接风。"厂方同志说。

白天鹅酒店位于珠江江畔，踏上富丽堂皇的白天鹅酒店的台阶，看到酒店门口圆形的蓝玻璃大门自动旋转，迎接客人的到来。武宏生刚挤进旋转门里，就听见屋内传来优雅动听的音乐声，整个大堂晶莹透丽，金光闪闪，简直像西方电影里的皇宫一样，流芳溢彩、雍容华贵，一股淡淡的清香扑鼻，沁入肺腑而来，真令人陶醉，他一下子惊呆了。再往里走，高大而奇异的华丽瓷瓶，巨型的玉雕屏风映入眼帘，脚下踩着的大理石地板亮如镜面一般，呵！真是大开眼界，大饱眼福哇！别说在这用餐，就是在这里走一圈也够神仙了。他们坐在靠窗户的西餐厅，透过窗玻璃可清晰地看到珠江波光闪烁，整个江面被大楼灯光照映得像白昼一样，江面上游船浮动，船上灯火通明，犹如一幅仙境画。武宏生和厂家老板一阵寒暄后，步入正题。经过一番讨价还价，终于基本谈妥，第二天要到厂里验货、办购货手续等。公事办完，他们开始逛商店，买衣物，照单购物。武宏生精心地给林晓颖买了两套衣服，又给任秘书买了一套衣服、纱巾、电子表等小件物品，满载而归。

武宏生回到公司，搞得公司热闹非凡，楼下财务室的、预算室的姑娘们、小伙子中午休息时，纷纷往楼上武经理室跑，拿自己的东西，没叫捎东西的人也跑到楼上看看还有什么没主的东西，自己也选两件。本来任燕没叫捎什么，武宏生还是多买些衣物、纱巾、电子表等叫她选。当任燕看到这些东西任她选时，一种感激之情，溢于言表。当武宏生帮她把手表戴在手上时，两个人的手碰到一起，全身一股温暖的电流通过，两个人的心都激烈地跳动。任燕脚下一滑，她的身子一下没刹住，整个软玉温香的身躯叫武宏生抱个正着。武宏生抱住任燕，用那热乎乎的嘴在她脸上亲吻着，任燕任凭武宏生肆无忌惮地在她脸上亲吻。忽然，任燕挣脱了武宏生的手，迅速跑出去了，武宏生还在那细细地回味着刚才的一幕。

星期六晚上，武宏生拿着给林晓颖的礼品，匆匆赶到她宿舍。不知为什么，武宏生见到林晓颖时，一点激情也没有，淡淡地谈起广州一行、工作进展、林晓颖的大学之梦。两个人漫步街头，十几天没见面，却好像变得陌生许多。谁也没有谈婚论嫁，谁也没有倾诉思念之情。林晓颖看天色已晚，就说："你刚出差回来，一定很累了，早点回去休息吧。"两个人在林晓颖宿舍门前分手了。

武宏生回到家里躺在床上，满脑子林晓颖、任燕的影子。一会林晓颖一身正气、一脸端庄的样子，一会任燕天真活泼，满身焕发青春气息的影子。他想：自从任燕来到公司，她的影子时时在眼前浮现，林晓颖就像结婚多年的妻子，任燕却像热恋中的情人。怎么办呢？已和林晓颖订婚，双方父母都认可了，还是不能胡来！他在床上翻来覆去，难以入睡。

任燕这几天回到宿舍，失魂落魄，食不知味，不时沉醉在思念之中，她知道自己恋爱了，爱上一个不该爱的人。夜里她久久不能入睡，武宏生的影子不时在她脑海中浮现。有时她想：他虽然订婚，但没结婚，没结婚我就有机会。过一会儿她又想：不要太自私了，不要夺人所爱，既然知道他有未婚妻，为什么还要喜欢他，太不道德了，我要远离他，我要辞职。

这天任燕上班也没有刻意打扮，碰到武宏生也没有甜美的问候声，只是冲他淡淡一笑，整天办公室的空气都是凝重的。武宏生心慌了，为什么？为什么任燕如此表情，是自己的冲动激怒了任燕，还是……他茫然了，他痛恨自己。看到任燕的笑容是那么苦涩，甚至比哭还难看，他心痛了。他要挽回自己的失控，"任燕！今天我们要去工地一趟，你收拾一下我们骑车去。"半天，任燕回答一声："您先走吧！我随后赶到。"武宏生推着车子在前面慢慢走，任燕骑着车子慢慢在后跟着。等一阵任燕还没赶上来，武宏生索性停下来，等任燕到后，他说："我们在这河边坐一会儿，我有话要对你说。"任燕一脸正色地说："不是到工地有事吗？有啥话回办公室再说。"武宏生不容分说地来到河边，一屁股坐在地上说："任燕！我求求你，不要板着脸，你听我说几句。"他开始喋喋不休地讲述自己的家庭，讲述与林晓颖的婚事，他说："我和林晓颖是通过别人介绍的，男大当婚、女大当嫁，我们家里人认为我俩年龄、长相、家庭条件都比较合适，就帮我把婚事定了。可是当我遇到了你，我才觉得恋爱是如此美好，恋爱是这样有激情，爱情会给人动力，爱情会叫人神魂颠倒。"任燕听他在那倾诉着，暗想：不行！我得离开，否则将不能自拔了，就对武宏生说："武经理，这天太热，我们先去工地，这事以后慢慢再说。"武宏生冷静下来后，也感到自己失态。就说："小任！我真的爱你，请原谅我的失控吧！"

　　晚上，回到宿舍，任燕哭了，本来她想好容易有个工作，一定好好干，努力工作，努力学习，和领导同志们搞好关系，没想到却惹来一大堆麻烦。今后怎么能在这里工作下去。今后的路怎么走呵！思来想去，只有一条路，辞职。她的心难以平静，第二天上班，还是呈上了辞职报告，武宏生一边看着辞职报告一边暗下决心，不能失去她，不能让她走，一定留下她。下午，武宏生把任燕叫到办公室说："我看过你的报告了，让我们研究一下，在走之前，帮我把这些资料整理完，咱俩一起把预算搞好，也算圆满完成任务，好吗？"任燕平静地点点头。结果一下午也没搞好，眼看下班时间到了，任燕说："武经理，还是明天再继续吧。"武宏生说："趁热打铁，今天弄完算了，明天我还有个会。你辛苦点，干完后用车送你回去。"任燕不情愿地点点头。

　　天色渐晚，夜幕很快降临，办公室的人走得差不多了，任燕心急如焚，她站起身说："差不多了，您看我明天再抄一遍就完成任务。"武宏生说："那好，有句话我想跟你说，我们现在工作很紧张，人手又不够，你暂时不要离开，这段时间我们不是配合得很好吗？我真的离不开你……我爱你。"说着说着武宏生跪在任燕面前哭着说："我不能没有你。"任燕蒙了，她从没见过这种场面，赶快用手去扶武宏生说："武经理，不要这样。"此时武宏生顺势一把将任燕抱住，用头嘴在她的胸前和身上磨撞，任燕呆了……过一会儿她反应过来，刚想离开，却死死被武宏生缠住，继而将任燕抱到床上，两个人的嘴唇刚一碰上就被牢牢吸住，武宏生用舌打开了任燕的玉口并在里面来回搅动，两个人一吮一吸足足有十分钟。任燕开始还在挣扎，慢慢的任他摆布。武宏生轻轻的掀起她的衣裙，一个光洁玉雕的裸体显露眼前，那雪白的酥胸上突出两个嫩白的乳房，武宏生一下扑上去，任燕死死地抱着武宏生的光滑后背，一股电流通过全身，最后两个人筋疲力尽，瘫躺在床上。一阵激情过后，任燕哭了，武宏生急忙把她扶在胸前，安慰她说："放心吧！我们永远相爱，我会与你结婚，白头到老。"这事之后，这对情人竟一发不可收，不管是中午，还是黄昏，只要没有他人，他们就耳鬓厮磨地缠绵一体，尽享快活。一个周末的晚上，两个人亲热过后，来到了北京一个小饭店，要了几个菜，一瓶啤酒，对饮起来，任燕说："宏生，我们登记结婚吧！我好像有身孕了。"武宏生听后吓一大跳，忙说："这么快吗？""自从那次后，我就没来月经，怕有两个月了，怎么办哪？"武宏生想了想说："那你赶快让你父母来一趟，与我家人见个面，咱们把事情说清楚就可以了。"任燕说："那林晓颖你怎么办？""我们又没登记，我又没把她怎样，解除婚约就是了。"任燕放心地点点头。

晚上武宏生回到家里，来到父母房间说："爸妈我和你们商量点事，我十一的婚礼抓紧筹备吧！"妈妈一听高兴地说："我正要与你商量，抽时间叫晓颖过来，大家商量一下。"武宏生说："不要找林晓颖了，我换人了。妈，我要和一个叫任燕的结婚，明天我就把她给你带来。"武老汉夫妇惊呆了，妈妈说："你是不是有病了，发烧说胡话吧！"老太太急忙过来用手摸摸武宏生的脑门说："不热啊！"武宏生生气地说："哎呀！不用摸，我没病，我说的是实话。"武宏生把认识任燕并已怀孕的事讲了，这可是晴天霹雳！老两口可受不了，老太太急了，上去就打武宏生一嘴巴，狠狠地说："这是什么事啊！伤风败俗啊！你叫我老脸往那放呵！叫我们怎么与林家人说啊！你这坏小子，我打死你！林晓颖多么正派的女孩，你不要。和那狐狸精搞到一起都怀孕了。这样不要脸的女孩你还娶回家！"说完老太太又要动手打武宏生，却被武宏生挡住了，并说："说什么也没用，这事就这么定了，赶快结婚，明天我们就回来住了。"说完扬长而去，丢下老两口呆呆坐在那里。

第二天早晨，正好是星期天，武宏生约好林晓颖在公园门口见面，林晓颖穿上武宏生从广州带来的新连衣裙，苗条的身材，裹在时尚的连衣裙里，胸前突起，细细腰肢，丰满的臀部从远处翩翩飘来，武宏生傻傻地看着："怎么？不认识了！""我以为仙女下凡了呢！""有那么厉害？这是你给我买的连衣裙，我特意穿给你看。"看到林晓颖的样子，武宏生思绪万千，他想：林晓颖什么都好，就是人太要强又太守旧，似乎缺少点什么？正想着，只听林晓颖说："想什么呢？呆呆的。""没想什么！我们往前走走吧！"一路无话，来到小湖边，他们坐在长椅上，林晓颖看看武宏生说："工程进展怎样？有什么心事吗？"听到林晓颖的问话，武宏生为难了，不知如何对她开口，停了片刻，他终于开口了："晓颖！我们相处这么长时间，你觉得我们之间合适吗？"听到这句问话，林晓颖有点丈二和尚摸不着头，就说："你想说什么就说吧！""我总觉得我们之间好像缺少点什么？是年轻人的浪漫，还是激情？我们在一起总感觉像老夫老妻一样。你事业心很强，将来有家了，你的心也不能待在家里，我需要一个操持家务的妻子，而不是女强人，我们分手吧！"林晓颖一听，如同五雷轰顶，不敢相信自己的耳朵，急忙问："你说什么？很快就到婚期了，怎么又要分手？我们如何向家人交代。""通过这段时间了解，我看我们之间性格不太合适，恐怕结婚后更麻烦。"林晓颖冷静下来后想了想说："那好吧！我们回去考虑考虑吧！"两个人再没说啥，时间就像停止一样，气氛有些紧张，似乎两个人的呼吸声都能听见。林晓颖两眼充满泪水，努力克制自己不让它掉下来，手在颤抖，怒火在燃烧，她真想上去扇他两个大耳光，骂他武宏生你戏弄我，你在玩弄我的感情，一个少女的真情。克制！克制！再克制！终于她克制住自己没再说话。武宏生在那还在说什么，她一句也没听到。只感觉有只苍蝇在耳边嗡嗡叫。看到林晓颖僵硬的面孔，武宏生有些害怕，拉拉林晓颖的手说："晓颖，你没事吧！"林晓颖机械地把手拿开，像躲瘟疫一样站起来说："没什么！我同意！咱们都回去考虑一下。"说完转身跑去。看到林晓颖的样子，武宏生有些内疚感，可是当他想到任燕时，心里平静了许多。

哈尔滨的夏天凉爽宜人，空气中夹着清新，小风迎面吹来，给人一种舒服的感觉。丁志富老两口坐在院中，扇着扇子，喝着茶水，享受着这夏天的美景。忽然门外传来"丁志富有信"的呼叫声，丁老汉急忙站起奔向门外，"您的信！""谢谢！"丁老汉拿着信喊："老婆子，女儿来信了。""快念念。"信里写要他们去北京一趟，帮助女儿定婚事。丁老汉说："怎么这么快啊！前几天来信谈，处了个男朋友，是他们公司武经理，这么快就结婚了。"老婆子说："不行！咱们得去一趟，别出什么事。""是呵！快买票咱们准备一下。"老两口急忙登上了开往北京的列车。

林晓颖回到宿舍，一头扎到床上，放声大哭起来，孟倩姐莫名其妙地问："出什么事了？别哭！赶快告诉我！"林晓颖还是痛哭不止，过了约半个小时，终于平静下来了。孟倩姐拿来湿毛巾，给她擦擦脸，又端来一杯温水，看到林晓颖撕心裂肺地号啕大哭，倩姐知道一定出什么大事了。一时半晌也问不出什么，最主要的是叫林晓颖平静下来，别哭坏了身体。终于林晓颖把今晚发生的事告诉了倩姐。孟倩姐说："一定他有人了，否则不会要结婚了，还提分手。我看明天我和你一起去找他，问个明白。""问他也不会说的。""要不我们去找他父母讨个说法。""这可以考虑。""上次你父母来信说，正给你做被褥，我看还是告诉他们，叫他们来，一起去他家讨个说法。"林晓颖说："我父母身体不好，不要惊动他们了。"倩姐说："你说傻话，这事他们早晚得知道，还不如现在叫他们过来，把事情搞清楚，也算有个交代啊！"林晓颖默认了。林长庚夫妇接到信后来到了北京。

任燕接到父母的电报，立刻通知武宏生，两个人急忙到车站来接。火车缓缓地驶入站内，任燕的心一直悬着，不知父母看到武宏生会是怎样的感觉。她早已下定决心，无论父母怎么看这件事，说什么难听的话，她都忍着，不能有退路，为了肚子里的孩子，她要坚强。见面后，简单的介绍并没有影响双方的情绪，老两口一下子就喜欢上这个未来的女婿。两位老人拉着武宏生的手说："这么忙还来站接我们。"武宏生笑着说："应该的！应该的！"任燕、武宏生把两位老人接到公司招待所安顿下来后，武宏生说："伯父、伯母，你们先休息一下，晚上我接你们去饭店吃饭。"丁老汉说："不必麻烦了，你去忙吧！"武宏生离开了招待所，屋里只剩下他们三口人，丁嫂忙说："孩子！这是怎么回事？怎么刚认识就结婚啊？"任燕不慌不忙地说："妈！一时我也说不明白，反正我俩婚事已定，叫你俩来，就是两家老人见个面，把婚期定下来，等着结婚就是了。"丁嫂说："刚认识就结婚，是不是太草率了，你们了解吗？""不是我着急，是他家着急。"丁老汉说："着急也不行啊！我们是正经人家，别叫人笑话。"丁嫂看女儿羞答答的样子，知道没好事，忙着解围说："孩子的事，就叫他们自己做主吧！"当天傍晚，晚饭的酒桌上，武宏生和任燕父母，商量约定好这个星期天，到武家做客，商量婚事。

　　林晓颖父母星期六也赶到了北京，一家人坐下来商量此事，大家百思不得其解，最后还是决定，星期天上午去武家，问个明白。

　　人逢喜事精神爽，今天武宏生起的很早，骑车去菜市场买了许多菜、鸡、鱼、蛋，回到家里对武老汉说："爸！妈！今天任燕父母要来咱家，您二老赶快收拾一下，准备几个菜，好好招待一下，过一会儿我去接他们。"武老汉说："林晓颖的事还没解

世家　SHI JIA

194

决，又是什么任燕了，要我们怎么说。""哎呀！先不要提林家的事，以后再解决就是了。"说完武宏生骑车走了。武老汉夫妇无奈，只得按儿子的安排去布置。

约有两个小时，武宏生把任燕和父母接到了家，武老汉夫妇热情地招待他们。因为他们知道，这是他们未来的儿媳，可不能慢待呀！老太太端上水果、茶水，客气地说："家里简陋得很，本想在饭店给你们接风，宏生说在家方便，另外也认认门儿，说话也方便，慢待你们了。""大嫂！不用客气！以后就是一家人了，也应当认认门儿。""是啊！是啊！"武老汉从厨房里出来，客气地给大家斟茶，说："孩子们很相爱，我们做长辈的就要支持。这把你们请来，就是研究他们的婚事，孩子都不小了，他们不着急，我们做长辈的着急，我们想十月一就把婚事办了，你们看还有什么要求。"丁老汉忙说："听你们的，听孩子的，我们也没啥要求。"丁嫂插嘴说："结婚有房子吗？"武嫂忙说："我这房子两间，里面一间，外面一间，中间是厨房厕所，过几天刷刷白，再买几件像样家具，你们看行吗？"武宏生看大家谈得很好，就说："爸！妈！我们炒菜准备吃饭吧！"很快桌上摆满了酒、菜，大家入座了。首先武宏生端起酒杯冲着任燕父母说："谢谢伯父、伯母不远千里来到北京，来到我家，我这里代表我父母及我本人，衷心感谢你们！这杯酒算是我给你们接风洗尘了。"说完一饮而尽。"这第二杯酒，谢谢伯父母生了这么好的女孩，漂亮、聪明、贤惠，老天送给我当老婆，真是三生有幸啊！这杯酒敬你们了。"随后武老汉和丁师傅两个人慢慢对饮起来。武宏生拉着任燕的手，忘情地说："为了我心爱的燕子，还要干一杯。"

武宏生有些醉意了。任燕不好意思地甩开手说："别再喝了，一会儿醉了！"屋内的热烈气氛达到了高潮。这时门外突然传来了敲门声，武老太太站起身去开门"谁呀？！""大姨是我。"门开了，门外站着高姐、林晓颖及父母。武老太太一下子傻了，半天没说出话来，还是林晓颖抢话说："阿姨能让我们进去吗？"武老太太才缓过气来说："稀客！稀客！快请进！"大家进屋后被眼前的情景搞糊涂了，武宏生正搂着任燕的肩膀纵情地对饮，任燕看到这么多人，赶快推开武宏生的手说："别闹了，快看来人了。"武宏生转头一看，酒吓醒了一半，面对眼前的林晓颖及她父母和高姐，说："高姐、伯父母快请坐，来之前怎没通知一声，我好去接你们，待慢你们了，快请坐，爸妈拿碗筷，我们喝一杯。"武宏生语无论次的招呼和手忙脚乱的行为，极力地来缓解这尴尬局面，大家都坐了下来。林长庚夫妇看着任燕及她父母呆住了，怎么这么熟悉，在哪里见过面？脑子在迅速搜索。林晓颖看武宏生和任燕的举动，心里明白了一半，被骗的恨和伤心的泪，一起涌上心头，她尽力控制自己，武师傅夫妇一时也不知说什么好，还是介绍人高大姐先开了口："姨父母，今天晓颖找我，说宏生要解除婚约，问我为什么，我实在不知道，她父母也来了，我就想两家人聚在一起把事情说清楚，所以我就冒昧地领他们到家来了，不知家里还有客人，不方便改天再谈吧！"武师傅两口不知说什么一直低着头。武宏生想，事已至此，躲也躲不过，还是摊牌算了，就说："这不是别人，是我姨父母和表妹，正好他们从哈尔滨来，我们就一起吃顿饭，我看再拿双碗筷，咱们一起吃吧！"林晓颖说："不用了，我们简单说几句就走了。"自从林晓颖进屋后，武宏生一直不敢看她，也一直躲避她的眼神，林晓颖接着说:"阿姨、姨父,前几天宏生和我说,不想十一结婚了,要解除婚约,我父母知道后,也想过来谈一谈,今天休息就过来了,打扰你们了。"林长庚夫妇听说任燕及她父母是从哈尔滨来的,一下子想起来了,心想:这不是丁家两口子嘛!这孩子就是寄居在他家的二女儿吧!真是老天有眼"踏破铁鞋无觅处,得来全不费工夫",我们去哈尔滨几次都没打听到,今天却在这里相见了。刘淑兰轻轻碰碰林长庚的手,低声说:"这不是丁志刚两口子吗?"林长庚也知道这事,但很久没见过人了,小声说:"看仔细了,别认错了。"刘淑兰说:"不会错。"丁志刚两口子从刘淑兰一进门就认出他们来了,心想冤家路窄,怎么在这里碰上了,今天无论如何也不能输给他们。丁志刚拽拽老伴的手小声说:"这不是刘淑兰吗?今天无论如何也不能把小燕给他们。"两个人暗暗下定决心。

武师傅听说解除婚约的事,人家来质问,很是羞愧,忙说:"这事我们早不知道,也是才听说,任燕领着父母从哈市找来,真丢人啦!"没想到武师傅一着急把事说漏了,任燕一听这话,吓得跑到里屋房间猫起来了。而刘淑兰听完这话忙说:"武师傅,您这两位哈市客人我认识,这大妹子不是丁嫂吗?我找您找的好苦,没想到会在这儿见面,我想丁二哥你们也认出我来了,我是刘淑兰。"大家一听全愣住了,怎么他们认识?刘淑兰接着说:"这女孩就是林晓凤吧!长得多像晓颖啊!怎么改成姓任了呢?"丁嫂听完刘淑兰的话,觉得也不用瞒了,就爽快地说:"刘大妹子!真是难得,太巧遇了,这孩子就是晓凤……任燕!快出来认认咱屯子的老邻居,林阿姨!"任燕不耐烦地从里屋走出来,喊了声"阿姨!"就坐在母亲身旁,武宏生似乎惊呆了,其余的人也是丈二和尚，摸不着头脑。接着，刘淑兰站起身走到任燕跟前，抚摸着她的头说："还认得我吗？"任燕没有理睬，"我是你亲生母亲，你忘了？"接着饱含深情地说："妈多少年来日夜牵挂着你，今天老天有眼，终于叫我见到你了！"任燕"嘣"的一下站起来，怒气冲冲地说："你搞错了！那才是我妈妈。"她手指丁嫂，丁嫂一手抱住了她，哭了起来，任燕接着说："多少年来，你们派人找我，跟我去学校，见我就说，你亲姨亲姥的，叫我去你们家，为了躲避你们，我改姓。当初你们为什么那么狠心，把我送给别人，你们能活，为什么我就不能活，你们能抱她（指林晓颖）走，为什么不抱我！我恨你们，是他们（指丁志刚两口子）救活了我，给了我第二次生命，我永远感激他们，我不认识你们，更不可能跟你们走。这是我的家！武宏生是我男人，他爱的是我，不是你林晓颖，他娶我，不会娶你林晓颖，滚吧！死了这条心吧！！"喊叫完，她一头冲到里屋大哭起来。刘淑兰呆了，林晓颖明白了，老天爷呵！她是我亲妹妹啊！为什么会这样安排，为什么是她抢走了自己的男朋友？为什么是她夺走了自己的爱！我命好苦哇！想到此，林晓颖从手提包中拿出那枚金戒子扔在桌子上，冲着林长庚夫妇说："爸！妈！我们走吧！"刘淑兰站起来，走到里屋门前对着房门说："孩子，你错怪我们了，多少年来我们牵挂着你，并不是非要领你回去，也不是要你认我们，只是想告诉你一句话，你在这世上还有我们这一家人挂念你，若你今后有什么难处，可以找你的这些亲姐弟，毕竟你们是一奶同胞，我们全家人祝福你们，好，我们走了！"说完回头对着丁二哥及丁二嫂说："对不住！你们受累了，愿你们健康幸福！"说完林长庚一家人悄悄离去，武宏生一家人呆呆地望着这一切，无言而对。

第十二章

闪 婚

千里姻缘一线牵，
为房为情两为难。
畅游神州山河水，
共尝花好月又圆。

林晓颖回到宿舍，望着天花板，眼里闪动着无限的哀痛和清盈的泪珠，她想起了诗人普希金的一句话：假如你的生活欺骗了你，不要悲伤，不要心急……一切都是瞬息，一切都将过去……她闭了闭眼睛，心在撕裂般的疼痛，泪水模糊了双眼，倩姐坐在她身旁，不知发生了什么，但知道此刻不应打扰她，她只是一遍又一遍地为她擦去泪花，没有说什么。过了一会儿，倩姐终于说话了："晓颖，发生了什么事情？伯父伯母走了吗？……"一连串的问话却换来了林晓颖撕心裂肺的号啕，倩姐在一旁也默默地流着泪。泪水能洗刷灵魂，泪水能冲刷过去的烦恼，泪水叫人忘却伤痛，泪水叫人振奋精神。一场泪战过后，林晓颖渐渐平静下来，讲述了两天来不该发生的事情。

　　一种痛苦和无奈，时时困扰着林晓颖，她的情绪很久不能转过来。有一种友谊和关爱，他不需要金钱和甜言蜜语，那就是倩姐和林晓颖的朴素友情、同志间的爱。这天，孟倩姐在宿舍里自己做了一碗面条，清香可口，劝林晓颖吃下去。看着林晓颖清瘦的面孔，痛心地说："不要再折磨自己了，困难总会过去，明天会更美好。我不会说什么，但我认为身体最主要，好妹妹！尝尝我做的面条，会叫你有个好心情。"林晓颖端起这碗面，心里暖烘烘的。

　　林晓颖情场失意，而学场得意，不久她被北京师范大学函授班录取了，圆了她多年的大学梦。古人云：久旱逢甘露，他乡遇故知，洞房花烛夜，金榜题名时。林晓颖的脸上露出了难得的笑容。入学报道那天，她穿上了最好的衣服，高高兴兴去学校报到。

　　北京师范大学校园里幽静宽敞、绿树成阴，杨柳成行，花红柳绿，鸟语花香，如同进入一座花园一样。同学们三三两两，在湖边草坪上，读书、看报、吟诗、做画。学校的大礼堂宽敞明亮，舞台上方写有"首届师大函授大学开学典礼"的大长幅，悬挂在舞台中央，下面紫红色长绒帷幕落地悬挂在舞台上，上面贴有金黄色彩纸剪成的"欢迎新学员"字样，闪闪发光。

开学典礼开始了！校长的讲话铿锵有力，话语昂扬，振奋人心，永久难忘。学生代表的讲话，讲出了同学们的心声，多年的企盼！未来的梦想，深深的感激，共同讴歌"没有共产党，就没有新中国"。

林晓颖这段时间步履轻盈、笑容满面，谈笑风生。工作有干劲，学习有劲头。在大学里又交了几位女友，大家一起听课、复习、交流经验、畅谈感想，生活充实了许多。

孟倩姐年芳三十五，大家对她的婚事都很着急，同志们纷纷帮忙。可能是缘分没到吧，一直没有合适的人选。一天刚要下班，只见倩姐匆匆来到办公室，在林晓颖耳旁说："今天我科朱姐给我介绍个对象，约好今天下班见面，你先不要走，陪我一起去看。"林晓颖说："好啊！"下班后，两个人来到了约会地点，男方已到，瘦高个头，多少有点秃顶，戴个黑框眼镜，是个中学老师，"文化大革命"曾被定为坏分子，被游街批斗，四十岁，结过婚，还有个三岁的女孩，孩子的妈妈因难产而去世。孟倩姐和林晓颖两个人简单地与他说了几句话，就分手了。林晓颖问倩姐："看后有啥感想，是否进一步了解一下。"倩姐说："考虑考虑再说吧！"其实倩姐还是不同意，认为自己文化程度不高，不太般配，另外男方还有一个女孩，进门就带孩子，不太理想。男方还是同意的，经过大家劝说，倩姐终于同意了。林晓颖这颗悬着的心也算落了下来。最后倩姐和同室的吴姐都相继找了个二婚，做了孩子的继母，这件事对林晓颖是个难忘的警示和打击，看来大龄的女孩，给人做继母是难以避免的了。

这天林晓颖放学后，被同学舒蕊叫住说："晓颖！还没处男朋友吧！"林晓颖不好意思地低下头说："不要哪壶不开，提哪壶，我不结婚了！""那可不行！我还想吃你喜酒呢！说正经的，我单位有个男同志，经常到我们图书馆看书，人个头不算太高，但人长得还可以，老实、肯钻研，南方人，毕业北京农业大学，在我单位工作几年了，前几年走'五七道路'去农村劳动锻炼，所以个人问题耽误了，如你有意思，我给你们介绍一下，我听你消息。"舒蕊是林晓颖的大学同学，人很善谈，又很热情，她的工作在北京机械研究所图书馆，爱人也是该研究所科技人员，她与林晓颖一见如故，很快就成为知心朋友，她知道林晓颖个人问题几经波折，就很想帮她。正巧她们单位有个男同志叫邹胜利，人很有才，写一手好毛笔字，吟诗、绘画都还可以。就是人比较呆板，少言寡语，长相一般，眉、眼没什么特别，眼睛不大不小，还比较有神，耳朵大、厚实，人说还有点福相吧，个头1.68米，不胖不瘦，标准的南方人身材，绝没有北方男人的高大雄壮，一口后改的北方口音，南腔北调的。邹胜利和舒蕊的爱人是同一个研究室，两个人比较了解，所以舒蕊有心给林晓颖介绍一下。

这是个星期天，舒蕊忙着在家打扫房间，今天她约好了林晓颖和邹胜利在她家见面。过一会儿她去车站接来了林晓颖，今天的林晓颖，穿了件白底粉花的衬衣，下身一条蓝裤子，脚上一双黑布鞋，人显的端庄、淡雅，给人一种清新舒服的感觉。舒蕊看后高兴地说：“哎呀！晓颖真是个美人坯子，穿啥都好看。普普通通一件花衣服，穿到你身上就好看。”林晓颖说：“舒姐太过讲了，你才是美人坯子，生过孩子的妈妈，身材还那么苗条，真叫人羡慕。”“好了！好了！咱俩别斗嘴了，你姐夫去接邹胜利，一会儿就回来了。今天你们见面多聊一会儿，中午在我这里吃饭，我给你做几个拿手好菜。”“我看吃饭就算了，见面再说吧！”“我看不要轻易就否决了，互相了解一下再说嘛！”“好！听舒姐的。”过一阵舒蕊的爱人和邹胜利来了，一见面，林晓颖对邹胜利就没多大兴趣，个头不高，人又显得瘦小，和北方人比较相差太远了，北方男人，人高马大，体态魁梧，说话声音洪亮，显得人很豪爽，而这人，说起话来吐字不清，人显得单薄无力。邹胜利对林晓颖倒是蛮欣赏的，看林晓颖虽是北方人却比南方人秀气、文雅、端庄，有股大家闺秀的风度。他这位很少在大众面前讲话的人，今天却问这问那、喋喋不休。舒蕊看到这情景，主动替林晓颖介绍情况，回答问题，林晓颖却一直低着头。过一会儿，舒蕊把林晓颖叫到厨房问：“晓颖，怎样？感觉怎样？我看对方蛮有意思的。”林晓颖没立刻表示什么，过一会儿舒蕊说：“我看先别立刻拒绝，互相了解一下再说吧。”林晓颖说：“好吧！我回去考虑一下再回答你。”“在我家吃完饭再回去吧！”“谢谢你！不麻烦了！改天再来。”舒蕊看实在留不住林晓颖，就送她走了。

独身宿舍冷清多了，同寝室的倩姐和吴姐都和男朋友出去了。听说倩姐和吴姐都准备结婚，很快要搬走，一种空虚感突然袭来，林晓颖感到有些害怕。男大当婚、女大当嫁，这人总归要成家立业的，林晓颖想：我的归宿在哪里？我的命运为什么如此悲哀！感情上的几度波折，使她渐渐地对婚姻失去了信心。看到窗外的万家灯火，她思绪万千，街上广厦千万间，何处我安身？我也想有个家，一个属于我自己的地方。林晓颖想着想着，滴下了辛酸的眼泪。回想起自己，十四岁就离家出走，远离家乡，远离父母。这些年很少得到母爱，林晓颖思潮翻滚、热泪涌流。夜幕来临，华灯初上，可是她不想点灯，她要在这黑夜里尽情哭泣、尽情抒发伤疼之情。泪水湿透了枕头，湿透了半边衣裳。"晓颖，怎么不开灯啊？"是倩姐的声音。"看我带谁来了？"听说来人，林晓颖赶快擦干眼泪，转过头来。倩姐一看，吓了一跳，"怎么哭成这样？""阿姨！"一个甜美的声音，林晓颖低头一看，一个三岁左右的小女孩，正冲着林晓颖笑。多么可爱的小女孩，天真活泼、漂亮，正对着林晓颖笑着说："阿姨！你哭了？为什么哭了？是哪个男生欺负你了。我叫我爸爸去批评他。"林晓颖热情地抱起她来，亲吻着，有种同病相怜的感觉。"叫什么名字？"叫晶晶。""几岁了？""三岁半。"好乖的孩子，来阿姨给你饼干、糖吃。""谢谢阿姨。""今晚和我一起睡好吗？""好呀！阿姨会讲故事吗？""阿姨会讲许多好故事。"小晶晶赶快脱衣服说："那我们快睡觉吧！阿姨！我们快洗脸洗脚。"躺在床上，林晓颖讲了几个儿童故事，晶晶渐渐睡着了。倩姐高兴地说："你真行，我叫她睡觉可难了。晓颖！今天你看的对象怎样？"林晓颖一五一十地把今天的事讲给她。倩姐说："现在年岁大了，不容易碰上合适的，你看我，这不找个带孩子的，这后妈不好当。我看你差不多就行了，不管怎样算原配。个头高低是次要的，人好就行。"这一夜，林晓颖在重重矛盾中进入了梦乡。

当她从睡梦中醒来，外边又是一个艳阳天。倩姐和小晶晶还在甜睡中，林晓颖已骑车来到了单位。这星期的第一个科务会，就是调整工资的总动员。十年来没有调过工资，一提到涨工资，这可是个敏感问题，大家的工资都很低，老同志拖家带口，工资少，不够花。年轻的同志底数低，又面临成家，还不够花，一级工资分两份，每人只涨五元钱，还只能涨三分之一的人。难啊！每天下班后，大家坐在一起评工资，海选，大家普遍提名，最后重点提名，每天都评到很晚。不好评呀，最后有些同志主动让出名额，林晓颖也在其中。住房也是根据工龄、职称、贡献等条件打分，评分数给房子，女同志在单位还没有分房权。

有一天去上课时，舒姐问："男朋友的事考虑如何？""不想处，以后再说吧！"舒姐说："听我说，最好你还是考虑一下，听说对方是走'五七'的，院里要分房，这类人员要优先给房子，如果你们结婚，立刻就有房子，这是多么好的条件啊！再仔细考虑一下吧！"

林晓颖非常迷茫，是对爱情的渴望，对知识的追求，对美好生活的向往，这三种纯洁而无比强烈的激情支撑着她，使她在爱情的起跑线上挣扎。追求爱情，是因为听说爱情能给人力量，爱情能给人带来喜悦，爱情能使人摆脱孤独，爱情能带来幸福。可是她没有得到这一切，得到的却是无限的烦恼和忧伤。

今年的夏天格外的热，真有点烈日炎炎似火烧的感觉，风都是热风，吹在脸上像火烤一样。厂领导决定放两天假，组织职工携带家属去密云水库旅游。真是携男带女，老婆、孩子、情侣，整整装满了几大客车。车厢里欢歌笑语，热闹非凡。林晓颖看到这一家家、那一对对的甜美嬉笑和欢歌笑语，明白了，她渐渐地懂得了爱情并不是索取，爱情是一种奉献，爱情是一种责任，真正的爱情是志同道合的革命伴侣。

组里的王师傅带她女儿一起参加旅游，平时王师傅和林晓颖关系就很好，这次王师傅叫林晓颖和她们一起爬山，和她们一起游船、过桥，玩得很开心。"晓颖姐！快来拉我一把。""来了！来了！不要怕！小心点！"两个女孩手拉着手，爬上半山腰，她们坐在凉亭里面，吹着凉风，喝着泉水，一种惬意和愉悦涌上心头。这山上的石头、泥土被太阳晒了一天，散发着一股热气，空气中飘逸着泥土的气味和草木的清香。迎着微风，大家围坐在一起，来了个野外会餐。看着天上的白云，喝着清凉的泉水，吃着香甜的面包、香肠，听着山下生意人的吆喝声、叫卖声，别有一番情趣。今天林晓颖和大家一样，心情格外愉快，王师傅坐在林晓颖身边，轻声细语地与晓颖谈天论地，当谈到林晓颖的个人婚事问题时，王师傅说："哎！人言可畏啊！有些不了解情况的人，指手画脚，评头品足，什么'玩弄男人啊'等难听的话语，你不要放在心上，但毕竟是大姑娘了，权衡利弊，取长补短，找一个男朋友也不能要求十全十美，看到主要方面和大方向，就可以了，世界上没有十全十美的人，每个人都有长处也有短处,看主流吧！人的一生总会遇到许多困难、曲折、坎坷，勇敢地面对，一切终将过去，曙光就在前头！你说师傅说得对不？""真是听君一席话，胜读十年书。"晓颖笑着说。不过林晓颖似乎真的明白了些什么，人啊！不能总往黑暗方面想，要看到光明前途。休息一会儿后，大家继续往山顶爬去，山不高，大家很快就到了山顶。遍山绿树、花草，散发出清香，远处白云飘飘，彩霞映照，俯视山下的清亮湖水，碧波荡漾，拱桥、小船，远处隐隐约约的村庄……真是无限风光在险峰。傍晚，迎着晚霞，大家在欢声笑语中，登上了返城之车，在汽车有节奏的晃动中，带着美好的记忆，进入了甜蜜的梦乡。

两天后，舒蕊打来电话说："邹胜利要去外地做试验，想与你见一面，两人再聊一聊，互相再了解一下。怎么样？我看时间就定在星期天上午十点，公园门口，不见不散好吗？"林晓颖答应了。

这天，天气风云变幻，没有烈日炎炎，一会儿天空白云朵朵，大地笼罩着阴影，一会儿又让万物披满阳光。公园里的人川流不息，有一对对情侣，有携男带女的夫妇，有双鬓花白的老人，也有浓妆艳抹的大姑娘。林晓颖如期来到门口，邹胜利早已等候在那里。两个人随着人群漫步在公园中，在树丛中，在公园长椅上，都有一对对情侣在促漆谈心。孩子们在草坪上追逐，家长紧随其后。看到这些人群，邹胜利说："我们到后边的假山去吧。"当两个人来到后面假山，邹胜利、林晓颖分别介绍家里的状况，自己工作单位等情况，邹胜利很木讷，两个人也没有更多的话。时间就这样一分一秒的过去。天空虽然没有烈日高照，但七月的天气，阴天也是闷热，没有一丝凉风，林晓颖只觉得口干舌燥，嗓眼冒烟，就说："天太热，我们回去吧！我还有别的事要处理。"邹胜利问："那我们什么时候再见面。"林晓颖说："听说你要出差，回来再说吧！"说完林晓颖头也没回地走了。

同往常一样，林晓颖早上起床后把房间收拾好，急忙下楼推车准备去上班。当林晓颖推自行车时，发现车带又没气了，真是怪事，难道有人给放气，她又没得罪谁呀！一股无名火涌上心头，一连几天自行车总没气，天天补带，天天上班迟到，真是急死人。这几天局里检查团来厂里检查工作，科里领导叫林晓颖负责接待，可林晓颖天天迟到，难道真的有人和她做对？天哪！林晓颖只好借同志的自行车去上班了。

倩姐旅行结婚回来了，这可乐坏了林晓颖，她把几天来的烦心事一股脑儿抛给了孟倩姐，那话语就像涓涓小溪流水，不停地流淌着，就像高山上的瀑布一样，不停地倾泻着。倩姐也将她旅行中有趣的事，如数珍宝一样源源不断地倾倒出来。两个闺房挚友亲昵的在一个被窝里，谈论着、哭笑着，简直忘记了周围的一切，最后倩姐语重心长地说："小妹！人的一生就那么短暂，不要想得太完美了。要面对现实，有个知心朋友，有个能听你倾诉的人，有个能属于自己的小窝，能有个孩子，一生就算完美了。"林晓颖似懂非懂地听着，渐渐地笼罩在头上的乌云开始散去，一缕阳光照进了她的心田。

星期天，倩姐将她单位的好友请到自己的新家。这是一处两居室的房子，一间是女儿晶晶的房间、倩姐和姐夫在另一间。倩姐房间里一个五斗厨和一个铺着雪白台布的圆桌，五斗柜上有架收音机和她三口人的全家福照，屋内显得干净亮堂，床上几床红绿缎子被显出新婚的模样，大家送的新婚贺礼摆放在床上。虽然是家宴，也算丰盛。从饭店要了几个硬菜，红烧肉、四喜丸子、熘肉片等摆满一桌子，大家纷纷入座，共同举杯高喊："祝新郎、新娘幸福美满、白头偕老！"大家一饮而尽，不知谁提议："请新郎、新娘喝交杯酒！"倩姐和姐夫忙说："我们已是老夫老妻了，还喝什么交杯酒！""这交杯酒必须喝！"在大家逼迫下这对夫妻还是喝了交杯酒。酒过三巡，人们的兴趣更浓了，有人提议要夫妻接吻！有人提议要男方谈婚后感受，有人要双方谈恋爱经过，简直闹成一团。在酒席间，林晓颖看到倩姐两人的互相关照，很有感触，真像人们说的一日夫妻百日恩。酒席足足吃到傍晚，回来的路上，大家逗林晓颖说："下一个婚宴该是你的吧！"

斗转星移，日月如梭，转眼邹胜利出差一个月的任务完成了，满心欢喜地打电话通知林晓颖。林晓颖这个月的生活遇到了许多糟心事，她真不想在独身宿舍继续住下去了，怎么办？只能结婚，她下决心再和邹胜利进一步了解一下。

这天傍晚，两个人如约来到公园，邹胜利见面后第一句话："你吃饭了吗？我还没吃晚饭，我们到公园餐厅吃点东西吧！"林晓颖和他一起到了餐厅，邹胜利要了两个一模一样的拼盘，两碗大米饭，一人一个拼盘、一碗米饭。他狼吞虎咽地吃起来，林晓颖不吃肥肉，简单吃两口饭就放下了。邹胜利一看，不能浪费又全部消灭了，邹胜利酒足饭饱后两个人双双离开了餐厅。今天正好是十五，皎洁的月光照在公园的柏油路上，两个人漫步在绿树丛下，谈些宿舍里、科室内的新闻趣事。天渐渐晚了，林晓颖提议还是回去吧！虽然林晓颖对邹胜利不太满意，但不知为什么却鬼使神差的相处下来。

这天下班，林晓颖如约来到邹胜利宿舍，两个人在饭店买些生饺子和菜回到宿舍，邹胜利自己做个凉菜、煮些饺子，吃起来，还真有家的感觉。过一会儿邹胜利说："我们南方人爱吃米饭，从来没吃过高粱米，可是我下乡，吃了三年多高粱米饭，真把我吃的壮壮的，东北的高粱米、苞米面可真有营养，我还真得感谢下乡的这几年。"林晓颖说："下乡都干什么农活？会干吗？"邹胜利说："下乡我还真没干农活。在老家时和我父亲学点中医及针灸，这下可用上了，村里缺医少药，离城里远，老乡有个小病，我就给看了。扎个针、拔个罐，还真管点用，从此我就做了个赤脚医生。要不是回城，我可能还当赤脚医生呢！""别吹了，看不出来。""要不我给你试试。""我可不试。"邹胜利笑着说："我随便说说，等你嫁给我，有个头痛脑热也不怕，我会治。"林晓颖脸一红说："去你的，谁说嫁给你了。"邹胜利接着说："我还会素描，写个大字、对联什么的，不用找人。在大学时，我是文体委员，写过诗词，谱过歌曲，编过话剧，唱歌跳舞样样在行。""别吹了，就你这个样还能跳舞，唱歌还不跑调啊。""不信我给你来一段。"红湖水浪打浪……的唱了起来。林晓颖一听，真行，还没跑调，林晓颖就这样渐渐对邹胜利有些好感了。

林晓颖把和邹胜利的事情，汇报给舅父母和倩姐，她们都说："人长得如何是次要的，又不吃模样，嚼模样，郎才女貌嘛！男同志主要看才干，有知识有头脑，聪明才好。"舅父母让林晓颖，抽个时间把邹胜利带到舅家来，大家认识一下。另外，舅父母也想帮助林晓颖，进一步了解一下这个邹胜利。

正值风和日丽、百花吐艳、鸟语花香的季节，又是姥姥过生日之际，林晓颖约邱胜利一起回家祝寿，这应是邹胜利表现自己的时候，他早早在宿舍里用红纸写了几个寿字，又写了一副对联福如东海长流水，寿比南山不老松，横批：福寿长绵，又买了些寿礼，带着对联来到舅舅家里。邹胜利衣着得体，虽然个子不高，但不胖不瘦，显得比较干练，来到舅舅家虽然没有什么动听的语言，放下东西就张罗贴对联，贴寿字，舅舅说："小邹！不着急！先坐下喝点水，吃块西瓜。"说着舅母端来西瓜给他一块，他也不客气地吃了起来，吃完西瓜就说："我不渴了，还是把我写的对联挂在墙上吧！"舅舅说："好啊！好啊！"几个人很快就把房间布置好了，还别说，这字写得还可以，舅父全家人一边欣赏，一边赞不绝口，邻居也过来观看，这下子房间就有办寿的喜庆气息了。姥姥高兴得合不拢嘴，硬拉着邹胜利的手，左看右看，夸这孩子能干。酒席间舅父母把邹胜利的单位、家庭等事情详细了解一遍。

送走了客人，舅父说："晓颖，这个人就是个典型的知识分子，人比较老实，四川人比较能干，能吃苦，家庭出身中农成分，还不算高，我看还可以，你再考虑一下。"简短几句话，就像给林晓颖吃个定心丸。看来此人老实、忠厚，是无可非议，可是林晓颖哪晓得，在世间生存，光靠老实忠厚怎么行啊！

就在这犹犹豫豫中，也许是天意、也许是命运的安排，一次约会中，邹胜利说："我们单位下来一批'五七'房，是专为走'五七'回来的科研人员准备的，我也有份，如果我们现在登记结婚就可分到一套一室一厨房三十多平方米的房子，若是错过这个机会，就不知什么时候才有房。晓颖我们登记吧，只要登记可就有房，千载难逢的机会，不要错过。你看对我这人还有什么不满意的，就是个矮、人实在。其实我要是在南方，也不算太矮，只是和北方人比起来是矮些。不过矮小可是精品呀！至于老实、实在，毛泽东时代提倡说老实话、做老实事、当老实人，我是按毛主席教导做的，应当表扬。"一席话，把林晓颖说笑了。她说："让我回去考虑一下吧！"本来林晓颖想叫父母来一趟，帮助参考一下，可他们实在抽不开身，林晓颖又回不去，只好叫舅父通过单位组织上了解，做最后决定。当调查结果拿回来后，刘凯夫妇打电话给林晓颖说："晓颖，今明两天有时间回家一趟。"晓颖回家急问："什么事啊！"舅母笑着说："还不是你的对象事，你舅派人去单位调查，没啥问题，下放走'五七'，表现得很好，得到老乡的好评。我看就定下来登记吧。你也老大不小了，没有更多时间选择。"林晓颖没再说什么。

十月，天高云淡，阳光明媚。今天是个好日子，林晓颖和邹胜利登记去了，此刻林晓颖已麻木不仁、心情平淡，像机器人一样听从街道办事人员指挥。拿到结婚证，邹胜利跑步般去单位办理房产登记，林晓颖木然回到宿舍，一头扎到床上，放声大哭起来。她哭得天昏地暗、哭得地动山摇，她哭自己命运如此不好，嫁给一个自己不喜欢的男人，她哭自己今后怎么生活，她哭自己守身如玉，到头来却给了一个自己不喜欢的男人，哭啊！哭啊！……

登记后林晓颖后悔了，她很长时间不想见邹胜利，正好邹胜利又要出差，她满口答应了，这段时间她想冷静冷静。一个月后，邹胜利出差回京，现在房子已经下来了，卧室加厨房共有三十多平方米，春节前才能交付使用。他和林晓颖商量新年左右旅行婚。

在旅行结婚前，他们首先要去沈阳拜见岳父母大人。得知消息，林晓颖大弟林翔、小弟林飞、小妹晓虹一起去车站迎接。家里备好了酒菜。东北特点是，姑爷进家门、小鸡吓掉魂。一桌丰盛可口的东北饭菜摆了上来。白酒、水果酒、啤酒样样齐全。林长庚夫妇热情款待，弟弟妹妹一口一个姐夫叫着，使邹胜利很快就融入了这个家庭。晚上邹胜利和弟弟们一起住。三天后他们回到北京。

十二月二十六日，是伟大领袖毛主席的诞辰，林晓颖和邹胜利选择这一天开始结婚旅行。他们在亲友的欢送下，离开北京车站，登上了开往成都的列车，真正的旅行结婚生活开始了。

列车的轰鸣声，车厢内人们的谈笑声、嘈杂声，渐渐地平息下来，邹胜利、林晓颖双双坐在座位上，很久两个人没有言语，也许邹胜利看到林晓颖脸上的泪珠，紧皱的双眉，不知说什么好，也许林晓颖还沉浸在与亲友分手的痛苦中，也许是两个人的心灵还没有沟通，也许……终于邹胜利打破了寂静说："晓颖，吃点什么？喝点什么？"林晓颖摇摇头，没有言语。邹胜利又说："我们这次旅行先到成都，住下来后，玩几天，再改乘汽车、木船去我家。这次旅行路远，时间长，你要多吃多喝，保养好身体，否则会吃不消的。心情要开朗些，我们已经结婚了，有什么想不开的事也要想开。不要自寻烦恼，我不足的地方我尽力改。"伴着车轮声，火车渐渐地远离北京，向着祖国的大西南飞驰地奔跑。

成都车站到了，林晓颖拖着沉重麻木的腿走出了车厢。这一路长途静坐和颠簸，腿肿麻木了，下车后都不能走路，随着人群好不容易走出车站。"文化大革命"摧残过的成都，真是百废待兴，公交车破乱不堪，车窗、车门都没有了玻璃，就这破车，人们还像疯子一样拥上拥下。人们曾说，四川是天府之国，成都是个美丽的城市，可是满街看到的却是肩背小竹篓，头扎黑布巾，嘴里说着"要得、要得"外国语的人，偶尔在人群中，也能见到衣着得体的男女，男的穿着拖鞋、女的披散长发，林晓颖实在看不惯。心想在北方只有从澡堂出来的人才披散头发、穿着拖鞋，才知这就是南北方生活习俗的差别。

林晓颖两个人找到了一家旅店，住了下来，林晓颖在这里完成了为人妻的使命。他们的夫妻生活就这样开始了，没有什么激情似火，也没有什么海誓山盟，更没有什么高潮跌宕，就像中国从古至今多少个家庭一样，平淡中繁衍生息。

邹胜利的老家在偏远的山村，成都下车后还要乘汽车到县城，然后再乘小木船到镇上，再步行几里路才到家中。第一次乘小木船很新鲜，要走的这条河是涪江，河面比较宽，河水比较深，可以划船行舟。也首次亲眼看到逆水行舟时的情景，岸边多名仅挂短裤的赤脚纤夫，把绳子套在肩上，一边拼命俯身用力拉，一边嘴里唱着纤夫的歌：兄弟们啦，使把劲呵，呦呵！前面是平川呵！呦呵！……那时，正是十二月，北方是北风吹，雪花飘的季节，可这里的纤夫们却满头大汗、热气腾腾地把步步脚印深深地留在这前行的沙滩上。远处平坦的河川地，近处宽阔的江面，船夫、纤夫、小船，船中人，购成一幅特有的川江山水画。林晓颖这个北方女孩，真还没见过这种场面，心里很高兴，又很激动。一会儿，小船上的船夫问："中午吃红苕吗？"林晓颖问："他说什么？"邹胜利说："他说中午吃地瓜吗？""好啊！"船上有个烧炭的小炉，可以煮地瓜，二角钱一小锅，他们新婚夫妻吃着地瓜，听着纤夫的号子，看着江里的游鱼上下跳动，陶醉了！"真是祖国江南好地方，到处都是鱼米乡。"林晓颖从心里发出了感慨！傍晚时分，船到岸了，林晓颖依依不舍地下了船。

黄昏过后，夜幕降临，眼前一片漆黑，由于原有的大道已改成农田，林晓颖夫妇像盲人一样，边走边问，终于摸到邹家小院门前。几声狗叫，屋里的灯亮了起来，婆婆在油灯下，热情地上前拉着林晓颖的手，不停地抚摸着，脸上洋溢着喜悦的笑容，说："哎呀！不好意思遇上停电！娃！累了吧！赶快坐下来休息一会儿。"婆婆，头绕一条黑布纱巾，个子不高，不胖不瘦，说话声音高而清脆，热情、开朗，一看就是个能干、能说会道的主妇。林晓颖礼貌地拜见婆婆，并拿出了给他们的礼物。家里的小妹，一张好奇的笑脸看着嫂子，林晓颖赶快拉过小妹，说："多么漂亮的小姑娘，多大了？"小妹带着几分羞涩说："十五岁。""念几年级了？""初中！"一口生硬的普通话。

邹胜利老家住在涪江河畔的坝上，屋后靠着土山，有四间用石头砌的石屋，中间是堂房，两侧是住房，还有厨房。住房里除了床、蚊帐，似乎什么也没有。堂房中间有个大方桌，几把椅子，算是来客喝茶和用餐的地方。堂房后边有猪圈和厕所连在一起，猪粪坑上面，搭了两块颤巍巍的小木板，猪圈里的猪叫声和外边的牛叫声乱成一团。小小油灯光点暗淡，一闪一闪的，林晓颖胆战心惊地跨到那木板上去。邹胜利说："家里的生活，一方面靠父亲在镇上诊所当坐堂中医的工资收入，另一方面要靠家里养猪、种菜的收入来维持日常花销……"不一会儿，婆婆做好了鸡蛋醪糟汤圆，让儿媳他们吃完后就休息了。

第二天邹胜利领着妻子到镇上去看父亲。从家出门不远，穿过铺满鹅卵石的沙滩，来到涪江岸边，木船摆渡到了镇上，在一个药店里见到了邹胜利的父亲。公公叫邹树田，个子也不高，瘦瘦的面颊，瘦瘦的身材，头戴一顶棉帽，寡言少语，见儿媳后只是微笑地点头，斯斯文文，真有坐堂医生的派头。因有人等着看病，问候几句后就去镇里集上走走，林晓颖一眼可见顺着河滩蔓延到街巷深处的人流，似如欢欣的浪花漾起，林晓颖快步挤入赶集的人群之中。大多数人头缠黑布或白布巾，脚穿稻草鞋或拖鞋，也有光脚的赶集人，挑着扁担或背着竹篓来回穿行，还有在路旁卖凉粉、油炸豆、油炸饼、甘蔗等的地摊。这时，邹胜利看见童年爱吃的四川凉粉，立刻问林晓颖吃不吃，她看到满碗通红的辣椒直摇头，但邹胜利还是要了两碗，让林晓颖先尝一尝，林晓颖仅舌头舔了舔，不敢真吃，而邹胜利津津有味地把两碗凉粉吃了，吃得满头大汗，满脸、满嘴通红，看来十分过瘾。

邹胜利与林晓颖商定的旅行结婚，没打算办什么婚礼，为了不增加父母的负担和麻烦，就说在外地已办完婚礼，就不在家乡举行婚礼了，只是走亲串友，把带来的礼物送出去，也没收到任何人的礼物。心想农村本来一年四季辛辛苦苦，没什么现金收入，毕竟他们还有固定的工资，应尽力帮助老人，于是林晓颖特地在镇上买了两斤毛线，昼夜为婆婆赶织了毛衣外套，婆婆穿上后逢人就高兴地说："我真有福，娶媳妇没花一分钱，儿媳妇还给我织了件新毛衣！哈哈……"看到婆婆的欢心，林晓颖也就知足了。

返回的路线，是从重庆坐船到上海，然后乘火车返回北京。这对工资不高的新婚夫妇也是倾其所有，但他们觉得值啊！重庆是座山城，这里的夜景很美，晚上满山遍野的灯光，川流不息的车灯，高楼顶上一闪一闪的霓虹灯，点缀着这个罕见的山城，简直就是灯的海洋。林晓颖穿插在人群里，品尝着重庆的柑橘，呼吸着这南方特有的清新空气，才真正体会到了这新婚之旅的情趣。他们游玩了南江旅游区，参观了渣滓洞、白公馆等纪念馆的红岩村，受到了很大的教育和触动，体会到了今天的幸福生活，是多少先烈用生命和鲜血换来的，我们一定要珍惜！

离开重庆，乘江轮顺长江直下，在轮船上，把长江三峡两岸的风光尽收眼底，真是"两岸猿声啼不住，轻舟已过万重山。"他们乘的是一艘客轮，船内设备齐全，洗澡间、餐厅、游戏厅，应有尽有。白天人们站在甲板上，指点山川，欣赏美丽如画的山峡风光，站在船尾，可观赏无数海鸥，随着船尾掀起的层层白色浪花，翩翩起舞，自由翱翔。船到万县时正是傍晚时分，岸边万家灯火，缕缕炊烟，船靠岸了，随着人群走出船舱，下面的小集市热闹非凡，各种小吃、水果，看得你眼花缭乱、目不暇接。还可以用全国粮票换各种手工编织品，林晓颖两个人用五斤全国粮票，换了一把竹椅，也算是为新婚之家添的第一件家具。哎呀！当地的柑橘又甜又便宜，一元钱买了一小筐，一直吃到上海。小筐也非常漂亮，林晓颖爱不释手。

江轮顺利抵达武汉。武汉长江大桥雄伟壮观，桥上三面红旗的雕塑高高耸立。这在当时，是国内知名的建筑群体之一。夜晚桥上的车灯，犹如一条火龙，在天空中蠕动，叫人流连忘返。

南京城是几个朝代曾经建都的地方，南京的总统府、中山陵，南京长江大桥，更令人耳目一新。对于一个北方的小姑娘，在十二月的寒冬季节，仍能看到花红柳绿，绿树成荫，真是一种奢望。

从南京乘船直接到了上海。上海，以前只是在电影或小说里看到过，从前的十里洋场，是富人的天堂，穷人的地狱。如今的十里洋场，是劳动人民的乐园。上海滩人来人往，南京路上人流不息。豫园里各地风味小吃，吸引着八方来客。如今的上海，已是全国物资文化交流中心，世界有名的大都市。

抽出几天时间，从上海去了苏州、杭州、无锡等地，这些有名的江南小城，景色更是无与伦比，各有千秋。杭州西湖留倩影、三潭印月倩影留。荷花池边、九曲桥上不时驻足留纪念。杭州西湖餐厅的那个糖醋西湖红鱼，使林晓颖夫妇久久回味无穷。

真是度蜜月，正好一个月时间，他们结束了旅行生活。春节前回到了单位，真是好事成双，单位分给的房子也到手了，两个人开始急忙收拾房子，邹胜利在农村打的箱子、桌子，林晓颖单位给的床，林晓颖父母给打的立柜，都一一到位，这个家也就算成立起来了。

第十三章
出 国 热

粉碎妖魔转乾坤，

八仙过海国外奔，

儿女家业齐长进，

空巢老人果自吞。

1976年，党中央一举粉碎了"四人帮"篡党夺权的罪恶阴谋，力图尽快把即将崩溃的我国经济振兴起来，百业待兴，各行各业逐步走入正规。林长庚的职务已恢复，大女儿林晓颖已完婚，大儿子林翔已考入军工厂，他的婚事，也该列入林家议事日程。林翔的师傅给林翔介绍一个女孩，名叫黄美坤，是本厂的工人，中等个头，均称身材，两只大眼睛，皮肤不白也不黑。两家见面后，双方老人都很同意，他们两个人也互相欣赏，不久就谈婚论嫁了。20世纪70年代结婚，一般女方要求男方准备的是"三转、一拧、一咔嚓"，所谓三转就是自行车、手表、缝纫机，一拧就是收音机，一咔嚓就是照相机。在那个年代能有这几件东西也是件很难的事，哪像现在看这些东西非常简单。姑且不说钱的问题，就是购物票也搞不到。那个时候，物资还很缺乏，买什么东西都要凭票。林长庚在亲友的帮助下，几样东西都准备好了，只等选个良辰吉日给儿子把媳妇娶进来。

婚期定在五月二日，天空作美，这天阳光明媚，气候宜人，林家家里、家外贴满喜字，新房张灯结彩，林长庚给儿子单独准备了一处新房，一室一厨房，新的八铺八盖，立柜、写字台，屋里刷的白浆，显得又干净又漂亮。客人参观完新房，就到林长庚住处吃饭，屋里屋外和邻居家，共摆了六七桌酒席。新娘轿车接来，鞭炮齐鸣，新娘一套红色西装，头上和身上各插一朵鲜花，新郎一套蓝色西装，胸前佩戴一朵红花，一套礼节过后，新郎、新娘忙着招待客人。林晓颖夫妇和弟弟、妹妹忙着招待来客，这婚礼热闹、大方，人们都很开心。

林长庚在区医院负责内科主任的工作，他工作勤勤恳恳，对患者犹如亲人，有些患者来不了医院，不管刮风下雨，他随叫随到。一天他值夜班，来了个急诊患者，气喘吁吁，上不来气。忽然间，患者脸色青紫，大家急忙叫来林长庚主任，看到这个情景，林长庚急忙上去，口对口的给患者把痰吸出，才挽救了患者的生命。这样的好事举不胜举，林长庚多年被评为先进工作者，后提升为医院副院长，接着又被选为区人大副主任，主管文教卫生工作。

　　林家的喜事接踵而来。林长庚二儿子林飞的女朋友，是他大学同学，名叫方圆园，人很忠厚老实，也很漂亮，两条柳叶眉、杏核眼、双唇丰盈桃红，是该大学教授的女儿。由于家庭的良好教育，集温顺善良于一身。林长庚夫妇逢人便夸，赞不绝口。林长庚小女儿林晓虹是大学班里的学习委员，她的男朋友，也是她大学同学，名叫蔡光明，大连人，高挑大个，标准的男人气质，运动员的体格，德、智、体全面发展，在班里是班长，入学不久两人就交上了朋友，两个人工作学习样样走在前面，毕业时两个人都留校任教。这一对可谓是情投意合，举手投足都很默契。有时回林长庚家里时，两个人边做饭，还边研究，说什么这是牛的肝，这是牛的肾等，探讨个没完。过了不久，林飞与方圆园、林晓虹和蔡光明这两对情人，分别都旅行结婚了，林家皆大欢喜。

　　1978年底，当首批中国留学生赴美留学的消息，与公众见报时，并没有引起多少中国人的注意。对于大多数普通中国公民来说，"留学"两个字眼，似乎与自己无关，恐怕连做梦也难做到。二十世纪80年代初，有关出国留学的消息，越来越多在报纸上、电视里报道，可那仍然是科学家或一些名牌大学高才生们的事，和普通老百姓无关。一些青年仍然在为从农村回城、为考大学而忙碌着，奋斗着。

1983年，林飞大学毕业后，就留校任教，他爱人分配到科研所搞生物研究。如果说"文革"那一代人，是在一场一场的"运动"中磨炼出来的话，那么林飞这一代，是在一场又一场"热潮"中成长起来。"出国热""经商热""从政热"此起彼伏。在那个时代，对于青年人来说，个人前途是个虚无缥缈的字眼，而出国学习提升，便成为无数年轻人追求的目标。当时，人们在出国留学的动机上，各有不同。有的人是想出国深造，有的人是想出国镀金挣大钱，有的是在单位不顺心或怀才不遇而另寻机会，有的是夫妻不合分道扬镳，有的是想出国多生几个孩子……不管留学的动机如何，出国是当时改变自己命运的一个机遇，是那时青年人的最好选择。那个年代，出国留学是一次对自我价值的检验，也是一场充满诱惑的挑战，于是人们纷纷学习外语。英语学习班、补习班像雨后春笋般拔地而起，英语九百句、新概念、英语日常口语等书籍突然成为畅销书，外语成了人们为命运博弈的强力武器，"托福"考试，又是检验能否实现出国的试金石。出国的浪潮席卷祖国大地，林晓颖、邹胜利也已经萌动了出国的念头，林晓颖开始参加英语补习班，邹胜利也参加了单位组织的日语补习班。每天吃完晚饭，夫妇俩，一个在屋里学英语，一个在厨房小灯下，专心学习日语。总之，无论怎么想，出国去走走看看，是那时年轻人最时髦的追求。人一旦有了志向，自己以前的那种空虚、无聊的生活，一下子变得紧张充实起来，没有时间计较领导及同志们的看法，也不计较什么奖金和职称，也没有心思去为生活琐事而烦恼。

邹胜利拼搏着，林晓颖拼博着。真是功夫不负有心人，邹胜利在日语学习班里从学习成绩末尾考到第一。1980 年中，机会来临了，中央部委给研究院两个出国名额，以访向学者身份去日本进修，可是人们都不会日语，这机会自然落到了邹胜利的头上。

喜讯传来，林晓颖终于露出了笑脸，她的虚荣心多少得到了一些满足，在众人面前也有些资本，可以扬眉吐气了。她开始忙碌起来，给邹胜利准备衣装，用出国资助费购西装、买衣服、箱子、礼品等，简直忙得不可开交。

林晓颖和邹胜利他们结婚后不久，生了个宝贝儿子，叫邹亮，长得白白净净，微胖小脸，细嫩的双手，两只丹凤眼，乌黑的眉毛，嘴不大不小，文质彬彬，干干净净，从小就像个小博士一样，着实惹人心爱。邹亮现上小学一年，小小年纪，但很懂事，也跟着父母屋里屋外念叨外语。亲朋好友见面逗他，"你爸出国了，你啥时也出国呀？"亮亮骄傲地说："我正学英语呢，长大了我也要去美国留学。"

出国前邹胜利一家三口去沈阳看望林长庚，这时的邹胜利在林长庚眼里可是个大能人了。他们回家后，林长庚与大女婿商量，"胜利呵！你看林飞也要出国学习，你有什么好办法？""我也不懂什么，只知道好好学习，机会总会给有准备的人的。"看到姐夫出国，林飞夫妇暗下决心，一定要赶上去，去英语学习班、英语口语班学个不停。总是没有节假日，没有礼拜天，积极准备参加托福考试。

邹胜利的出国进修很快结束了，邹胜利通过半年国外生活，开阔了视野，解放了思想，学习了一些先进技术和研究方法，同时，带回了一台十四英寸的彩色电视机、一台录音机、各式各样的折叠雨伞、纱巾、糖果、巧克力，还有邹亮的文具盒、彩笔，等等，真是琳琅满目。"妈妈！还有巧克力吗？我要给同学们几块。"邹亮从外边一边跑一边喊，这是家里最热闹的一天。研究院里、研究室里的同志、邻居们都挤在这小屋里，林晓颖拿出糖、饼干招待大家，平时少言寡语的邹胜利站在地上，给大家讲起日本社会的所见所闻。晚上，邹胜利从未有过的兴奋，拉着林晓颖的手问："你想我吗？"林晓颖说："谁想你，少看见你，少生气。""我在国外可想你们了。""那么多外国美女，哪有时间想我们。""这你可说错了，我们在国外拼命学习，攻克口语关，尽量节省，少花钱，吃我们自己带去的方便面，用节省下来的生活费，买彩色电视机带回来，你想容易吗？"两个人亲亲热热，真是久别胜新婚。

从日本买回的衣物、拖鞋、长袜、雨伞、电子表、计算器、录放机及饼干、巧克力等小食品，除送礼外，都给四川的老人留着。录放机这玩艺儿，那时代比较稀缺，准备送林飞学外语用。当林飞拿到小录放机高兴得跳了起来，"谢谢姐夫，我可以好好练习口语了！""不用谢，好好练习吧！"

半年的出国进修，虽然时间短暂，但对邹胜利今后的命运起到了至关重要的作用。出国留学改变了他在单位和家庭中的印象，进一步巩固和提升了他在单位和家庭中的地位，同时也改变了他的性情和精神面貌，增强了他对未来的信心和力量，在以后的科研工作中做出多项专利成果，重新与日方进行合作研究，还再次代表中国同行去日本参加国际性会议并做学术报告。

1984年2月，春节即将来临，林飞得到学校派他去美国攻读博士的通知，这对林长庚夫妇来说，是盼望已久的大喜事。也正巧在辞旧迎新的喜庆日子里，林翔又考上了电大法律系，小女儿林晓虹英语托福考试过关，蔡光明提升为副处长，林晓颖在单位也被提拔为副主任并加入了中国共产党，邹胜利的科研成果也申报发明专利……真是喜事多多，捷报频传！大家内心无比喜悦，频频举杯，情不止禁地喊出了"共产党好！改革开放好呀！！"

除夕之夜，不停的绵绵雪花和干冷的寒气，把人们封锁在屋内，但窗外阵阵的鞭炮声、蹿天雷的尖叫声，震耳欲聋。邹亮喊道："大舅！快点出去放鞭炮呀！你看外边放礼花了！"林翔说："带好手套、帽子，拿个竿子，我们去放鞭炮了！"邹亮等几个人一起向白茫茫的雪地冲去。这烟花在天空中绽放，五颜六色。这花虽然不是采自南国的山崖，北国的土疆，却比那山丹丹、红杜鹃开得更鲜艳更芬芳，这花开在人们心里，绽放在人们的脸庞。它经受了风雪的磨炼，浪涛的洗涤，园丁们的辛勤浇灌，几十年的浩劫，几百年的沧桑，中华民族终于盼来了全民族的繁荣富强！

林长庚一家围坐在电视机前，削着苹果、掰开柑橘、嗑着花生和瓜子，看着春节联欢晚会的精彩节目，其乐融融，满屋传出欢声笑语，满屋飘出各种芳香。"爸爸！明年你这人大副主任还有什么新目标呵？"林晓颖高兴地问林长庚。"不告诉你们，要给你们一个惊喜。""哎呀！爸爸还保密呵！"还是妈妈刘淑兰心急，赶忙说："哎！老头子，还卖什么关子，你爸这民主人士要申请入党了。""好啊！好呵！"大家一起拍手叫好，林飞说："我爸早就在思想上入党了，由于年龄的关系，不好意思申请，你说对不？爸爸！"林长庚笑了。这一家人中，林飞和蔡光明在大学时，都已经加入了中国共产党，林晓颖和林翔去年已被批准为正式中共党员，剩下林长庚和邹胜利及林晓虹也都在积极争取中。

"林飞！你什么时候出国？"姐夫邹胜利问。"过完年在北京统一培训，然后就办手续准备起程。""是呵！老儿子要去美国，我又高兴，又担忧，以后过年还能回来吗？"林飞急忙坐在父亲身边，拉着父亲手说："去一两年就回来，很快的，爸不要想得太多。"看看老父亲那花白的头发，再望望母亲那满脸皱纹，林飞眼睛湿润了。他说："爸、妈，你们把身体养好，我争取过几年，把你二老接美国住段时间，看看美国的风土人情，吃吃美国的色拉。"大家笑起来。刘淑兰说："我也不会美国话，到那还不成了哑巴。"林飞说："现在在家就学嘛！先学简单问话。"林晓虹说："这好办，我负责教你们，每天一句话，保证没问题。"刘淑兰说："哎呀！这下我也得学英语了。"邹亮说："姥姥！我教你英语，拜拜！说呀！再见的意思。"满屋人笑得前仰后合。

年很快过去了，家又恢复了往日的平静。林飞和林晓颖一家回到北京，各自回到了自己的工作岗位。林飞培训很紧张，各种出国教育、外语口语的再培训，搞得他头昏脑涨。培训总算结束，赴美日期已定，开始准备行装。"儿行千里母担忧，母行千里儿不愁。"中国这古老的俗话，真在今天被验证了。刘淑兰给儿子做了好多条内裤、衬裤，说穿自家做的舒服。又买床单、又买被罩、还听说自己做饭，又准备菜板、菜刀、大酱、干菜，生怕儿子在国外受委屈。

动身这天，单位的同志、朋友、大学的同学、林家的亲友，林长庚全家，简直够一个加强排，站满了大半个站台。握手、拥抱、叮咛、祝福比拍电影还热闹。火车缓缓地起动了，林飞带着家乡父老的重托和期望离开了家乡。

回想出国之难，对于许多中国青年学生来说，并不只是国外学校录取之难，还难在单位是否放你，林晓虹和蔡光明就是如此。蔡光明在学校就已入党，毕业后不久就提拔为教务处副处长，他不太热衷于出国，可林晓虹却一直向往去美国深造。托福考试已及格，美国学校录取通知书已拿到手，要是领导不放可就糟了。那个年代，工作单位是具有全功能的组织机构，你的工资、住房、你的小孩入托、你的生老病死等都在单位，所以工作单位的组织人事部门，可得罪不得。林晓虹夫妻俩从医院上层到科室，到处烧香、磕头、说好话，终于院长同意了。林晓虹出国留学，而蔡光明又不能去，蔡光明想，只要能满足老婆大人的美梦就可以了。

单位放人难，签证更难，每天大使馆门前都聚集一批人，除了打听消息的外，还有一些"观察家""消息灵通人士"，在这里你能听到各种出国信息。蔡光明陪同林晓虹刚到大使馆门前，就有一群热心人，纷纷跑过来问："你们是J—1签证，还是F—1签证，现在听说F—1签证都不签了。"一个年轻人跑过来说。一个中年男子接着说："不会吧！听说是卡得严。"一个小姑娘接着说："听说得看大使的心情。"众说纷纭。不管怎样，都要进去试一试，两个人终于走进了美国驻中国大使馆，在里面先发了一大堆表格，填完表格上交后，就是等待，等待，再等待，等待里面工作人员的召唤。大家在紧张的等待中，一分分、一秒秒，紧张得好像听到自己心脏的跳动，空气简直就要凝固，似乎人们都快窒息。"林晓红！"林晓红、蔡光明一机灵，马上跳起来，赶快走过去，只见一名外国模样人很礼貌问地问："叫什么名字？为什么要去美国？打算待多少年？结婚了吗？……"林晓虹对答如流回答了领事馆先生的问题。"好吧，欢迎你！"事情却如此简单，林晓红简直不敢相信这是真的。一出大使馆的门，一群学生又一窝蜂地拥了过来问："怎么样？签了吗？"人们想从他们那里取得经验，准备参加这场具有历史意义的出征考验。

改革开放的春风，吹遍祖国大地，祖国处处是春天。一年后，林长庚夫妇接到从美国发来的邀请函，真是喜从天降，请他们去美国探亲，看望儿女。没想到七十岁的老人也能出国，这出国热可真热到家了。大家互相奔走相告，沈阳的签证竟如此容易！林长庚老夫妇到机场后，林长庚才把出国手续拿出来看，邹胜利急忙拿去给机场办事人员查对，谁料想，办事人员说缺了一份沈阳公安局出具的出境手续，这下可真急死人了！若不能按时启程，就会把在前的忙碌归零，今后也难办了，而且林飞已离家接机又联系不上，将带来诸多麻烦，这该怎么办啊？！离飞机起飞仅有20个小时，派人坐火车回沈阳补办手续已来不及了，此时迅速分了工，急忙给在沈阳的蔡光明打电话，叫他火速到公安局找人补办手续，正值星期六下午，公安局工作人员开大会不办公，蔡光明进入会场，找到有关人员，说明情况，公安局工作人员很支持，迅速给办了手续，蔡光明当晚赶紧乘火车赶到北京，邹胜利先叫好出租车在车站等待接应，出站后立即打车飞速赶到机场。这时，林翔正急得团团转，已安排林长庚和刘淑兰在机场宾馆休息，当蔡光明、邹胜利紧急到来时，离飞机起飞时间仅有40分钟，急忙办理了登机手续，这才长长地松了一口气。这场惊心动魄的接力赛结束了，大家也才露出了笑脸。两年后，蔡光明领着孩子以探亲的名义，也来到了美国攻读学位。

林长庚夫妇的美国之旅，可真算大开眼界。从芝加哥到纽约，从纽约到维斯康星州，他们走了几个大城市，看到了西方的繁华，西方的文化，西方的风土人情，西方人的文明礼貌，西方人民的热情好客。刘淑兰曾回忆说："我不敢过马路，刚走到马路中间就不敢走了，没想到马路上的汽车全停了，车里的人探出头来叫我过去，美国人真礼貌。雷锋到美国去了。"说得大家捧腹大笑。

1998年的春天，已是改革开放的第二十个春秋，邹胜利第三次赴日本讲学，中国的改革开放已给中国人民带来了红利，邓小平的南方讲话，使中国人民的改革步伐更快更大了，祖国的大江南北都振奋起来。林晓颖抓住机遇，到了外资企业上班，而邹胜利从日本讲学回国后，应聘到珠海某企业做总工程师……祖国到处都呈现出一派繁荣昌盛、蒸蒸日上的可喜景象。

世界上的万物都是一分为二，林长庚四个子女，两个在国外，一个在外地，只有一个在身边，实在太少了。一种孤独感、寂寞感、时时困惑着老两口，"我说不叫晓虹两口子去美国，你不听，现在我们身边无个贴心人。"老伴刘淑兰说。"我不是为孩子们的前途着想嘛！"林长庚忙解释道。刘淑兰边摘菜，边和老伴商量说："林翔两个人上班忙，大孙女海燕中午没处吃饭，我看叫她来这边吃饭吧！累点我也愿意。"林长庚说："那太好了，我负责买菜，我们可以天天看到大孙女啦！"两个人兴高采烈地开始准备起来。

林海燕比邹亮小两岁，是个漂亮的大姑娘，十六七岁，长得高高个头，白净皮肤，有个像模特的身材，一双眼睛像妈妈，很秀气，爷爷、奶奶非常喜欢她，只要来家，奶奶就拿出好吃的东西，爷爷就问这问那，老两口真希望儿子、儿媳、孙女天天在家，可他们也有自己的家呀！

中午到了，刘淑兰做好饭，盼望孙女林海燕早点回来，一会儿去窗台看看，一会儿去门外瞅瞅，老伴林长庚说："看你急的，放学还不得走一会儿。"有时候，儿子林翔中午也来吃饭，这老两口就像过年一样，又是炒、又是炸，每次都做几个菜，看着儿孙吃饭，他俩心里乐开花。"儿子！多吃点菜，这个菜是我专门为你做的。知道你爱吃这个，怎么样？好吃吗？"可怜天下父母心！刘淑兰眼睛不眨地看着儿子问这问那，父亲林长庚也一边吃饭一边对儿子说："今年五一节叫你姐回来过，人多热闹些。"林翔说："还不是你说了算，我没意见。早点通知他们，好早点买火车票。"每年节假日，林长庚都打电话叫林晓颖全家回家过年、过节，因为小儿子、小女儿都在国外，大女儿又在外地，平时就很冷清，过年过节人少更显得冷清了。为了满足爸妈的意愿，不管天多冷，雪多大，林晓颖都尽量回家过年。

时间不饶人，转眼老两口已将近八十岁了，病魔悄悄袭来。林长庚除了胃切除三分之一外，心脏二尖瓣狭窄，闭锁不全，不能多走路，每天必须坚持吃药，不时打针点滴。刘淑兰双腿关节炎，行走剧痛，举步维艰，但她吃止疼药硬是坚持上下楼买菜做饭，伺候林长庚，心甘情愿，毫无怨言。林翔工作忙，又很少在家，但父母家里的事全由他去联系办理，家里的大事小情都离不开他。时间长了，老婆、孩子难免有些怨言，"明天休息，你又得去你妈那，一天家里的事，什么都靠不住你。"黄美坤生气地说。"那有什么办法，就我这一个儿子在身边，又不能不管。""就是我们孬，没有能耐，人家有能耐的全跑了，你这个大傻子留在这里干苦力。给我们啥好处了，要钱没钱，要物没物，还不得我们自己拼搏。""哎呀！别说这些了，妈说晚上叫我们过去吃饭。""要吃你自己去吃吧！我还得去我妈家呢！"两口子你一句我一句，闹个不欢而散。

大儿子林翔回到父母家，买粮、买油、买药、收拾房间、收拾阳台，忙个不停，刘淑兰急着收拾鸡、鱼、肉、蛋，给儿子、儿媳和孙女做饭，已到吃晚饭的时间了。"她们娘俩怎么还没来呢？"刘淑兰问儿子林翔。林翔说："妈！不要等了，她们不一定来，说去她妈家了。""那打个电话问一问，过来吧！好不容易过个礼拜六，我又做了这些菜，叫她们过来吃吧！""不用了！一会儿我也回去了，你们自己吃吧！""那怎么行呢！"这老两口异口同声地说。"算了！不吃了，也不用等她们，我走了。"儿子林翔说。"来，等一等，我拿饭盒给你们装去。"刘淑兰边说边装饭盒。就这工夫，儿子林翔已经下了楼，刘淑兰和林长庚哪能追得上呢！老两口守着这一桌饭菜，谁也吃不下去，眼泪像断了线的珠子一个劲地往下掉，四个儿女到头来只有一个在跟前，老人的心……

刘淑兰冲着老伴唠叨着："都是你，要什么脸面，把儿女都送到国外，现在我们都老了，跟前没个人能行吗？你看咱邻居家七个孩子都在跟前，有个病啥的，一窝蜂似的来来往往，看我们家，两个孤老人。"林长庚心在滴血。林长庚夫妇俩商量，为了让大儿子、儿媳、孙女高兴，给他们买电视、冰箱，给儿子、儿媳买皮夹克，孙女上学的学费老人全包，全力以赴的资助在身边的儿子，以赢得他们的关爱和欢心。

　　这年春节刚过，林晓颖突然接到家里电话，说妈妈突发中风，不省人事，她立刻请假回沈。一进病房，林晓颖就直奔妈妈病床前喊着："妈妈！妈妈！"只见刘淑兰微微睁开眼，嘴动了动，一句话也说不出来，从眼角流出了泪花。林晓颖扑在妈妈身上，动情地大哭起来，林晓颖的姑姑林秀芹立刻把她拉出病房说："不要当病人面哭，不能再叫你母亲激动了！"在走廊里，林秀芹把刘淑兰患病的经过讲给林晓颖听，并说："人是抢救过来了，可是你妈不能说话，不能独立起床、走动，大小便失禁，吃饭、喝水靠人喂，今后只能由晓颖和林翔你们轮流护理两位老人。"后来他们与林长庚商量，应告诉在美国的弟弟、妹妹，让他们能否回来一趟看望母亲。十天后，弟弟、妹妹相继回国。看到妈妈的病情，两个人十分心痛，他们尽力找医生，精心护理，可也没回天之术，只能接受这个现实，妈妈瘫痪了。国外的弟妹仅有半个月假期，父母今后的生活如何安排，在姑姑和父亲的主持下，召开了家庭会议。在会议上林秀芹说："美国的弟弟、妹妹可以走，国内的姐姐不能走，否则这两个老人都留给林翔怎么办？"姑姑又说"我看这……今后护理的事呀，在国外的不便回来，负责拿钱请保姆，国内两个，一个人半个月，轮流回来护理你妈，谁也不许不来！"林晓颖不知说什么好，自己在北京工作，一个月回来半个月，还能上班吗？自从听说妈妈有病，林晓颖立刻请假回沈，至今已一个月了，单位的工作没有交接，所以她对姑姑说："我先回去交代工作，再回来接班。"姑姑说："我看先干完半个月再说吧！这是你妈，又不是别人妈。"林飞、林晓虹回美国了，可他们的心却留在家里，钱不断寄来，三天两头一个电话，他们惦念着老爸老妈。林晓颖和林翔开始找保姆，护理父母，买菜做饭，忙里忙外，老妈妈整夜不睡觉，哼着要翻身，保姆不好找，林晓颖一开始自己负责给母亲接尿、翻身，整夜睡不了觉，没两天就坚持不住了，找保姆换了一个又一个，人家都不愿意干。最后她只好请两个保姆，轮班伺候老人，就这样，这个家才基本安定下来。一个半月后，林晓颖回到单位，她被解聘了。工作没了，邹亮工作不顺心，邹胜利忙着自己的事，很少和孩子沟通，邹亮每天把自己关在屋里，很少和人交往，林晓颖发现不对，邹胜利两个人忙于开导，也无济于事。林晓颖给林飞打电话说："邹亮心情不太好，工作总不开心，能否给他联系出国留学。"林飞爽快答应了。从此邹亮每天忙于学习英语，早出晚归，工作学习两不误。邹亮成熟了。

虽然北京至沈阳，路途遥远，不管是夏季狂风暴雨，还是寒冬腊月，大雪纷飞但林晓颖轮流照顾父母从没间断。如果是林翔的班，林翔和黄美坤换班过来指挥保姆，照看双亲。经常洗刷被褥，打扫室内卫生，买药买菜，喂水喂饭，遇到保姆不听指挥就说："这屋什么味，快开窗户。"保姆说："这屋已经喷消毒水，没什么味。""你们什么也闻不到！"刘淑兰老太太，是个要强的人，自从得了病她心想，老天爷呀！为啥这样对待我！叫我给孩子带来如此麻烦，刘淑兰不想活了。她开始绝食，谁劝也不吃，儿子、儿媳来劝，女儿林晓颖来劝，最后姑姑、叔、婶都来劝，老太太才勉强吃点东西。林晓颖哭着对母亲说："妈！你糊涂啊！儿女伺候老人，是天经地义的事，只要你吃好、睡好，身体锻炼好，能动了，能站起来了，儿女才高兴，老爸才高兴，不要想太多，要顽强活下去。"林晓颖和林翔经常开导老母亲，给她唱歌、给她讲故事，老人渐渐增加了生活的信心。林长庚每天守在老伴跟前和老伴谈天论地，逗她开心。四年来林晓颖风雨不误的和林翔、弟妹黄美坤共同分担家务，有时林晓颖也想林翔一个男孩也很不容易，每次出差回来，都买各种各样的点心喂母亲，给她洗头、洗澡，每次大便时他也不怕脏累，用手扣、洗屁股、洗下身，天气好时，推着老母亲逛公园、上饭店，弟弟、弟妹能做到这一点已经很不容易，另外家里收拾阳台，买粮等粗重活还都是弟弟、弟妹干。有时林晓颖当班时，邹胜利也来帮忙，接便接尿跟亲生儿子一样，有时找不到保姆，自己买菜做饭打扫卫生，取药、找大夫等所有的事两个人全包。国外的林飞、林晓虹经常回来探亲，给全家人带各种礼品，极尽孝道。那年春节，北风呼啸，寒风凛冽，家中保姆已回家过年，林翔全家去乡下过年，林晓颖全家都在沈阳父母家过年，邹亮很懂事地给外婆喂饭，给外公打洗脚水，跑前跑后，感到能为外公外婆服务很开心。邹亮经常跟妈妈讲："想起我在外婆家读大学时，外公、外婆和大舅对我的关怀，真应对他们多做些事，才能表达我的感谢之情。"听到这句话，林晓颖很欣慰。

四年后林长庚、刘淑兰相继去世，林晓颖在2001年正值我国申奥成功之际，给家乡的报社写了一首《怀念父母》的短诗来寄托哀思。

怀念父母

瑞雪飘飘北风吹，

怀情绵绵心已归。

遗憾父母早辞去，

未见喜鹊满天飞。

环球绕行同一轨，

申奥成功鸣惊雷。

天上人间齐相望，

共赏中华闪光辉。

第十四章
大雁南飞

失散姐妹再相认，
兄妹团聚情谊深。
特区风光无限好，
中华梦想必成真。

人的生命是短暂的，屈指可数的几十个春秋，林家老一辈相继离世，新的一辈也都远离家乡，遍布祖国各地。

林晓颖送走了父母，回到了北京。一天，原单位的小宋在街上遇到了林晓颖，两个人寒暄几句后，小宋突然想起了什么，说："晓颖姐！前几天有个女同志领着个女孩，到单位找你，说是你妹妹，看样子很着急，后来就走了。"林晓颖说："不会搞错吧？我妹妹在美国呢？"小宋说："真是找你，还问了你家地址，我们不知道也没告诉她。看样子是有急事。"林晓颖说："谢谢你！"分手后林晓颖百思不得其解，想：是谁找我呢？说是我妹妹，可我在这里没有妹妹呀！又没啥亲友，忽然想起，难道是她，任燕？不会吧！这么多年没来往，她不会来找我，又一想难道她遇到什么难事来找我。想到父母临终前曾交代过，有机会还是要和任燕联系上，毕竟你们是亲姐妹，以前的事就翻过去吧！想到此，林晓颖坐不住了，她立刻去武宏生家。

这天，林晓颖来到武宏生家，没想到，一开门，出面的竟然是任燕，两个人都愣住了。还是任燕抢先说："姐！快进来，我可找到你了。"说着把林晓颖一把拉到屋里，抱着林晓颖大哭起来，搞的林晓颖丈二和尚摸不着头脑。急忙劝解道："别哭！别哭！我这不是来了吗？不怕！有事姐帮你想办法。"过了好一阵，任燕才平静下来。从头到尾讲起她和武宏生之间的事情。

任燕和武宏生结婚后，任燕生了个女孩，现在已有二十岁多了。开始两个人还过得蛮好，改革开放后，武宏生所在的公司业务扩大了，武宏生自己另起炉灶，也成立个建筑工程公司。武宏生任经理，任燕没上班，在家做全职太太。虽然武宏生早出晚归，但对任燕母女还很好，任燕和武宏生的父母住在一起，还比较孝顺，全家生活富裕，两个人恩恩爱爱。谁想到武宏生不好好经营公司，为了钱欲、色欲搞些违法乱纪的事情，最后不惜以身试法，锒铛入狱。

　　这事得从十年前说起。自从武宏生自己成立了一个建筑工程公司后，业务繁忙，为了取得工程承包权，他不在工程质量、造价上下功夫，而是招聘了一些公关小姐，靠她们去获取承包权。有句民谣：有了权力好办事，有了金银能办事，有了美女办大事，这些女孩全都是十几岁，最大二十岁刚出头，并且都是含苞欲放的花朵。有了这些资本，他就大展手脚，到处公关，取得了一些工程承包权。他的贴身秘书叫韩丽丽，是二十刚出头的少女，长得如花似玉，那皮肤白嫩的用手一碰就像要出水一样，打扮起来像天仙一样妩媚多姿，武宏生如获至宝，把她金屋藏娇，只供她一人享受，他在郊区别墅留了一套房子，只供他俩使用。韩丽丽年轻，性欲旺盛，年轻少女，初尝性爱甜头，她天天缠着武宏生，武宏生高兴得如痴如醉，简直忘记工作，整天沉迷于性爱中。这天武宏生来到别墅，只见韩丽丽披着黄色金发，浓妆艳抹，雪白的乳沟，细腰肥臀，超短裙下边露着雪白细嫩的大腿，急忙上前又摸又啃，韩丽丽扑上前去，忙替他宽衣，用手抚摸他全身，学电视里的镜头……不久韩丽丽怀孕了，可韩丽丽一开始并不知晓，她发现自己老是厌食，甚至有时呕吐，她并没在意，当她发觉自己有两个月没来月经时，才诚惶诚恐地告知武宏生，武宏生说："你现在还不能要孩子，等我办完离婚手续，我们正式结婚时，再要孩子也不迟，明天我带你去医院做掉，好吗？"韩丽丽说：

"听人说第一胎孩子最聪明，最健康。这个孩子一定像你一样聪明有才华、一定像我一样漂亮，我不想做掉。"其实韩丽丽有她自己的小算盘，从农村到城里，就是想嫁个大款，现在如有了孩子，武宏生就不能抛弃她，她多想做经理夫人，住别墅。有了孩子这一切都能保住。所以韩丽丽说："我爱你，这是我们俩爱情的结晶，我一定要留住。"武宏生说："那你做B超检查一下，是男孩我就同意留下。"没想到真是男孩，武宏生对她更是疼爱有加，答应她一定要和任燕离婚后正式娶她。武宏生真是外边彩旗飘飘，家里红旗不倒，一星期回去几天，把任燕哄得滴溜转，为他照看父母。

这年市里有项一二八号工程，是桥梁工程，武宏生很想把这项工程的总承包权拿到手。在一次市里舞会上，武宏生认识了省歌舞团的白丽娜小姐，白小姐体态轻盈，身材苗条、气质高雅，可真是绝代佳人，说起话来如银铃般，悦耳动听。舞会上两个人翩翩起舞，男人风流倜傥，女人妩媚多姿，真是天生一对，地派一双。两人都有相见恨晚的感觉，两个人一拍即合，很快就上了床。这白丽娜是离了婚的女人，自由之身，她每天缠着武宏生，并不是要他娶自己，她也想通过武宏生，把持一二八号工程，以此敛揽资金，为自己国外发展做好铺垫。一天两个人摊牌说，由白小姐去公关，事成之后，给白丽娜三分之一利润，白丽娜答应了。武宏生明白，女人也像那些下流坏政客一样，为了获得利益，可以和任何一个男人上床，公关之事交给白丽娜是不会错的。

白丽娜开始施展她的才艺，不久她就和主管工程的副市长勾搭上了。主管工程的副市长马国良，这天下班前白丽娜给马副市长通话说："马副市长！我是歌舞团的白丽娜！下班有时间吗？我请你喝茶。"马副市长爽快答应了。马国良停好车来到包房门口，只见白丽娜屈膝而坐，细细品茶，品茶的姿势很优雅，有淑女的娴静，贵妇的雍容大方，也有明星作秀时的矫揉造作，看得马国良目瞪口呆，音乐声从门缝里传出，时远时近，看白丽娜像仙女一样，既真真实实，又蒙蒙眬眬，马国良如痴如醉，想起自家那老婆娘，一个天上一个地下。正在遐想时，"先生请进！"服务员的高叫声，打破了马国良的美梦。白丽娜听见门外的声音，急忙站起来，走上前，拉着马市长的手，一只细绒柔软的小手握着马国良的大手，一阵电流通过了马国良全身，他差点酥瘫了。两个人寒暄过后，一场罪恶的交易开始了。

"好说！好说！不要着急！我们慢慢地谈。"马国良慢慢地品着茶说。白丽娜急忙上前给马副市长斟茶，马国良低下头兴趣盎然地品着茶。眼睛的余光瞟着对面那个矜持的女明星，她在诱惑他，"马副市长热了吧？还是把外套脱下来好。"白丽娜娇滴滴地说，随后站起去帮马副市长脱衣，当她那矫小细嫩的手，碰到他那粗厚的手背上时，她那迷人的眼神在勾引着他，马国良知道时机已到，他用力抱着她，她的玉体轻盈般扑到他怀里，一阵亲吻后，白丽娜说："我在楼上已订好了房，我们上去吧！"一个交易开始了……女人需要虚荣，像白丽娜这样的大姐大，需要不断地扩张虚荣，为了金钱和利益，她们就会乐不可支地同任何男人上床做爱。一阵狂风暴雨后，白丽娜从床边拿出一个黑皮包，放在马国良身旁说："这是十万元现金，事成之后还有二十万元。"然后坐在马国良腿上撒娇地说："什么时候想我，给我打电话。"

工程招标开始了，武宏生不费吹灰之力就拿到了承包权。武宏生和白丽娜合包的工程竣工了，虽然盈利几千万元，但工程质量很差，基本上算是豆腐渣工程。

白丽娜是个野心很大的女人，她原来的丈夫也是歌舞团的演员，后来白丽娜看他挣钱少没能耐，就与他离婚了，她想到国外发展，就不择手段搞钱，现在有了钱，她已打听好，只要交钱，去国外的一切证件都可代办，到国外旅行，没准交个外国朋友，到时想到哪定居不是随自己挑。白丽娜出国了。

纸里包不住火，武宏生在外边包二奶之事，终于被任燕发现，一场大战不可避免，任燕说："你不把她打发走，我就去法院告你重婚罪。"韩丽丽也说："你答应和她离婚，如不离婚我去法院告你重婚罪。"男人玩女人绝不能不懂得利害，决不会因一夜风流，让可能得到的财产付之东流。武宏生想：韩丽丽有个儿子又年轻又漂亮并且占有别墅，那是几百万元财产，而任燕和爸妈住的楼中楼没有多少钱，离婚对自己也没啥损失，可以告诉任燕离婚不离家。所以他下定决心哄骗任燕说：我们先假离婚，渡过这难关，你我是原配夫妻，我是爱你的，如果不和韩丽丽结婚，她告我重婚罪，你什么也得不到，我还得入狱，如果离婚，我照常回家住，给你们生活费，爸妈还是和你一起住，什么也不受影响。过段时间，风平浪静，我把儿子接过来，把韩丽丽打发走，我们就复婚。为了保住武宏生，为了保住这个家，任燕屈服了。趋利避害，是所有生物的本能，植物如此、动物如此、人更如此。为了丈夫、为了孩子、为了这个家，任燕忍辱负重，去和武宏生办了离婚。恶有恶报、善有善报，由于工程质量不好，终于有一天大桥坍塌，造成十人死亡，二十几人受伤，武宏生建筑公司因赔偿损失而倒闭，任燕和韩丽丽所在住房，全部上缴法院拍卖，武宏生入狱，任燕搬回老宅，武宏生父母因有病，加上这事，又急又气相继去世。韩丽丽没有住所，现到法院起诉任燕，要求要回老宅。任燕必须搬出，任燕现在既没工作，没经济来源，又无住所，万般无奈，她想起了亲姐姐林晓颖。

林晓颖听到此事后，真是又恨又气，想不到武宏生竟堕落成如此模样，任燕跟他受苦了。林晓颖想：现在像武宏生这样的蛀虫实在太多，上至政府机关，下至经理官员，腐败现象太严重了，有句民谣说得好，上午跟着轮子转、中午跟着杯子转、下午跟着骰子转、晚上跟着裙子转。这种腐败现象比比皆是，长此以往，国将不国了。可我们一个普通老百姓又能如何呢？

林晓颖安慰一下任燕后说："这事来得很突然，容我回去好好想一想，看看怎么办，我们再从长计议。"回到家里正巧邹胜利和邹亮来电话，邹胜利已被珠海企业聘为总工程师，邹亮也在企业上班，他们希望林晓颖赶快去珠海。林晓颖把任燕的事告诉他们，邹胜利说："告诉任燕不要着急上火，叫她随你一起来珠海，我帮她找工作，一切从头再来。"第二天林晓颖把此事转告任燕，并叫任燕收拾东西，带孩子一起去南方。任燕激动得热泪盈眶，拉着林晓颖的手说："还是一奶同胞好，在最困难的时候还是亲姐妹呀！我以前对不起姐姐，我给你赔罪了！"林晓颖说："这是我应当做的！今后我们姐妹永不分离。"两姐妹亲密地拥抱在一起。

林晓颖在去珠海之前，带着任燕娘俩一起回趟沈阳。当火车进站后，她俩发现林翔已在站内等待。林翔跑过来喊：姐！大家握手拥抱。任燕还是第一次见到林翔，她很羞怯地喊声大弟！眼泪却止不住地流下来。林翔热情与她握手，林翔说："姐！接到你们电话我俩非常高兴，小坤在家做饭等你们呢！"大家欢快地出了站台。

回到家里，小坤已做好了饭，桌子上摆上了八个菜，有鱼有虾，有煎有炸，真是非常丰盛。大家落座后，林翔举杯说："今天我代表过世的父母欢迎任燕姐回家，虽然两位老人家没见到今天的场面，但我知道他们在天之灵，也在庆祝小燕回家。这杯酒首先我们要敬父母。"说完之后，他把这杯酒洒在地上。接着他又倒了一杯酒，冲着林晓颖和任燕说："这杯酒我代表我们全家，欢迎姐姐的到来，给你们接风洗尘了。"说完一饮而尽，接着大家就吃起来。任燕这些年都是一个人和父母同住，从没享受过兄弟姐妹在一起的天伦之乐。她高兴、她兴奋、她温暖、她知足了。酒桌上林晓颖动情地说："爸妈在世时，每逢年节大家团聚时，都会说起你，老人家不图别的，只希望你过得好。总觉得对不起你，把你一个人扔在外边，每想到这件事，妈就哭，我们劝都劝不住。"任燕一边哭一边说："明天我去给爸妈扫墓，看看两位老人家。"林翔说："好啊！过两天我安排。"

那是一个星期天的早上，林翔借台小面包车，带着林晓颖、任燕及全家，一起去陵园扫墓。林长庚和刘淑兰的墓地在北面，这天天气晴朗，风和日丽，北山那边是在郊区，时值清明节前夕，扫墓的人陆续不断，大地虽然还没见绿，但也已闻到了春的气息。车队认真地往山上爬，林翔的车终于到了目的地。大家把供品和酒摆好，点上了香、依次给父母磕头，看到父母的墓碑，任燕想起了父母在北京和她相认的那一幕，大哭起来，哭得撕心裂肺，哭得叫人心碎，是的！可怜天下父母心，娘想儿真心实意，这些年刘淑兰没少为任燕掉泪，今天任燕能给父母上坟，也算父母没白疼她一回。任燕在大家的劝阻下，才止住了哭声。任燕说："爸妈，我今天能来这里，是我在困难的时候，姐姐和大弟帮助我，使我体会到了家庭的温暖，姐姐不计前嫌，在我困难时候伸出援助之手。过几天我和姐姐一起去南方发展，请你们放心，今后我们兄弟姐妹一定团结在一起，永不分离。"大家在墓地坐了很长时间才离去。

林晓颖带着妹妹任燕和她女儿，带着父母的照片，登上了飞往祖国南疆特区——珠海的飞机。飞机在高高的云层中，飞向她憧憬的梦境，她长久地俯在机窗前，看到机外那朵朵白云，像棉团一样向后退去，她遐想着，想到几年前，父母也曾坐飞机，飞向大洋彼岸的美国，去和远在美国的弟弟、妹妹团聚。在美期间他们游览了风景优美的城市，游玩了植物园、动物园，观看了赛马比赛，如果父母还健在，一定带他们到珠海来看看。

飞机很快降落，邹胜利和邹亮早已等在机场出口，大家介绍完毕后，邹亮和小妹武春昵、邹胜利和任燕及林晓颖一起坐车回市里。

邹亮现在很能干，已是公司研究部主任，高高的个子，微胖的脸颊，忠厚而自信的面容里闪现出智慧的光芒。过几天他就去美国进修，为实现他的更高目标，将踏上新的人生征程。

林晓颖离开北京正是初春季节，万物刚刚复苏，树木刚吐新芽。可珠海却是另一番世界，大地一片碧绿，满山遍野的绿树点缀着红花，整个世界像绿海红波一样，连呼吸都变得更加舒畅。这些年，林晓颖习惯于在密集的人群中攒动，今天却仿佛在眼前打开了一条绿色通道，天地变得如此通畅自由，汽车飞快的在马路上行驶，珠海这美丽的新型城市，一个新的特区，屹立在祖国的南疆。它两面靠海，一面靠澳门，一面靠中山，美丽的珠海，芭蕉成荫，椰树成行，宽阔的马路，崭新的楼房，一尊美丽渔女像屹立在海岸线上，这个改革开放后建立的新型城市，正以它独特魅力吸引着八方来客。

邹胜利的车在兰星大酒店门前停下，他要在这里给她们接风洗尘。大家谈笑风生来到酒店门前，服务员礼貌地将大家引进二楼包房。包房宽大漂亮，一幅名叫《山水图》的壁画，挂在正面墙上。一排乳白色藤椅围在房间一角，地上铺满红色地毯，一张铺着红色金丝绒的大餐桌放在地中央，使整个包房显得生机盎然。邹胜利笑着对大家说："今天我们也要当回神仙，想吃什么尽情点。"大家酒足饭饱离开酒店时，已是傍晚。珠海的夜景真是无法用语言形容，满街各式建筑的楼顶上，霓虹灯一闪一闪，美轮美奂，马路两旁用花盆堆成的大花坛，开着各种鲜花，在争芳斗艳。水池中如喷泉喷射出的水雾，像一层薄纱笼罩在夜幕中，似乎能听到水池中喷发出美妙的乐章。林晓颖陶醉了。

邹胜利在珠海的住宅是四房两厅两卫的住房，这是公司特意为他准备的，很快大家就安顿下来了。邹胜利躺在床上，动情地说："这些年你照看两位老人受苦了，人总是要死的，父母生病期间你已尽孝了，今后就多养养自己身体，小妹能来我很高兴，我和公司老总谈谈，想办法安排她在公司上班是没问题的。"一席话说得林晓颖心里暖乎乎的，林晓颖依偎在邹胜利怀里。不久，任燕到公司总务处上班，女儿武春昵也被安排到公司总部工作。

珠海靠近南海，每年7～8月是雨季，台风频频来袭，从内地第一次看到台风，真有些吓人。这天天气预报说：有8～11级台风，各机关学校放假一天，林晓颖全家待在屋里打麻将。不久只听狂风暴雨阵阵袭来，街上基本没有行人，海风吼叫，大树拦腰折断，旗杆随风飘走，暴雨打在地面一阵阵白烟。大家看这阵式，真有点担心屋顶被揭开。台风一直刮到下午，终于雨过天晴，大地又恢复了平静。

由于工作需要，邹胜利不久调往深圳工作。深圳这刚被开发的处女地，正以日新月异的变化，来迎接人们。深圳是个美丽的花园城市，到处都是花的海洋。如果说珠海是个少女，她矜持、羞涩，那么深圳是个少妇，她美丽、大方、含情脉脉。自从邓小平在这里画了个圈，就确定了深圳这个小渔村未来的命运，这座改革开放的前沿阵地，这座新建的海滨城市，高楼大厦平地起，五彩斑斓多姿，各具特色的高大建筑，完全可以和东方之珠的香港媲美。到夜晚，这座不夜城更是灯火辉煌，闪烁变幻的霓虹灯、马路旁的射灯交织在一起，照得地面如同白昼一样。马路上车水马龙，人群川流不息，操着各地口音的人们涌动在霓虹灯下、公园里、怪石前。这个世界有太多的人造景观，深圳的世界之窗就是最好的典范。人们根据需求，可以打破自然原有的景观，去修饰成世界各地的名胜古迹。深圳的世界之窗有浓缩的世界各地名胜古迹，让你不出城就可以游览完世界名胜。人们在世界之窗门前，抬头即可看到法国巴黎埃菲尔铁塔和凯旋门的身影，进入园内比萨斜塔、埃及金字塔、尼亚加拉大瀑布……都会展现在你眼前，美不胜收。还有公园里的那些山，怪石嶙嶙、奇形怪状，人们争先恐后在此留影。园中花木重重、芳香浮动，叫人流连忘返。从深圳的蛇口码头乘船，可到珠海、澳门、桂山岛、香港等各地游玩。深圳的大、小梅沙海滩，更是旅游度假的好去处。深圳的美食一条街里，全国各地的风味小吃应有尽有。不管是寒冬，还是酷暑夏天，深圳到处是鸟语花香，到处是开满鲜花的绿草坪。老人孩子在广场上放风筝、捉迷藏。邹胜利全家来到深圳，任燕在深圳既找到了工作，又找到了自己的另一半，她的男友是公司科研部技术人员，结过婚，有一个男孩，爱人因病去世，任燕待男孩视如己出，两个人已准备结婚。林晓颖这颗悬着的心总算落下。

林晓颖退休后，没有找到新的工作，为了打发时间，她参加老年大学合唱团，和这些老年朋友歌唱祖国，歌颂这新时代。晚上在广场跳舞、唱歌，既锻炼了身体又陶冶了情操。这些老年朋友衣食无忧、尽情享受这晚年的欢乐。

邹胜利退休后继续发挥余热，在深圳他发明了两个专利产品，获得了专利权。在此基础上要研究更多的产品，服务于社会、服务于人民。

在朋友的推荐下，邹胜利又到了海南工作。

海南这个祖国唯一没有全面开发的处女地，这里山清水秀、空气清新，岛上住着汉族、黎族、苗族、高山族等各种少数民族。喝椰汁、嚼槟榔，是海南人民的生活写照。傍晚，人们喝着老爸茶、唱着歌、跳着舞，尽情享受这海岛风光。夜幕来临，月亮站在最高处，月辉和灯辉相映。南海的天空湛蓝、繁星密布，像无数的花朵绽放在天空上。各种花香混为一体，在夜空中弥漫着。人们情不自禁地深呼吸一口，让这花香融入全身、融入血液之中。

慢步在这假山楼庭、绿草花圃中，江涛如瀑，声声入耳，犹如仙境一般。这里有真山真水，也有人造湖泊。人工湖，体现了人民聪明智慧和力量，湖水清波荡漾，荷花在湖中摇摆，不时听到鱼荡清波之声，皎洁明月挂在天空，照得湖面如同明镜一般。海南岛中南部的五指山，是因为一座山顶酷似五个手指而得名，五指山也是海南一个有名的游览区。

临近三亚海岸线上，海水清盈，一望无边，沙滩上的游客们洗浴、游泳、晒太阳、互相追逐，嬉戏一片，好一派欢乐景象。天涯海角四个大字，醒目地刻在两块大石头上，人们争先恐后排队照相，希望留下这难得的美好瞬间。林晓颖决心全家要留在海南，为建设新海南贡献自己微薄的力量。

祖国的迅猛发展，吸引了许多外国的志士仁人，他们纷纷来到中国发展。二十一世纪是中国热的一个世纪，留学国外的学者纷纷回国报效祖国。林飞早已在北京中科院工作，林晓虹夫妇回到上海，参加祖国建设。

林长安、林长祥、林秀华、林秀芹四家的子女们，也在南京、杭州、广州、厦门、重庆、武汉等城市工作，林氏家族的后代们，约定在中华人民共和国成立70周年在北京团聚。

中华民族的百年沧桑已经结束，昂然屹立在世界东方。中国共产党又重新站在新的历史起点上，不断完善自我，继续依靠人民、团结人民、服务人民，在具有五千年文明史的土地上着实创造新的辉煌，为中华民族的伟大复兴和人类的崇高事业而顽强拼搏，中国人民正以新的思维、新的姿态和精神面貌、新的奇迹改变着神州大地，也在不断地影响和改变着世界，定将能为人类的美好未来，作出自己应有的贡献。